閣老的糟糠妻 3

風文創 638

香拂月 著

目錄

第六十章

段府內，劉嬤嬤倒在地上好半天才爬起來，回頭望著新房的方向，估算著時辰，一拐一瘸地趕到趙氏的院子。

趙氏正在屋裡生悶氣，想著娶進這麼一個蠢媳婦，還是自己的娘家姪女，她是有氣都沒地方撒，憋得難受。

她召來身邊的婆子。「公子去新房了嗎？」

婆子回道：「夫人，公子已經過去，並未見負氣而出。」

「還是鴻哥兒懂事，知道給燕娘體面。」趙氏氣順一些，坐著喝茶水。

這時，劉嬤嬤上氣不接下氣地進來，將弄錯新娘的事情一說，趙氏急急地站起來，看一眼沙漏，癱坐在地上。

「妳快……扶我。」

趙氏只覺得腦子嗡嗡地響，讓劉嬤嬤扶著自己，踉蹌地跑到新房的院子。

一進院子，看見緊閉的新房門，她心中祈禱千萬不要和自己想的一樣，可是推開門後，看見繼子僅著單衣從榻上起身，她心裡彷彿有什麼塌陷下來。

「鴻哥兒……你……你怎麼可以……」

「母親，兒子為何不可以？鳳娘現在已經是我名副其實的妻子，以後自然會對她好。至於燕娘，能嫁入侯府，恐怕也是得償所願吧？」

段鴻漸說得嘲諷，趙氏卻反應過來，狠狠地看著劉嬤嬤。「妳說，誰讓妳們這麼做的，是不是妳唆使燕娘的？」

劉嬤嬤直呼冤枉。「奴婢只是個下人，哪敢有這樣的膽子？二小姐怕是早就存了此心，要不然也不會非要在段府出嫁，還將蓋頭和喜服都做得和縣主相似。奴婢原以為二小姐是對縣主存攀比之心，卻萬萬沒想到她會有這樣的打算！」

榻上的鳳娘還在昏睡，身子用錦被蓋著。

趙氏慢慢冷靜下來，今日之事，真的只是燕娘的謀算？不，恐怕不是燕娘能辦到的……那麼能讓劉嬤嬤和黃嬤嬤言聽計從的，唯有一人，就是皇后。

皇后以為燕娘是親女，定然不會看著鳳娘去侯府享受榮華富貴；這門婚事是她自己賜的，不可能親口悔婚，唯有用這樣下作的法子讓木已成舟，才能讓燕娘入侯府。

想到這裡，趙氏反而平靜下來。只要皇后還認燕娘為女，她就不怕，只不過委屈了鳳娘。

昨日知道發生什麼事的下人都仔細地威嚇叮囑，她又命人將曲婆子和木香嚴加看管。至於劉嬤嬤是皇后賜給鳳娘的人，也算是宮裡的人。

以前在祝王府時，她們都是一樣的人，都是下人，只不過劉嬤嬤和黃嬤嬤是三等小丫頭，她則是主子身邊的大丫頭。時至今日，她是段夫人，劉嬤嬤和黃嬤嬤還是下人，卻不是她能處置的下人。

她深深地看劉嬤嬤一眼，慢慢地退出新房。劉嬤嬤低著頭，也退出去。

新房內，段鴻漸望著還未醒來的女子，臉上露出複雜的神色，冷淡地道：「人都走了，就別再裝。」

榻上的鳳娘慢慢地睜開眼睛，翻身坐起來。「多謝表哥。」

段鴻漸勾起一個笑，慢慢地起身穿衣，很快便著裝完畢，坐在桌邊。

「想不到鳳表妹竟是如此癡情的女子，為了心上人，連侯府那樣的勛貴之家都看不上，倒是白白便宜燕娘，成為侯府的少夫人。」

趙鳳娘也從榻上坐起，衣裳完好。「鳳娘不過是將計就計，真正謀算的人是她。她能如願以償也是一種造化，至於能不能在侯府站住腳跟，就看她的本事。」

「好一個將計就計，我現在才發現，妳們趙家的姑娘沒有一個是簡單的，就連雉娘也……」他沒再說下去，眼神晦暗。鳳娘正沈浸在自己的思緒中，沒有聽到最後的話。

其實她也是在上花轎後才發現不妥的。她自小謹慎，花轎繞行不像是去侯府的路，加上人群喧鬧間，能聽到一些人的談話議論，分明是和燕娘換了身分。

她沒有聲張，如果自己嫁入侯府，以平晁對她的心思，肯定今晚會圓房。但段表哥就不一樣，段表哥和燕娘昨日的事正好是個把柄，她捏在手上，諒段表哥也不敢動她；再說侯府有梅郡主，哪有在段府裡舒服？段府可是她的娘家，是她姑姑的家。

劉嬤嬤遞來的點心，她根本沒吃，暈倒也是假裝的。等劉嬤嬤出門後，她立即制止段表哥想解開她衣服的手，勸說段表哥幫她掩護，並且許諾無論他想納幾個妾室，她都會幫忙張羅，絕不阻攔。如果有一天，她能得償所願，必然重重報答。

段表哥思索良久，想起鳳娘中意之人的身分，應承下來。

清晨，常遠侯府的新房內，平晁幽幽轉醒，憶起昨日和中意的女子共度良宵，滋味美妙；細細回味，卻想不起鳳娘的表情。

他的心裡湧起柔情，想認真看看自己的新娘，可等他轉過頭去看睡在旁邊的女人時，卻被駭得魂飛魄散。

這個女人是誰?!鳳娘在哪裡？旁邊睡的女人又是從哪裡來的？他不死心地閉眼睜眼，醜女依舊沒有變。

他大喝出聲。「妳是誰？怎麼會在這裡？快來人哪！」

外面的下人們聽著不對勁，闖了進來，一眼就看見榻上用錦被擋著身子的女子，都心中驚疑。這是誰？

燕娘驚叫，卻也不羞，反而往平晁身上撲。「啊……我也不知道怎麼回事？這是哪裡？嗚嗚……我還怎麼做人哪……」

平晁一把將她推開，慌亂地穿上衣服套上外袍，甩門而出。

梅郡主聞訊趕來，看著還未起身的趙燕娘，眼前發黑。她抖著手。「妳是誰？」

燕娘捂臉乾哭。「郡主，我是燕娘！我也不知道怎麼會在這裡……嗚嗚……」

趙燕娘？梅郡主定睛一看，果然，之前化了妝一時沒有認出來，這不就是趙家那個醜女嗎？怎麼會在新房裡，還在喜榻上?!難道……她的心裡湧起不好的預感。

趙鳳娘她都看不上，又怎麼會看得上這個醜女？她氣得連聲質問黃嬤嬤，黃嬤嬤跪在地上，一個勁兒地喊冤。「郡主，奴婢不知，這二小姐蓋頭喜服都和縣主差不多，奴婢也不知是如何被換的！」

梅郡主氣得想打死她，可轉念一想，此事分明是趙家人弄錯，若是怪罪下來，侯府正好可以推脫，乘機解除這門親事。

她這麼想著，便也不去換回新娘。

外面的平晁卻急得讓人趕緊將趙燕娘拉起來，去換鳳娘。可侯府的丫頭們得到梅郡主的眼色，假意使著力氣，半天也沒能將身無寸縷的燕娘拉起來穿衣服。最後還是趙燕娘自己起來，掀開被子，故意露出元帕。元帕上，一抹豔紅刺痛了梅郡主的眼。

趙燕娘低著頭，慢慢地穿衣服，心道真是天助她也。昨日她和平公子成就好事，平公子尚未清醒，根本沒發現什麼不對，她悄悄割破自己的手臂，在元帕上滴上血漬。

瞞天過海，誰也不知道；至於和段表哥的事情，只要她不承認，誰能將她怎麼樣？畢竟她和平公子可是有元帕為證。

她聽到外面平晁的聲音，眼裡全是幸災樂禍。一夜過去，段府都沒有動靜，鳳娘和段表哥肯定也成了好事，平公子現在就算去換也沒有辦法換回來。

何況，她和平公子已經圓房了。

「郡主，燕娘的清白已毀，怎麼還能回到段家，您可要替燕娘作主啊！」

梅郡主被她嚎得額邊兩穴突突直跳，急忙到外面叫住孫子。「晁哥兒，不能去換，趙鳳娘和段家公子已是夫妻，哪裡能換？」

平晁愣住，兩眼發直。他和趙燕娘都圓了房，鳳娘那裡一點消息也沒有，花燭夜已過，鳳娘應該不會再是之前的鳳娘。

這一切究竟是怎麼回事？他怎麼可能將趙燕娘那醜貨當成鳳娘？昨夜他似乎很不對勁，一切都是身不由己，像是被下了藥物……是誰下的？他的眼神驚疑不定，憶起進新房前喝過的醒酒湯。

「祖母，孫兒是被人陷害的！孫兒再是有眼無珠，也不可能將趙燕娘錯認為鳳娘，還和她……孫兒記得昨日有人端來醒酒湯，說是您讓人送的，孫兒不疑有他，直接喝掉，後面的事情就稀裡糊塗的……祖母，分明是有人故意為之。」

梅郡主也想到這一層。孫子如果是清醒的，對著趙燕娘那麼一個醜貨，怎麼睡得下去？

「晁哥兒，你可還記得端湯人的樣子？」

平晁搖頭，昨夜太過激動，一心想著新房中的鳳娘，哪會注意一個小小的下人？

梅郡主恨急，返身衝進屋內。趙燕娘還賴在榻上，拖著不肯起身。

「妳說，是不是妳使的計？妳想嫁進侯府，先是和鳳娘換花轎，之後又讓人算計晁哥兒，好成全妳的癡心妄想！」

「郡主，燕娘冤枉啊！燕娘自己都不清楚是怎麼回事，怎麼會設計夫君？昨夜夫君甚是勇猛，燕娘力弱，只能任他為所欲為，哪能怪到燕娘的頭上？」

「好妳個不知恥的東西，誰是妳的夫君，妳亂叫什麼？」梅郡主氣得七竅生煙。

「燕娘已經嫁入侯府，又和夫君圓房，不喚他夫君喚什麼？」

趕過來的世子夫人聽到這句話，差點暈過去。她一進屋，就明白事情是怎麼回事，只是扶著女兒的手撐著不倒下。

趙燕娘已經穿好衣服，從榻上下來，到她的面前行禮。「媳婦見過婆婆。」

「誰是妳的婆婆！」世子夫人轉過身。平湘指著她的鼻子。「妳是哪裡來的賤胚子，不要臉！」

「小姑子莫要生氣，我是趙家的二小姐燕娘，昨夜不知為何被抬入侯府，還和夫君圓了房，以後就是妳的嫂子。」

平湘氣得衝上去，就要給她一巴掌，但趙燕娘哪是好惹的，將平湘的手抓住。平湘氣力不如她，很快就尖叫著呼痛。

「妳放肆！」世子夫人衝上來救女兒，幾人扭成一團。

趙燕娘瞄到踏進房門的平晁，將平湘放開，朝進來的平晁拋個媚眼，裝作虛弱的樣子。「夫君，妾身甚是乏累。燕娘的身子已經給了你，你可不能始亂終棄，燕娘是清清白白的女子，從此以後，生是夫君的人，死是夫君的鬼，生要和夫君同寢，死也要和夫君同穴。」

平晁一陣陣噁心。還生是他的人，死是他的鬼，他現在都恨不得去死，想起夜裡和這醜女……他腹內翻湧，終於忍不住，扶在門邊大吐特吐起來。

世子夫人見兒子如此痛苦，終於暈過去，下人們又是一番忙亂，扶著夫人回去，給公子請大夫，也沒有顧得上趙燕娘。

趙燕娘臉色難看，目光不善，梅郡主則怒氣沖沖地換裝進宮。

宮內，帝后二人正商量著太子大婚的事宜，聽到人通報，祁帝皺眉。「梅郡主不在府裡等著喝孫媳婦的茶，跑進宮裡做什麼？」

皇后安撫一笑。「許是有急事，讓她進來吧。」

梅郡主一進殿中就跪在地上。「求陛下和娘娘給臣婦作主！趙家欺人太甚，竟然李代桃僵，讓趙家二小姐嫁到侯府，分明是羞辱平家，不把娘娘的賜婚放在眼裡，請娘娘為平家討回公道！」

皇后收斂笑意，驚問：「郡主起來說話。究竟是怎麼回事，妳且仔細道來。」

梅郡主站起來，將趙燕娘變成新娘子嫁入侯府之事說出，想到孫兒與那粗鄙醜陋的女子圓了房，她就一陣惱火。

祁帝看皇后一眼，讓人去兩府打探清楚。

段府裡，醒過來後的鳳娘目光呆滯，盯著房間的梁木，面如死灰。

趙氏坐在榻邊抹眼淚，段鴻漸站在一邊低著頭，不停地自責，還說自己是被人設計的。

「鳳娘，這事擺明了是燕娘指使的，要不然怎麼會這麼巧？是姑姑不好，姑姑沒能及時察覺燕娘的陰謀，害妳吃了大虧。眼下已成事實，妳和鴻哥兒已是夫妻，就算姑姑捨下臉面去侯府求情，妳和平公子也是不可能的，不如就安心留在段府吧。」

趙鳳娘的目光慢慢地轉過來，掃過趙氏，再到段鴻漸，痛苦地閉上眼睛。

「妳表哥一表人才，人也知禮，妳嫁給他也不算委屈。姑姑一直視妳為親女，咱們娘兒倆成為婆媳，也許是老天爺注定的。」

趙氏勸說著鳳娘，鳳娘似乎有些鬆動，依舊不言不語。

房間外，傳來黃嬤嬤的哭喊聲。「縣主，奴婢來請罪了！」

趙鳳娘木木地道：「讓她進來吧。」

黃嬤嬤爬著進來，伏在地上。「縣主，是奴婢失察，沒能辨清縣主。實在是二小姐心機太深，她的蓋頭和喜服與縣主的瞧著別無二樣；到了侯府，她和平公子拜過天地後便送進洞房，將奴婢等人趕出來。平公子進去後就熄了燈，奴婢實在是……早該想到，縣主豈會如此輕浮！」

趙鳳娘的手緊緊地抓著錦被，死死地盯著上面的繡花。

黃嬤嬤痛哭道：「出了這麼大的事，奴婢無顏再面對縣主，求縣主責罰！」

她伏在地上重重地磕了三個響頭，額頭上立刻滲出血絲。

榻上的女子還是無神地看著空中，喃喃道：「哪裡能怪妳？燕娘一心謀算，早就存了替代之心，是我失察，早在燕娘將蓋頭和喜服做得和我一般無二時，就該心生警惕。」

「縣主……」

「嬤嬤，這也許就是鳳娘的命。」

趙鳳娘說得哀傷又無力，黃嬤嬤死死地低著頭，眼裡有一絲憐憫。

劉嬤嬤冷眼看著屋內的情形，眼珠子轉了一下，悄悄離開段府，往常遠侯府走去。常遠侯府正亂作一團，倒是讓她輕易進了府門，摸到新房處。

趙燕娘看到原來侍候鳳娘的兩個宮女就來氣，讓她們守在外面，不要打擾她。等看到劉嬤嬤，她喜出望外。「嬤嬤，快進來。」

劉嬤嬤低著頭進去，壓低聲音。「恭喜二小姐。」

趙燕娘昂著頭，一臉得意，看著屋內精緻的擺設，想著還有趙鳳娘的那些嫁妝，這一切如今都是她的。

「多虧嬤嬤計謀無雙，讓我如願以償。以後莫要再叫我二小姐，我現在可是堂堂侯府的少夫人。」

「恭喜少夫人。」劉嬤嬤諂媚地行禮。

趙燕娘眉開眼笑。

第六十一章

祁帝派人問過段府，得知昨日迎親時人多手雜，將兩位新娘子擠錯位，才釀成如今的局面。

趙鳳娘跪地痛哭，聲稱自己和段家公子雖無夫妻之實，卻已有夫妻之名，愧對皇后娘娘的厚愛，對不起平家，一頭往房柱上撞去，被身邊的趙氏死死地拉回來，姑姪倆抱著哭成一團。

太監回報，祁帝沈默，梅郡主急道：「陛下，娘娘，既然趙鳳娘已和段公子拜過天地，雖未失貞，卻不能再成為我們侯府的孫媳。那趙燕娘出身太低，不如就做個姨娘吧，也算是抬舉她。」

趙燕娘和晁兒有了肌膚之親，想撇開不太容易，讓她當個姨娘，以後在內宅中有的是法子處置。

皇后對梅郡主的話不太贊同，搖搖頭。「不妥，趙燕娘雖然出身低，可卻是你們八抬大轎抬進府的，又出了這樣的醜事，若是讓她做姨娘，天下人只會恥笑我們侯府以勢欺人。事到如今，不如將錯就錯。陛下，您看如何？」

「就依皇后所言，成親不是兒戲，兩姓結親不是結仇，不如就讓那趙燕娘當平家少夫人，鳳娘正好可以陪在她姑姑身邊，做她的段家夫人。只不過終究是趙家惹出來的禍事，總要有些懲罰。」祁帝略一思索。「要讓郡主出口氣。」

「陛下，那趙燕娘粗鄙不堪，毫無半點規矩，怎能當平家的少夫人？」梅郡主可不想孫兒配那個醜女，急得滿頭大汗。

祁帝冷著聲。「他們已經圓房，又是妻禮迎進門的，貶妻為妾，不是世家所為。」

「可她本就不是我們要娶的孫媳。」

「那你們去段府接趙鳳娘吧。」

「這……更不行，她已是段家媳，如何能當晁哥兒的正妻？」

皇后看著冷著臉的陛下，朝梅郡主輕輕地搖頭。「陛下，不如就這般吧，鳳娘和燕娘是姊妹，也是下人們失職，嫁妝什麼的就不用換過來。說起來還是妾身的錯，黃嬤嬤和劉嬤嬤都是妾身賜給鳳娘的人，不如各罰她們十大板子，長長記性。」

「就依妳。再者趙家不能不罰，否則郡主意難平，不如收回趙鳳娘的縣主之位。」

皇后有些不忍。「陛下，這對鳳娘來說是不是罰得太重？畢竟事情也不是她惹出來的。」

「她是趙家女，身為縣主，竟然被人算計出醜，丟了皇家的顏面，不罰她罰誰？再說朕已是開恩，此事就這樣吧，休得再提，梅郡主也請回去。」

「陛下……」梅郡主哪裡肯依。這不是她要的結果，可祁帝已經拂袖離開，她只得跪在地上恭送。

皇后嘆一口氣，也離開大殿。

梅郡主獨自留在殿內，不知回去如何對晁兒交代。

常遠侯府內，世子夫人轉醒後，急切地拉著平湘的手詢問：「那個不要臉的女人趕出去了嗎？」

平湘搖搖頭，哭起來。她剛才乘機帶了幾個丫頭去攆人，誰知趙燕娘那個不要臉的賴著不走，還說什麼長嫂如母，拿她和太子的婚事說事，說如果太子知道她是這般連長嫂都不看在眼裡的人，還怎麼讓她當太子妃？

她被唬得嚇一跳，想想也是，此事自然有祖母和母親作主，她一個未出閣的姑娘就不要去做這惡人。

「娘，女兒無能，那趙燕娘著實可惡，還說什麼長嫂如母，要替母親教訓女兒。」

「什麼?!」世子夫人氣得翻白眼。「這不要臉的……竟敢說什麼長嫂如母，我還沒死呢，這府裡還有郡主，哪輪得到她？」

這個媳婦打死她都不認！她掀開被子就要起身，卻四肢無力、頭暈目眩，倒靠在榻上。

她急促地咳嗽起來，平湘拍著她的背。「娘，莫要急，等祖母從宮裡回來再說，姑母會為我們作主的。這可是事關我們平家的臉面，姑母哪會容忍那醜女做平家的媳婦？」

世子夫人被女兒勸住。「湘兒說得沒錯，不愧是要做太子妃的人，看事情比娘還清楚。且由得她再張狂一會兒，等妳祖母帶著旨意出宮，定將她趕出去。」

母女倆千盼萬盼，盼到梅郡主進門，可望著梅郡主難看的臉色，心往下沈。

「婆母，陛下和娘娘怎麼說？」

「怎麼說？」梅郡主咬牙切齒。皇后分明是心存報復，置家族不顧。「還能怎麼說，讓我們平家嚥下這口氣，由得那趙燕娘嫁進來，當平家的少夫人。」

「不行，祖母，若是有個那樣的嫂子，湘兒以後在東宮還怎麼抬得起頭？」

梅郡主心疼孫女，恨聲道：「湘兒別急，容祖母再想想法子，定然不會讓趙燕娘占著那位置不放。」

「婆母，媳婦沒用。」世子夫人掙扎著要起身。梅郡主有些看不上她，動不動就暈倒，關鍵時刻半點用也沒有。

「妳休息吧，看好晁哥兒，莫要讓他再著趙燕娘的道。」

「是，婆母。」

梅郡主回到自己的屋子，召來自己的婆子。「少夫人昨日勞累，妳讓灶下多燉些補湯，替她調養身子。」

婆子低著頭。「郡主，可是還用老方子？」

「換個方子吧，那老方子怕是沒什麼用。」梅郡主陰著臉，想著當初用老方子給庶女調養身子，卻半點也沒有用，明明每日端進去的湯碗都喝得空空的，卻還是讓她產下一女二子，榮寵不衰。

婆子會意，弓著背退出去。

平家亂成這個樣子，常遠侯卻沒有出面說一句話，等婆子出去後，梅郡主氣得砸碎屋裡所有的東西。

侯爺半點作為也沒有。當年，寶珠在婆家出事時也是這樣，她苦苦哀求侯爺去將寶珠帶回來，與翟明遠和離，可是侯爺說什麼夫妻貧賤不相棄，死活不肯去，還警告她也不許去。

她眼睜睜地看著寶珠跟著翟家回祖籍，一晃多年都沒有歸家一次。前些日子，寶珠來信，說翟明遠欺人太甚，竟然娶平妻，那平妻身分還不低，是當地知府的嫡女，可憐她的寶珠背井離鄉，娘家遠在千里之外，又沒有一兒半女傍身，哪裡比得上新娶的平妻，還不知要受多少氣……

她又召來一個婆子，如此吩咐下去，很快婆子就帶著兩個丫頭，還有幾車的東西離京。

陛下的旨意傳到段府，趙氏鬆口氣的同時又覺得自己猜得果然沒錯，皇后定然是給燕娘出氣，誰讓鳳娘占著那位置好些年，如今也該還回去。

鳳娘也好、燕娘也罷，都是趙家女。只要皇后相信那孩子是燕娘，她就什麼都不怕。

她想起方才鳳娘說過的話，遲疑問道：「鳳娘，妳和鴻哥兒……」

「姑姑，表哥並沒有碰我。」

「傻孩子，妳還是清白之身，為什麼不和姑姑說清楚？」

趙鳳娘輕輕地搖頭。「姑姑，沒有用的，無論我和表哥有沒有圓房，在外人眼中，我們已經是夫妻；侯府不會再接納一個有污點的媳婦，日後鳳娘也會因為這個原因，被別人瞧不起。與其以後日日受人詬病，還不如陪在姑姑身邊，鳳娘也好在姑姑的膝下盡孝。」

趙氏動容，一把將她摟在懷中，心中有一絲愧疚。「妳放心，沒有縣主之位，妳還有姑姑，姑姑一定不會讓妳再受委屈。」

趙鳳娘將頭埋在她的懷中，看不見表情。

一會兒，趙氏將她放開，派人去趙家將燕娘替鳳娘嫁入侯府的事情說清。

趙書才愣立當場，鞏氏連連驚呼。「這怎麼可能？」

雉娘問來人。「陛下真的沒有怪罪，只讓大姊和二姊將錯就錯？」

來人搖頭。「陛下有旨，大小姐被奪回封誥，沒了縣主之位。」

「什麼?!」趙書才喊出聲來。鳳娘失了縣主的名分，這可如何是好？

「老爺，陛下如此，已是法外開恩，若真要追究，恐怕鳳娘和燕娘都落不下好，段府也難以逃責，說不定我們趙家也會受牽連。不過是縣主之位，本就不是我們的，失了也就失了。」

鞏氏的一番輕言細語將趙書才安撫下來。陛下許是看在妻子的分上，才沒有降罪，還讓燕娘當平家的少夫人，燕娘和鳳娘都是他的女兒，倒也沒有太大差別。只不過……他的眉頭皺起，想起成親前一天發生的事，覺得很不妥。

鞏氏也想到這一點，輕聲地問來人。「常遠侯有什麼動靜嗎？二小姐那裡怎麼樣？」

「回舅夫人，二表小姐和平公子已經圓房。」

趙書才和鞏氏相視。已經圓房卻沒有什麼不好的傳言出來，說不定……

他們不敢細問，賞了幾個銀錢，報信之人便離開。

鞏氏心裡慶幸，幸好聽了雉娘的話，沒有去段府送嫁，否則她摘不乾淨。誰讓她是鳳娘和燕娘的母親，如果她在出嫁當日留在段府，出事後也難辭其咎。

「老爺，都怪妾身，要是妾身去看著，說不定就不會出現這樣的事。」

「哪裡能怪妳，是燕娘這死丫頭一直存著心思，就算妳在，又怎能阻止得了她？妳莫要自責，陛下將此事輕輕帶過，想來都是娘娘的功勞，為夫還要多謝妳，要不是看在妳的分上，娘娘哪裡會說好話？」

趙書才看著她，心生感激。鞏氏滿臉通紅。「老爺言重了。」

雉娘眉頭深鎖地回到自己的房間，就見青杏守在外面，她心一動，讓烏朵也留在外面，自己推門進去。

果然，她的未婚夫正坐在裡面等著。

出塵如玉的長相，修竹般的身姿，清冷的眸子直直地望過來，眸深如海，海底暗流湧動，情意翻滾。

雉娘解下斗篷，露出裡面交襟繡花的小襖，還有齊腳踝的長裙。她比起在渡古時高了一些，身子也調養好了不少，看起來水嫩嫩的，和以前瘦弱的美態不一樣，如今整個人彷彿含珠帶露的花苞，春風一吹，就要迎風綻放。

胥良川目不轉睛地看著她。她的一舉一動、一彎腰一抬頭都似畫般美好，他垂下眸子。終於明白自己聽到換親之事就急著趕來的緣故，不是為了那些無關緊要的雜事，而是他，想見她。

她將門輕輕關好，心裡暗思，不是說婚前男女不宜見面？怎麼離婚期只有幾天，大公子還要來一趟，是不是又有什麼事？會不會是鳳娘的事？她在心中揣測，大公子會不會是替鳳娘難過？鳳娘本來可以成為侯府的少夫人，卻被收回縣主封號，還嫁給段家表哥，大公子是不是替她報不平？

她的心情有些低落起來，垂著頭坐在他對面。

「怎麼？可有什麼棘手的事？」

「沒有，大公子。家中兩位姊姊成親又換親，幸好陛下沒有怪罪，否則……大公子，依你之見，這事是趙燕娘做的嗎？」

胥良川低頭一笑。小騙子，明明自己心裡有數還來套他的話。

前世裡，在閬山上，那麼多靜心養性的日子，他看破一切，心如止水，為何重活一世後，因為這憑空冒出來的小姑娘，如此的心緒難寧，牽腸掛肚？

他抬起頭，臉上的笑意還在，原本清冷的眸子裡也是寵溺的暖色。「這事是誰做的？妳不是已經猜出來了嗎？」

雉娘抿唇一笑。她是隱有感覺，如果鳳娘和燕娘都不是皇后當年的孩子，皇后定然會有所行動，報復回來。

而這換親一事，若不知內情，僅憑動機，燕娘的嫌疑最大，可如果知道當年的內情，那麼不難猜到其中有皇后的手筆。

她對自己的行為有些好笑。明明和大公子初次見面時，大公子就已經看清她的真面目，自己又為何還要在他面前掩飾？可能是想在他心裡留下好印象吧！

「大公子，此事看來已有定論。陛下並未責罰，只是奪回鳳娘的縣主之位，算是法外開恩。」

胥良川點頭。陛下的這一舉動讓人頗為不解，怎能如此輕易地放過，除非……陛下也知道隱情。

他眸色一黯。前世裡，陛下是不是也知道當年皇后做的手腳，所以才會在太子去世後一病不起，很快就駕崩西去。

他的眉頭皺起，雉娘小心地觀察他的臉色，見他臉色沈重，暗思是不是因為鳳娘？鳳娘落到如此地步，大公子心疼嗎？

「大公子，你莫難過，大姊雖然沒能嫁入侯府，可在段家卻是要自在許多。她現在的婆婆可是姑姑，姑姑一向疼她，以後日子不會難過。」

胥良川被她說得莫名，眉皺得更緊。這小姑娘說這些做什麼，趙鳳娘如何與他有什麼相干？莫非……這小姑娘對他有什麼誤會？

「妳是不是對我有什麼誤解？趙鳳娘嫁給何人，要過怎樣的日子，與我沒有半點干係，我也沒有一絲一毫在意。」

「啊……」雉娘一愣，呢喃道：「她不是你的心上人嗎？」

「我的心上人？」胥良川鎖眉看著她。這小姑娘一直會錯他的意，看來是他表達得太含蓄。

他站起來，將她圈在桌子邊。「她不是我的心上人，從來都不是。」

「不是？」她不自覺地重複這兩個字，心裡一陣歡喜，可回過神來，發現兩人的姿勢貼近，他高大的身形罩在自己身上，眼神幽暗。

她的心跳得很快，頭腦發熱，想也不想就問出口。「既然你不是因為要遮掩對趙鳳娘的情意，那為何要娶我？我以為你是想……」

「我想娶妳，僅此而已。」

他眼裡的情意毫不掩飾，目光緊緊地鎖著她。她的臉染上粉色，隱有期待，男子獨有的氣息將她圍住，清俊的臉在她的瞳孔中慢慢放大，最後，兩唇相碰。

男子修長的大手一隻扶住她的腰身，另一隻托著她的後腦。

她腦中一片空白。前世今生，她都未和男人這般親密接觸過，除了陌生的感覺，還有漫天的歡喜。

良久，胥良川才放開她。她的雙眼霧氣氤氳，粉唇泛著水光，他將她往自己的懷中按，她的耳中全是他的心跳聲，如擂鼓般，淹沒了世間所有的聲音。

「妳現在說說看，我的意中人是誰？」

雉娘只覺得整個人都快要沸騰起來。

大公子的心上人是誰？她想起他送的糟魚，幾次三番地出手相幫，離京時的叮囑，他求娶時的強硬，心裡甜蜜如糖，絲絲沁脾。

第六十二章

青杏和烏朵發現自從那日大公子離開後，小姐就像是變了一個人，以前也很美，現在看起來更美，美得驚心動魄。原本如花似玉般的嬌顏，越發豔麗，帶著說不出的惑人，眉宇間都是嬌態，看得青杏犯了癡，被烏朵一推才清醒過來。

烏朵小聲地開口。「三小姐，可是有什麼喜事？」

雉娘挑眉斜睨她一眼。當然是喜事，歷經兩世，她還能知道愛情的滋味，這可是天大的喜事。

她抿著唇一笑，輕輕地敲了下烏朵的頭。「當然是喜事。妳們可別忘記，今日可是大姊和二姊三朝回門的日子。」

說完，她含笑不語。烏朵心裡納悶，大小姐、二小姐回門有什麼可喜的，出了那檔子事，愁都來不及。

堂屋內，趙書才和鞏氏都在等著人報信。

按禮說，鳳娘和燕娘是趙家女，三朝回門肯定要來趙宅，怎麼等到辰時都過了，還遲遲不見人影？

又等了一會兒，才看到鳳娘和段鴻漸上門。趙書才的臉色好看一些。

還是鳳娘知禮。想到燕娘，他又是一陣氣惱。

趙燕娘面露得意。自己可是一品侯府的少夫人、以後的侯夫人。自陛下有旨後，梅郡主對她可謂是態度大變，還吩咐廚房天天給她熬補湯補身子，那樣的補湯，她可是從來沒有喝過，聽說用料都是人參鹿茸。

「那是，不是我自誇，這侯府可不是一般人家能比得上的。以前住在段府，就想著段府真大，現在住在侯府，段府可就有些不夠看，也就大姊一直住在那裡，想必早就習以為常吧。」

趙鳳娘依舊不惱，笑道：「可不是嗎？我自是住得慣的，還能承歡在姑姑膝下，以後為她養老盡孝，於我來講是再好不過的事。」

「還是大姊通透。」雉娘由衷地誇讚。不說其他，趙鳳娘這氣度，真不是一般人能有的。

燕娘不屑地冷哼。趙鳳娘失了縣主之位，竟然還在裝腔作勢，她就看不慣這假模假式的樣子。

「大姊不怪我真的太好了，我嫁入侯府，還得了那麼多嫁妝，都得感謝大姊。今日看見大姊和表哥夫妻恩愛，我這才心裡好受不少，想來你們才是天生的一對。」

趙鳳娘對她一笑，笑意含諷，並不說話。雉娘也裝作沒聽見一般，轉過頭讓烏朵去看席面備好沒有。趙燕娘見沒人理她，哼了一聲。

一家人各懷心思地吃過飯，趙燕娘就以要回府喝補湯為由，好一番炫耀，然後得意地告辭。

趙鳳娘聽到補湯二字，露出意味深長的笑。

趙燕娘卻一無所知，迫不及待地要回侯府。今日她已經在鳳娘的面前顯擺過，以後自己是侯府少夫人，走到哪裡都能壓鳳娘一頭，想想就讓人開心。

日子很快就到臘月十七，趙家在京中除了段家並無親友，之前鳳娘和燕娘成親時就沒有辦添箱宴，輪到雉娘，自然也不會有此一舉。

誰知這一日，久未見面的方家兩位夫人帶著女兒上門，還有方家那位姑奶奶也帶著自己的女兒、蔡家的兩位姊妹也隨行。

鞏氏雖有些詫異，但來者是客，將她們都請進來，急忙讓蘭婆子去安排席面。

方家的大夫人彷彿什麼都沒發生過一般，拉著鞏氏的手，不停誇讚著。「還是妳有福氣。我頭回見妳，就知妳不像是我們方家的人，我們方家哪裡養得出妳這般的姑娘？還有雉娘，看面相就是好命，也是我們事情太多，一直不得閒，明日雉娘就要出嫁，說什麼我們也要來一趟。」

鞏氏笑了笑。「我知道妳們事多，故而未去打攪，妳們能來，我萬分感謝。」

方大夫人介紹自己的姑子，方家的那位嫡女、胡大學士家的長媳。

胡夫人長得一臉福相，銀盤臉細柳眉，和方老夫人長得極相似。她含笑地望著鞏氏，自責道：「都怪我，以前想著我是長姊，妳是妹妹，眼巴巴地等妳上門，卻一直未見妳帶著雉娘去大學士府，生生和妳錯過。父親來信，不日將和母親來京，妳我雖不是親姊妹，卻也是有緣。若是妳不嫌棄，我依然將妳視為親妹，以後在京中我們相互扶持，這也是父親的心願。」

「不敢當胡夫人這聲妹妹，方先生對我們母女有恩，憐秀銘記在心，以後必會報答。兩位方夫人、胡夫人請坐吧。」

方家兩位夫人對視一眼，臉色不變地坐下。鞏氏不認她們，也在意料之中。胡夫人也面不改色地坐下來。

方大夫人對幾個姑娘道：「妳們不是一直念叨雉娘嗎？不用在這裡杵著，去找她吧。」

鞏氏也點頭，讓人將她們引去雉娘的屋子。

除了胡家的姑娘胡靈月，其餘幾人都是相識的。方靜怡分別介紹胡靈月和雉娘，幾位姑娘便開始說起話來。

方靜怡帶頭將自己的添妝禮送給雉娘，其他幾位姑娘也照著做，雉娘一一感謝。

胡靈月好奇地看著雉娘的屋子。這屋子擺設雖然簡單，卻透著一股雅緻，只不過眼見明日就是婚期，怎麼好像並沒有見到趙家在外面擺放嫁妝？

方靜怡姊妹倆和蔡家姊妹倆卻是知道趙大人以前就是一個九品縣令，前頭剛嫁兩女，輪到雉娘，嫁妝肯定是不多的。

「二表姊，這趙家怎麼如此寒酸？」胡靈月小聲地問方靜然。方靜然擠了下眼睛，沒有回答。

雉娘卻聽見了。這幾個人不請自來，還說她家寒酸，也真是夠可以的。在進京時，她們都已經相處過，各自是什麼樣的性子，她一清二楚。方靜怡對大公子有意，故而看她不順眼，處處針對；現在卻巴巴地來添箱，不過是因為娘是皇后的嫡妹，她們想乘機巴結而已。

可她不想和這幾人周旋，自然談不上什麼熱情，但胡靈月和方靜然擠眉弄眼的，看起來讓人實在不喜。

她想了想，笑道：「胡小姐說得沒錯，我們趙家本就不是什麼高門大戶，我父親之前也不過是九品縣令，也是胥老夫人抬愛，聘我為孫媳。姨母憐惜我，早早就言明，嫁妝什麼的就不用家裡出，她在宮中已經備好，只不過家中實在是地方小，放不下東西，明日才會從宮中送出來。」

幾人面色一僵，尤其是胡靈月和方靜然，臉色尤其難看。

雉娘才不管她們。她們根本沒有誠心相交，她又何必給她們臉面？

方靜怡先恢復過來。「還是妳有福氣，有皇后娘娘替妳備嫁。」

雉娘笑了笑，看著她。

方靜怡有些不自然，略坐了會兒便起身離開。雉娘也不挽留，等她們離開後，便讓烏朵將幾人的添妝收起來。

臘月十八，正值胥良川的生辰，也是大婚之日。

一大早，宮中就將雉娘的嫁妝送出來，將周家巷子擠得滿滿當當的，趙家的宅子裡也放著不少，御衛軍們把守著，不讓人靠近。

趙氏、鳳娘和燕娘都來送親。燕娘看著那一抬抬精美的嫁妝，眼紅得恨不得撕了雉娘，酸酸地對鳳娘道：「以前總說皇后娘娘抬舉大姊，現在看來，再怎麼抬舉也比不上親外甥女。」

「燕娘，小心禍從口出，娘娘也是妳能私下議論的？鳳娘是妳的姊姊，以後妳們姊妹還要相互扶持，妳能嫁入侯府，也是妳姊姊相讓的，不能忘恩負義。」趙氏低喝。

「我說的是實情。有些人恐怕被娘娘厭棄了吧，我能嫁入侯府是我的福氣，是我天生的富貴命。」趙燕娘挑眉望著鳳娘。鳳娘面色平靜，並不理會她。

趙燕娘哼了一聲。就她會裝，以後有她哭的時候。

趙氏氣結。

三人朝雉娘的屋子走去。雉娘坐在妝檯前，天未亮就被挖起來。昨夜娘進來說了一些讓人似懂非懂的話，然後神神秘秘地塞給她一本小冊子，她心知是那壓箱底的東西，等娘離開後，獨自一人挑燈夜看，看得滿臉通紅。

雖然前世聽過看過不少，卻並未親身經歷過，初聽這些又事關自己，心肝不由得亂跳，腦子裡都是那些個小人兒交疊的樣子，想著自己和大公子會不會也是這般，又羞又臊。

大公子那般清冷的人，肯定不會行那般之事，若是……

她胡思亂想著，等到丑時才強迫自己睡去。今早一起，呵欠連連，坐在梳妝檯前，眼皮子直打架，一點精神也沒有。

鞏氏心急，可是昨夜她說的那些話將雉娘給嚇著，所以才失了覺？她自責不已，又不知如何圓話，想著女子都有這一遭，索性狠下心，用涼水浸濕的帕子拍著女兒的臉。

雉娘被冰得一個激靈，清醒過來，看著娘親手中的帕子，有些幽怨。

「雉娘，妳且忍忍，今日是妳大喜的日子，可不能真的犯睏。」鞏氏心疼不已，安慰女兒。

雉娘現在心裡半點旖旎的想法都沒有，只想有張暖暖的床，讓她美美地睡一覺，管她什麼成親，什麼男人。

趙氏滿嘴都是喜慶的話，直誇雉娘有福氣。

「福不福氣的現在哪裡看得出來。」趙燕娘斜著眼，看著雉娘嬌豔的臉蛋，一臉嫉恨。「就像大姊，以前貴為縣主，誰不說她有福氣，轉眼間什麼都沒有，如今誰還說她有福氣？世事難料，現在說雉娘有福，還為時過早。」

鞏氏氣結。「燕娘，這屋子小，妳到我的屋子去等著吧！」

趙燕娘撇了下嘴。正好，她還不願意待在這裡呢，看著雉娘那張臉就來氣。她大搖大擺地走出去，青杏跟在後面。小姐可是有令，今日她無論如何都要看好二小姐，以防對方再出什麼陰招。

果然，趙燕娘並未去前屋，而是想繞到屋後，不知做些什麼。青杏跟著她，看著她往後門走去，打開後門。

「二小姐做什麼呢？」

趙燕娘回頭，不在意地道：「沒什麼，院子裡太悶，我想透透氣，妳一個丫頭，管得還真多。」

青杏將門關上，瞄見到一閃而過的男子身影，氣得想殺人。這二小姐怎麼如此下作！

「二小姐，方才奴婢瞧見有個男人，是不是和二小姐您有約在先？若是這樣，那就是奴婢的不是，奴婢這就開門讓您和他見面。」

「妳這死奴才胡說什麼！我哪有和人有約，真是有什麼樣的主子，就有什麼樣的下人，妳和三妹一個德行，就會招蜂引蝶。可惜妳這長相太寒磣，要不然以後給胥大公子當個通房什麼的，也好過當奴才。」

青杏將門閂好。「二小姐，青杏雖是個奴才，卻也知禮義廉恥，不是那種水性楊花的女子，婚前失貞，還大言不慚。」

趙燕娘臉上青白交加，認出青杏，想起婚前一日，跟在雉娘身邊的就是這個丫頭，這個丫頭定然清楚當天的事。

她氣急敗壞地轉身，朝前屋走去。

第六十三章

今日趙燕娘本來是打算引進一個男人，管他能不能成事，噁心一下雉娘也是好的，誰知雉娘這小賤人越來越邪門，竟然派人監視她。

她走得很快，青杏步步緊跟，她氣急，轉身想伸手教訓青杏，憶起青杏那天的手勁，生生忍住。

青杏錯開身，將腿往前一伸，趙燕娘被絆住，身體直直往前倒，栽在地上。青杏驚呼，往前一撲，也摔倒在地，正好壓在她身上，手裡也沒閒著，一通亂打，痛得趙燕娘嗷嗷直叫。

青杏充耳不聞。小姐可是交代過，若二小姐真有不軌之心，讓她不要手軟，打傷打殘都有小姐兜著。

好半天，聽到有人朝這邊走來，青杏才爬起來，拍拍身上的灰塵，揚長而去。

趙燕娘趴在地上，四肢像散了架一般動彈不得，心裡不停咒罵。聞聲而來的丫頭們將她扶起來，她罵罵咧咧地去找趙書才告狀。

她渾身都痛，可是除了頭髮和衣裳亂了一些，面上什麼也看不出來。青杏使的都是巧勁，專挑看不見的部位打。

趙書才現在一點也不相信她，反而訓斥她一頓，以為她是故意找晦氣，氣得她直接衝到雉娘的房間。

房間裡，正是哭嫁時，鞏氏抹著眼淚，不敢痛哭。當年那個瘦弱的嬰兒被她一直養到今天，其間多少悲歡，如今女兒就要出嫁，成為別人的媳婦，她的心像被撕開一塊，又痛又空。

趙氏作為姑姑，自然也是用帕子擦淚，一臉不捨。

燕娘進來時，看到的就是這幅情景，她指著雉娘罵道：「黑心肝的死丫頭！指使奴才打我，我今日就要嚷出去，讓胥家看看，他們要娶回家的是個什麼貨色！」

雉娘一把扯開蓋頭。「二姊，妳今日是來找晦氣的吧！明明是我大喜的日子，妳這是又要鬧哪齣？妳是不是要鬧得家中姊妹都不得安生，都嫁得不好才開心？」

趙氏也氣得不行。這蠢貨，怎麼做事不用腦子，就憑她這蠢樣，在侯府哪是梅郡主的對手？

「燕娘，妳快快下去梳洗，如此模樣，成何體統。」

「雉娘，妳居然敢唆使丫頭打我？好毒的心思，讓大家都來看看妳的真面目，裝得弱不禁風的，其實心狠如虎。」趙燕娘擠進房間，不管不顧地嚷著。

青杏從外面進來，跪在地上。「夫人，姑奶奶，都是奴婢的錯。奴婢方才見二小姐要打開後門，後門那裡還站著一個男人，急忙阻止。怎知二小姐不聽奴婢的，奴婢情急之下將門關上，二小姐拉扯奴婢，被奴婢絆倒。都是奴婢的錯，求夫人責罰！」

她這一說，屋內的人哪還不明白？趙氏臉黑如墨。

「燕娘，妳這是又要做什麼，妳害了我不夠，還要害三妹，我們姊妹是前世的仇人嗎？一個兩個都礙妳的眼，妳要下此毒手。」趙鳳娘掩著面，帶著哭意。

鞏氏搖頭。燕娘這性子，和董氏越來越像。

趙燕娘一臉不以為然，撇嘴道：「我只是覺得院子太小，又悶又難受，想在後門透透氣，哪裡就知道那裡等著一個男人？雉娘的丫頭如此緊張，說不定真是來找三妹的。」

雉娘抄起妝檯上的玉肌膏瓶子，一下子砸在她頭上。瓶子是青瓷的，將她砸得一個踉蹌，額上立即紅腫起來，瓶子滾落到地上，摔得粉碎，雪白通透的膏子流得滿地。

「既然嫌這裡又小又擠，那就滾回妳的侯府，但是妳若想又朝我身上潑髒水，我可不會像在渡古一樣，只會自己尋死。我現在就是要死，也要拉著妳墊背。」

鞏氏聽到女兒提起渡古的事，滿心憤恨，怒視著燕娘。「燕娘，妳這麼紅口白牙，是要逼死雉娘嗎？我告訴妳，妳若是敢在外面亂說一個字，拚了這條命，我也不會放過妳！」

趙燕娘頭一次見到如此強硬的鞏氏，暗笑鞏氏現在有靠山，有皇后娘娘這個嫡姊，所以說話硬氣起來。但是鞏氏不知道她趙燕娘是何身分，真要鬧到皇后那裡，皇后偏幫的也是自己。

她反唇相問：「誰怕誰？莫要嚇我。」

趙氏恨不得弄死她。一般人家的女兒哪個不是花心思討好母親，就算是父親的填房，也不是可以輕視的，燕娘這是找死。

她怒急。「燕娘，怎麼和妳母親說話的？今日是妳妹妹的大喜之日，如此作為是要鬧哪般？」

「母親？我的母親可不是她。」

雉娘譏諷一笑。「當然，妳不配叫我娘為母親，妳和董氏一樣，又毒又不知羞。」她轉過頭吩咐青杏。「既然她不認我娘，又看不上我們趙家，那就將她趕出去。我們家不歡迎她，要是她再上門，見一次打一次，打死算我的。」

青杏聽到自己小姐的命令，兩手使勁拽著趙燕娘，就往外拖，從後門將人丟出去，任她在外面喊叫，將門閂死。

鞏氏有些不贊同地望著女兒。方才雉娘說得又急又狠，什麼叫打死算她的？燕娘可是老爺的女兒，她們哪能作主？

「娘，她能在我的出嫁日大鬧，哪裡當我們是親人？說是仇人還差不多。對於仇人，自然不能手軟，她敢再來鬧，打到她怕為止。」

趙鳳娘眼神微閃。三妹以前難道都在裝弱？

趙氏也有些心驚，不過很快恢復過來。鞏氏母女以前勢弱，一個姨娘，一個庶女，肯定是為人小心；如今不比以前，皇后娘娘可是她們的靠山，人有了倚仗，行事就能放開手腳，膽子也大起來。

屋內一片靜默，雉娘理理自己的喜服，重新坐在妝檯前，看有哪裡需要補妝的地方。

鳳娘也很快回過神，含著笑，一邊看一邊稱讚。「三妹這長相，真是貌比仙娥。」

「謝大姊誇獎。」雉娘大方地笑著。

再次梳妝完畢，蓋上蓋頭，外面迎親的人也到了。

她在蓋頭內聽到門外那清冷如玉的聲音，心如跳兔亂跑，感覺自己被人攙出去，然後扶進花轎裡。雖然看不見大公子在哪裡，可她知道，他一直就在身邊。

鑼鼓聲聲，嗩吶歡吹地朝胥府而去。長長的迎親隊伍，花轎後面滿滿當當的七十二抬嫁妝，繞過巷子，走上大道。胥良川紅袍黑靴，騎著大馬，原本清冷如玉的臉上被大紅的喜服映上喜氣，玉面紅衣，引得路人齊齊讚嘆。

到達胥府後，雉娘被海婆子扶下來。海婆子一家是她出嫁前買的陪房，一家四口，海婆子夫婦和兩個兒子。

她的嫁妝裡有莊子田地以及鋪子，莊子和田地有莊頭，都是老人，不用再換。鋪子也有掌櫃，都是皇后用慣的人，才能和人品不用說。海婆子的男人姓木，以後就是她私產的管事，兩個兒子也長得壯實，以後她嫁入胥家再安排位置。

海婆子一家看起來像從大戶人家出來，她私下猜測是大公子安排過來，又猜想恐怕是皇后娘娘安排過來的，這等成親後，再問大公子不遲。

跨火盆，邁門檻，拜天地，拜高堂，然後聽到唱禮人高喊送入洞房。

海婆子扶著她，大紅蓋頭遮住她的視線，喧鬧的人聲慢慢遠離，她的心跟著提起來，一步一步都像是踩在雲端，心裡飄飄忽忽的。

到達新院子，海婆子將她扶進新房，安坐在喜榻邊。烏朵小聲道：「少夫人，可要吃些什麼墊肚子？」

雉娘一愣，緊接著臉紅到耳根。她現在不是趙家三小姐，而是胥家的少夫人，烏朵改口得太突然，她都有些反應不過來。

她確實有些餓，卻也不是很想吃東西，心裡羞喜交加，想著將要發生的事，雙頰滾燙。蓋頭遮住她的視線，她什麼也看不清，心裡盼望大公子快來將蓋頭揭開，又害怕他來揭開。忐忑難安中，便聽到外面響起腳步聲。

她心一緊，不知為何能辨出來人正是大公子。

胥良川邁進房間，喜娘立刻舉起托盤。

他拿起托盤中的喜秤，用金秤桿輕輕挑起她的蓋頭。她眼前大亮，卻不敢抬頭。喜娘被驚豔得半天回不了神，滿口讚嘆。「少夫人好相貌，老婆子從未見過如此貌若天仙的新娘子，簡直是月宮仙女一般，能見一次，老婆子三生有幸。」

雉娘被她誇得更加不敢抬頭。就算不抬頭，也能感受到大公子灼灼的目光，如穿透她的心一般。

喜娘將一盤餃子遞到她面前，她用手捏起一個，往嘴裡一咬，是生的。喜娘忙問：「少夫人，生不生？」

「生。」她羞得滿臉通紅。雖然早就知道有這麼一個習俗，卻還是臊得無地自容。

喜娘滿意地說著恭喜的話。「恭喜大公子、恭喜少夫人，早生貴子，三年抱倆，富貴雙全！」

海婆子忙給喜娘一個大紅包，喜娘越發眉開眼笑。

胥良川望著羞得不敢抬頭的小姑娘，聽到她嬌軟的那個「生」字，心神激盪。此生他有妻，必將會有子。

前世的胥家在他和岳弟的手中斷了延續，今生再也不會發生，可是他想著小姑娘嬌軟的小身子，真的能給他生育子嗣嗎？

腦子裡想起祖母曾經說過的話，說小姑娘看起來嬌弱，其實是個好生養的，他的視線從她臉上慢慢下移。該瘦的地方瘦，不該瘦的地方……他的喉結滾動了一下，揮一揮手，讓屋裡的人都退出去。

等人都出去後，雉娘才大著膽子抬頭，一抬頭，就撞進他如火炙般濃烈的眸子中，心漏跳一下，又低下頭去。

他坐過去，雙手攥成拳放在膝上。

雉娘悄悄地偷瞄他，就對上他幽暗的眼神，慌得又低下頭去。

他低低地輕笑，然後站起來，斟滿兩杯喜酒端過來，遞一杯給她。她接過，垂著眸子羞澀地與他交握共飲。

酒很濃烈，一杯下肚，她被衝得立即滿臉通紅，淚眼汪汪，看起來楚楚動人，紅唇沾過酒，又潤又紅。

他丟開杯子，欲要上前，忽然外面傳來胥良岳的聲音，似乎帶著一幫人要來鬧洞房。胥良川眸色微黯，給她一個安撫的眼神，自己大步出門。

院子裡一群公子哥兒，領頭的正是胥良岳。

「大哥，今日良辰美景，明月當空，正是與三兩好友共飲之日，恰逢你大喜，何不與眾友同樂，你們說是不是？」

胥良岳拉過來的人大多都是文臣之子，這些人平日十分景仰大公子，不敢太過造次，見大公子臉色不佳，更加無人敢附和胥良岳。

胥良川掃過他們，拱手道：「感謝諸位賞臉來吃我的喜宴，今日是我一人之喜，談不上同樂。等春闈過後，大家都有所斬獲，金榜題名，我們再一醉方休，豈不更加快意？」

眾人高呼，約來日再飲，齊齊離去。胥良岳一看情勢不妙，也灰溜溜地跟著離開。

胥良川今日沒有心思收拾堂弟，轉身回房。

新房內，雉娘已經洗臉換衣，乖巧地坐在榻邊，一顆心如在冰火之中，備受煎熬。見他進來，低下頭去，暗罵自己沒出息。

他的臉色在燈火下，清冷生輝，明明是飲過酒，卻面不改色。屋內只有他們二人，他一步步地朝她走來，如同踏在她的心上一般。

她的心越跳越快，直到他立在她面前。

淨過面的臉，光潔得如同上好的白玉，粉嫩的耳尖上泛著紅，他伸出手，她緊張得往後一縮。

他的手僵在半空，低頭俯視著她，眸中暗流急湧，捲起漩渦。

「怕嗎？」清冷的聲音帶著一絲喑啞。

她咬著唇，羞怯地抬頭。

不怕的，她只是羞，畢竟前世今生都只為生計忙活，從未經歷過男女之事，難免有些緊張。

他輕輕地坐下來，一揮手，大紅喜帳垂下，遮住床榻，喜燭的光透過紅帳，將榻內映得暖紅一片。

如此，天地間只餘他們二人，彼此呼吸可聞。她反倒自在起來。

他慢慢地靠近，如玉的臉籠罩在紅暈中，帶著一絲魅惑，低聲道：「小姑娘，妳報恩的時候到了。」

何以報恩，唯有以身相許。

憶起他們初見時，他要她以身相許。當時她以為對方只是戲言，誰能想到一語成讖？為何他們僅是初見，他就說出要她以身相許的話，胥良川自己也不知道，那日是哪般的鬼使神差，竟會對一個初見面的姑娘提出如此要求。

可能是她身上那股矛盾的美麗，深深地吸引自己，所以他在以後的日子裡，才會一再地出手相幫。

他的重生，不僅是要讓胥家遠離前世的紛爭，想來更重要的是老天要補償他前世一生孤獨，才會將小姑娘帶到他身邊。

一個前世不存在的人，現如今活生生地在他的面前。

她是誰？曾經是誰？都不重要，重要的是他會將她攬入懷中，一生呵護。

兩人相互凝視，紅燭的火花不停跳躍，紅幔內，男女的身影慢慢交疊在一起，重合成一體。

雉娘感覺到自己被人緊緊圈進懷中，感覺到自己被人抱起，輕置在榻上。男人如玉的臉懸在上方，修長的手指解開她的衣裙，如麝的氣息灌滿鼻腔。

衣裳盡褪，頎長的男子壓在嬌小的女子身上，她的手顫著，無力地攀在他的肩上，任他為所欲為。

芙蓉帳內暖生歡，喜燭相映紅幔搖。

嬌花不堪勁風折，吟啼聲聲明月羞。

第六十四章

胥府的南院裡，胥老夫人聽著下人來報，歡喜不已。還道大孫子清冷，怕是不解風情，讓雉娘受冷，誰知竟是冰火相融，已成好事。

她滿意地笑著，彷彿看見大胖的重孫子向她跑來，吩咐身邊的婆子，少夫人的身子要緊，可不能虧著，明日要熬些補氣血的湯送到新房。

翌日，雉娘甫一醒來，就見到榻邊小桌上的湯藥。

她覺得有些痠痛，卻不是太難受。

那個高瘦的男子已經整裝完畢，清逸出塵。他慢慢地回過頭，眼底含笑。

她的腦中不知如何冒出一個詞，衣冠禽獸。夜裡似狼，穿衣如仙。

「妳醒了？」他走過來，坐在榻沿。

她的小手不自然地拉緊被子，青絲散在枕頭上，紅色的錦被中只露出一張小臉，小臉通紅，櫻唇略腫，微微地嘟著。

他的眼神黯了一下。「要我喚丫頭們進來侍候嗎？」

她搖搖頭，長長的睫毛顫了一下，眸子水汪汪的，看得他的心也為之一顫。

他忍著再次翻身上榻的衝動，不停唸著心經。以前初離京時，他是不甘的，每每心煩意亂時就唸心經，讓自己平心靜氣。

來日方長，他們的日子還長著呢。

他伸手把她扶起，將桌上的湯藥端過來，遞到她的嘴邊。

她疑惑地問道：「什麼藥？」

「補氣血的。」

她紅著臉，一飲而盡。

等會兒還要去拜見父母和祖母，新媳婦頭一天，可不能晚起。

「那要我幫忙嗎？」他輕聲問道。

她又搖頭。「我自己可以的。」

「好。」他應著，並未起身。

雉娘心中羞惱。他不走，她怎麼起來穿衣服？被子裡的自己可是未著寸縷，她還沒有適應在他面前如此無顧忌。

他似是看出她的心思，低頭輕笑，慢慢地起身，背著身子。

她想起身，可是衣物還在櫃子裡，無法去拿。這男人還站著不走，她一陣氣惱，丟出一個枕頭，砸在他身上。

他驚訝地回頭，看著她光潔的玉臂，撿起地上的枕頭，問道：「怎麼了？」

「你出去，讓烏朵進來吧。」她將手縮回被子裡。

他輕笑，慢慢地走到門外。不一會兒，烏朵進來，低著頭不敢看雉娘，從衣櫃裡拿出衣物，侍候她梳洗穿衣。

雉娘只敢瞄自己的身子一眼，就羞得恨不得鑽進地縫。青青紫紫的一片又一片，尤其是胸前與大腿，更是紫得嚇人。

她皮膚白，又極易青紫，就算是小小碰撞一下，都會青上一塊。

好不容易穿好衣服，她鬆口氣。梳完妝後，和胥良川共進朝食。

「大公子，等會兒去見祖母和父親母親，可有什麼要注意的？」她小聲問著。胥老夫人她相處過，是個和藹睿智的老人。胥夫人她也見過，看起來不難相處，唯有胥閣老，只聞其名，未見過其人。

大公子？他的眉皺起。「娘子，妳喚我什麼？」

雉娘反應過來，遲疑道：「夫君？」

「再叫一次。」

「夫君。」

「嗯。」

她心裡偷笑，如喝蜜水一般，細細回味著這兩個字，越想越覺得耳紅面赤，歡喜又害羞。

用過朝食，夫妻二人往主院而去。

胥老夫人和兒子媳婦早就等著，就盼著喝這碗新媳婦茶。

胥閣老長得和大公子有些像，卻更加嚴肅。兩人先是拜見祖母，老夫人連聲說好，給她的是一個大大的紅包，並朝她眨了一眼。她會意，裡面不是契子之類的就是銀票。還是祖母實在。

從他們一進屋，胥夫人的目光就沒有離開雉娘。雉娘今日是大紅的衣裙，層層的百褶下襬，鑲著珍珠的腰帶，襟子上繡著石榴纏枝，喜慶又有寓意；巴掌大的小臉，長睫水眸，膚如凝脂，唇如紅櫻，風韻天成，行走如柳，好一個美嬌娘。

胥夫人看兒子一眼。昨夜她可是也一直關注著新房的動靜，聽到好事圓滿，也是歡喜不已。川哥兒清冷，以前對京中貴女們都不假辭色，還以為兒子一心只鑽研讀書，不通人事，原來不是兒子不懂風情，而是沒有上心的人。

望著面前的一對璧人，她爽快地喝了新媳婦茶，將準備好的見面禮放在托盤上。托盤上，是一只通體玉白的鐲子，玉色極潤，應該至少是百年老玉。

胥夫人感慨，記得當年也是這樣的情景，婆母將鐲子傳給自己，如今她親手傳給自己的兒媳婦。

雉娘謝禮，站起身來。

坐在旁邊的還有一位中年婦人，胥夫人介紹說：「這是你的嬸母。」

雉娘明白過來，是閬山書院山長的夫人，胥家二公子的母親。她端著茶去敬禮。山長夫人微笑喝了茶，見面禮放在托盤中。

「好孩子，長得真讓人心疼。我是妳的嬸嬸，岳哥兒的娘。昨夜我本來還擔心姪媳婦初嫁過來不自在，想去新房看看，誰知川哥兒早早離席，一直待在新房裡，捨不得出來。我只好作罷，落個清閒。」

她一邊說著，一邊拿眼睛瞄胥良川。胥良川神色未動，一派淡然。倒是雉娘落個大紅臉。嬸母這意思是暗示夫君太心急，想起昨夜的一切，羞赧地低頭。眼角餘光偷偷地看他一眼，正好他的眼睛也看過來。

小倆口眉來眼去的，胥老夫人笑意更深。孫子孫媳感情好，她的大重孫子就會來得快。

胥家的男人是不待在內院的，胥閣老一走，胥良川也跟著上前，父子二人去書房談事。

胥夫人的眼睛還是目不轉睛地盯著她，胥老夫人咳了一下。「大兒媳婦，妳這兒媳又跑不掉，以後有的是時候看，天天讓妳看。」

「婆母，妳又打趣媳婦。」

「不打趣妳打趣誰？雉娘，到祖母這裡來，我和妳說，妳這個婆婆最喜看美人兒，娶妳進門可算是如了她的願，以後啊，妳可得天天穿得漂漂亮亮的讓她看。」

山長夫人也跟著湊趣。「可不是嘛！大嫂現在可算是如了願。這麼一個貌美如花的兒媳，就是天天能看上一眼，也能愉悅一整天。秀色可餐，望之止飢。」

「婆婆，妳看弟妹，都沒個正經，當著我新兒媳的面就這麼取笑我，讓我以後還如何擺婆婆款？」

這麼一說，胥老夫人和山長夫人都笑起來。

雉娘心裡一鬆。胥家婆媳間的關係融洽，竟能相互打趣，真是不多見。從今以後，她就是這個家的一分子了。

胥夫人和胥老夫人將雉娘拉到中間。

「雉娘啊，娘和妳說，咱們家沒那些個規矩，人也少，沒有什麼是非。妳千萬不要拘謹，怎麼自在怎麼來，我這個婆婆最好說話，不會讓妳每日早晚請安，也不要妳來給我立規矩，妳只要照顧好川哥兒，夫妻和美，多給胥家開枝散葉就行。」

胥夫人說著，看一眼帶笑的老夫人。「當年我進門時，妳祖母也是這樣交代我的。」

胥老夫人笑道：「沒錯，身正名清是胥家的立根之本。男人在朝堂立足，後宅更要和睦寧靜，所以胥家先祖才有不許納妾的遺訓，為的就是不讓後宅污濁之事分了男人的心。」

雉娘恭敬地應承。胥家的祖訓她是知道的，以前沒想過和大公子成為真正的夫妻，倒也沒有放在心上，現在她是胥家真正的兒媳，再聽這條祖訓，只覺得無比慶幸，不用擔心有人來分享自己的丈夫，也不用學著別人大度，在孕期給丈夫納小妾。更不用擔心不給男人送女人而被別人罵是妒婦，只因她嫁的是胥家的男人。

怪不得那麼多女人都想嫁給大公子，除了大公子的人品長相，恐怕胥家的祖訓才是最關鍵的。

「請祖母和母親放心，雉娘一定謹記於心，不敢相忘。」

胥老夫人滿意地點頭。「好，妳才嫁過來，胥家的事情暫時還是由妳婆婆管著，時機一到，這些事情就會讓妳接手。」

胥夫人也跟著點頭。「沒錯，到那時候，我就帶帶孫子，和婆母逗著孫兒玩。」她又對山長夫人道：「也給岳哥兒相看起來，他明年年紀也到了。」

山長夫人點頭稱是。胥老夫人笑起來，想著滿院子跑的重孫子，心裡開懷。

胥家歷來如此，川哥兒春闈過後就要進入官場，兒子會一直帶著他，直到皇室換代，新帝登基。到時候，兒子隱退，孫子擔起重任。

雉娘聽懂她們的言之下意，對於這樣的胥家，她打從心裡敬重，代代相傳，堅守本心。至於她，目前要做的就是照顧好夫君，為他……生兒育女。

胥家的事情少，胥老夫人看著她眼下的青色，就知昨夜肯定沒有睡好，反正以後相處的日子長，也不急於一時。

「妳回去歇息吧，我和妳婆婆這裡不用人侍候。」

「這怎麼行？哪有孫媳回去歇著的道理。」雉娘當然沒有起身。她才嫁過來頭一天，不可能丟下兩代婆婆，自己回房躺著吧？

胥老夫人慈愛地看著她。「祖母說過，咱們家裡沒那些個亂規矩。妳昨夜肯定沒有歇好，不養好精神，哪裡受得住？」

雉娘的臉立刻燒起來，玉白的臉嫩粉粉的，胥夫人看得稀罕，目不轉睛。

「快去吧，等養好精神再來。」胥老夫人催促她，胥夫人也醒過神來。「去吧。」

雉娘實在有些睏，便低頭告退，一回到自己的院子，囑咐海婆子和烏朵、青杏提點神，有什麼事就知會她，她要休息一會兒。

雉娘脫衣倒在榻上，很快便沈沈睡去。半睡半醒間，榻似乎陷了一下，她嘟囔一聲，翻身側睡。

男子修長的手指慢慢地描繪她的睡顏，從她的眉，眼下的青影，高挺秀氣的鼻子到粉嫩的櫻唇，眸色越來越黯。前世裡，一生不知情滋味，原來情之一事是如此讓人沈迷，怪不得多少文人墨客詠嘆傳唱。

如果有一天，他不再為官，和前世一樣不理世間紛爭，帶著她隱居閬山，想來也不會有前世的孤獨感，而是愜意。

方才在書房中，父親和他說起朝事。談到陛下和太子，父親有些遲疑。

太子最近越發刻苦，父親卻說這不是好事，因為太子明顯有些激進，失了平日的穩重。

他心知肚明，皇后在一步步地收拾段家。前世沒有雉娘母女，皇后雖不喜平家，卻也談不上恨，今生也許從雉娘母女存在的那一天起，就注定和前世不一樣。

皇后將趙燕娘弄進平家，就是報復的第一步。

按前世來看，太子藏龍袍之事是兩年後才發生的，可今生一切都摸不準，或許皇后不會用前世的那一招。

明知皇后有意對付太子，他重生之時，一心想著有機會要提醒太子。如今卻沒有那樣的打算。太子為人，看著端方，其實有些小人之心。

他垂下眸子，俯身在妻子的額頭親一下。

因為她，一切都變得不一樣，他的人生也有完全不同的意義。

此生有她，真好。

等雉娘醒來時，已是午時。她睜著霧濛濛的眸子，看著坐在身邊的男人，迷糊道：「什麼時辰了？我這是睡了多久？」

「不久，剛好到飯時。」

雉娘不好意思地嬌羞一笑。誰家新媳婦新婚第一天就睡到午後？她急忙起身下榻，他的眸子幽暗，嘆口氣將她一把抱起，抱坐在榻邊。

她快速地穿衣。「夫君，快起來吧，要是被人看見，咱們大白天的還賴在床上，肯定要鬧大笑話的。」

「別急，在胥家沒有人敢傳主子的閒話。」

胥良川也起身，看著她手忙腳亂的樣子，笑起來。

她側過頭，驚奇地道：「夫君在笑？」

印象中，他的臉一直只有一個表情，淡然又隔世。但最近，她發現他笑得多了，雖然只是淡淡的笑，卻直通眼底，原本清冷的樣子也漸漸變得緩和，更加溫暖如玉。

「少夫人，午膳是在外間用還是在裡間用？」海婆子的聲音在外面響起。

雉娘這才想起自己要問的話，嘟了下嘴，小聲問道：「她是你的人還是皇后的人？」

胥良川搖搖頭。「不是我的人。」

海婆子一家都是皇后的人，他們原本就是皇后一處私產的管事，皇后為了雉娘，將一家人放出來。趙家正好要給雉娘準備陪房，人牙子將一家人帶上門，海婆子夫婦都是管事的好手，自然一眼被雉娘相中。

就是因為夫妻倆太能幹，讓雉娘起了疑。

雉娘展顏一笑。既然不是他的人，那就是皇后的人。

可她有些不明白，皇后對她也太過用心了些？許是娘受的苦太多，皇后有心補償吧！

第六十五章

次日，雉娘和胥良川進宮謝恩。

皇后早早就起身，前夜裡，祁帝宿在德昌宮，又恰逢休沐日，帝后二人坐在殿內等著胥氏夫婦。

雉娘出嫁時，所有嫁妝都是皇后所備，皇后又是她的親姨母，於情於理，他們夫妻二人都要進宮謝恩。

琴嬤嬤讓小太監在宮門口等著，一見夫婦倆現身，小太監忙不迭地去德昌宮報信。皇后收到信兒，嘴角的笑容就沒停過，祁帝也面色帶笑。

兩人進殿後，皇后慈愛地望著雉娘，見她嬌羞又不失禮節，微低著頭，展現出恰到好處的恭順，背脊卻挺得筆直。

憐秀將她教得很好，早年的磨難並未扼殺她本來的純良，遇事時剛柔相濟，並不一味爭強好勝，事到跟前也不避不退，行事有幾分像自己。

她身邊的男子如松竹一般，將她襯得更加嬌美如芙蓉。兩人一個淡然一個嬌羞，相依而立，似神仙眷侶。

皇后欣慰地看著他們，命人賜座。

祁帝也定定地看了殿下的女子一眼。這女子的模樣像極了皇后當年初到祝王府時，嬌小又柔弱，骨子裡透著一股倔強……

他慢慢將目光轉向胥良川。「雉娘是皇后的親外甥女，也是朕的外甥女，將她交付給你，朕是很放心的。聽胥愛卿說你年後的春闈要試水，朕相信你的才能，必能名列前茅。」

「陛下謬讚，良川必定全力以赴。」

「好，胥家代代相傳，朕相信到你這一代，也必定不會比先輩們失色。」

胥良川跪伏在地。「胥家人誓死效忠陛下，兢兢業業，鞠躬盡瘁。」

「胥家人的心意朕一向清楚，你快快起身。」

胥良川再三謝恩，起身歸座。

皇后的嘴角一直微揚著。「雉娘初為人婦，可還習慣？」

「回娘娘的話，祖母和婆婆都是十分和善的人，對雉娘很好。」雉娘輕聲地答著。

琴嬤嬤突然捂嘴輕笑一下，皇后詫異地回頭。「琴姑姑，方才是妳在笑嗎？」

「娘娘，奴婢失禮了，實在是想到胥夫人的性子，又見到少夫人的長相，奴婢忍不住，請娘娘責罰。」

皇后被勾起好奇心。「本宮責罰妳做什麼？妳且說來聽聽，胥夫人的什麼性子，讓妳能笑出聲來。」

琴嬤嬤躬著身子，將笑意收到眼角。「回娘娘，奴婢聽說胥夫人有個愛好，最愛美色，尤其好顏色姝麗的美人。想著以少夫人的相貌人品，必然會深受胥夫人喜愛。」

「妳這麼一說，本宮倒是想起來，是有這麼回事。」皇后莞爾，想起韓王妃曾經打趣胥夫人的話，對祁帝道：「看來這世間，不只男子愛重顏色，女子也同樣喜好美人。像胥夫人這般的性子，倒是不多見。」

祁帝想起嚴肅古板的胥閣老，也露出一絲笑意，不知他竟有如此古怪愛好的夫人。他挑了一下眉，看了一眼正襟危坐的胥良川。胥良川面色紋絲不動，彷彿在閒看流水，靜聽落花。他暗道，胥卿這兒子倒是比當父親的更出色，沈穩淡然的性子比胥卿還要勝幾分。

雉娘心裡倒是不以為意，不過面上還是一副嬌羞的模樣。人人愛美，女子亦然，婆婆喜歡美人，她只慶幸自己這皮囊還算不錯，否則少不得要在其他地方費心討好婆婆一番。

皇后越發滿意。雉娘像她，能得別人的喜歡，她隱有驕傲感，笑意越發深。

祁帝略坐一會兒，便起身去前殿。胥良川和雉娘彎腰恭送。

祁帝一走，殿中的氣氛變得溫馨起來，皇后鉅細靡遺地問著她在胥府的事，臉上的笑容一直掛著。雉娘輕聲地回著，將祖婆婆和婆婆都誇了一番。直到外面的太監高呼賢妃娘娘到，皇后娘娘收斂笑意，正色起來。

隨著太監的報唱，殿內走進一位宮裝婦人，珠翠環頭，拖地三尺的錦袍上用金線繡著花開富貴。她年約三十來歲的模樣，長得端莊大氣，神色帶笑又不失穩重，一舉一動都十分妥當，失一分不足，多一分為過。

她從邁進殿中，到立在殿中間，走了剛好二十步，一步不差。

「妾身見過皇后娘娘。」

「妳起身吧。本宮說過今日不用過來請安，妳為何還要多禮？」皇后已經恢復以往高貴冷豔的模樣，平靜地看著賢妃。

賢妃的身後是永蓮公主。永蓮公主一進殿中，目光就鎖住胥良川，再移到他身邊的雉娘身上。

「娘娘體恤妾身，妾身卻不能恃寵而驕。正好蓮兒一直對胥少夫人念念難忘，與妾身說起少夫人是如何肖似娘娘，妾身起了好奇之心，也想一睹芳顏，還望娘娘莫要見怪。」

「本宮怎會怪罪妳，不過是怕妳太勞累。永蓮一向身子弱，妳這些年費心費力，本宮都看在眼裡，是替妳心疼，讓妳好好歇一歇。」

賢妃聽皇后提到永蓮的身子，臉色黯淡一下，又恢復如常。「娘娘憐憫，妾身感念在心。蓮兒最近身子已經好轉不少，也多虧娘娘一直放在心上。」

永蓮公主貌似賢妃，卻比賢妃長得更精緻，許是身子弱的緣故，看起來可人心疼。

皇后泛起憐惜之色，連忙讓琴嬤嬤給她們看座，又命宮人在永蓮的凳子墊上軟墊。「宮中主子少，陛下又只得永安和永蓮兩個女兒。在本宮心中，無論是太子、二皇子還是永安、永蓮，都是本宮的兒女，哪有不疼的道理？」

賢妃謝恩。「娘娘仁慈，是妾身之幸。」

永蓮公主也跟著道：「蓮兒多謝母后掛心，今日是蓮兒央求母妃來的。蓮兒長年待在宮中，沒有玩伴；皇姊出嫁後，更覺宮中冷清，連個說話的人都沒有。那日初見胥少夫人，與之一見如故，想著能邀她來宮中作陪，說說話也是好的。誰知胥少夫人要備嫁，一直不得閒，永蓮不忍打擾，方才聽說胥少夫人進宮謝恩便急急前來，竟忘記胥公子也在。」

她蒼白的臉頰上閃過一絲紅暈，很快低下頭去。

皇后神色微冷，溫和地道：「好孩子，妳一向良善，母后是放心的。只是胥少夫人初為人婦，不比在閨中做姑娘，事情肯定是較多的，待她以後空閒下來，妳再邀她來宮中也不遲。」

「是，母后，蓮兒知道了。」永蓮公主乖巧地應著，仍未抬頭。

好半晌，許是臉色恢復如常，她才敢抬起頭來。「胥少夫人不要怪我心急就好，實在是本宮較少和人打交道。以後如果相請，還望胥少夫人賞臉。」

永蓮公主說著，目光往胥良川身上飄，見他臉色如往常一般淡漠，心裡好受一些。趙三出身不高，不過是仗著一副好皮相入了胥老夫人的眼，這才替孫子聘為孫媳，以大公子高潔的人品，想來也是看不上空有美色、胸無點墨的趙三吧？

雉娘朝她笑一下，還未開口，胥良川便站起來。「謝公主抬愛，我們夫婦感激不盡，然良川將要備考，府中祖母年邁，母親要操持內宅，還要照顧父親，雉娘身為胥家媳，恐不能得閒，必將辜負公主的厚愛，望公主見諒。」

永蓮小臉一白，眼泛淚光，咬著唇低頭。「是永蓮強人所難，胥公子言重了。」

皇后靜靜地端坐在座上，將底下眾人的神色收入眼底，瞧著永蓮望向胥良川時，眼中一閃而過的癡迷，她的眼神黯了黯，開口道：「雉娘是真不得閒。在家千日好，為媳半日難。一般人家的媳婦，上有公婆，還要侍候丈夫，哪能得歇？永蓮若真嫌宮中冷清，不如多召幾個世家貴女進宮，也好一起解個悶。」

「多謝娘娘體恤。」賢妃謝恩，永蓮也跟著謝恩。

賢妃看一眼自己的女兒。永蓮還在不時地偷看胥良川，她心裡一酸，站起身來。「妾身想著蓮兒喝藥時辰已到，妾身告退。」

永蓮公主還有些不甘，幽怨地看胥良川一眼，跟在賢妃的後面，出了德昌宮。

賢妃本來是掐著時辰來的，誰知並未碰上祁帝，心中略有失望。女兒的心思，她一向清楚，無奈胥家清貴，胥閣老身居高位，如此重臣怎麼可能尚主？

她曾經旁敲側擊過，陛下不明就裡，她又不敢明示，唯恐惹得陛下不喜，自己不比皇后娘娘育有一女二子，穩坐中宮之位。

陛下膝下子女不多，她曾懷疑過，卻是無憑無據，再說其他妃嬪縱使生了皇子又如何，哪能與皇后所生的太子和二皇子相提並論。

當年，她進祝王府為側妃，就是衝著祝王府正妃早逝。高家在淮寧雖是大家，在朝中卻並沒有得力的幫手，她身為高家的嫡長女，自小家中長輩要求嚴格，一舉一動都是按照當世貴女來教養的，為的就是能嫁入高門，幫襯高家。

其他的皇子們都已經嶄露頭角，正妃出身高，側妃也不乏世家出身，也就祝王最為勢弱，高家為了送她入祝王府，也是費盡心力。

她自問賢淑貞德，琴詩禮教都不比別人差，只待站穩腳跟，生下祝王長子，王府正妃必然是她的。誰知入府不久後，王爺便迷上常遠侯的庶女，也納入府中為側妃。

王爺寵愛平側妃，平側妃最先有孕，所幸誕下的是長女，不足為懼。她用盡心思懷上子嗣，哪承想平側妃也跟著有孕，同時有孕的還有另一位出身低微的通房。按日子算，她和那通房都比平側妃要早懷上，可平側妃卻提前生產，而且還產下長子。至此以後，王爺待平側妃明顯不一樣，甚至在登基後立即冊立平側妃為后。

平側妃自生下二皇子，再無皇子公主出生。她剛開始還一直想著懷上龍子，可年紀越大，也歇了心思，將此生所有希望都寄託在蓮兒身上，希望蓮兒能覓得佳婿，夫妻和美。

胥家大公子長相不俗，才情出眾，卻被人捷足先登，而且還是皇后的親外甥女，怎能不讓她心生怨恨？可是皇后強勢，她又能有什麼辦法？

她小聲地安慰女兒，望著德昌宮的門，神色幽遠。

她們一走，太子、二皇子和平晁來請安。

平晁自新婚後便未歇著，一直待在東宮，連侯府都極少回。

雉娘也聽說過，燕娘在侯府裡鬧騰不休，天天吵著要找平晁，還要闖進宮裡來，被梅郡主派人死死拉住。世子夫人氣得臥病不起，梅郡主也不想管事，侯府裡被燕娘鬧得雞犬不寧。

他們一進來，雉娘便發現兩人之間有些怪怪的。太子依舊是沈穩有度的樣子，平晁卻大大不同往日，比之在渡古時見到的飛揚傲慢，整個人都似乎沈浸在陰鬱中，神色焦躁。

他們向皇后請安後，胥良川和雉娘也朝太子、二皇子行禮。太子托著胥良川的手。「良川請起，孤向你道一聲恭喜。雉娘也是孤的表妹，都是一家人，無須太過客氣。」

「太子說得沒錯，雉娘是本宮的親外甥女，太子這表妹叫得也合適。」皇后帶著笑，說話時看著二皇子。

二皇子心領神會，立即稱呼雉娘為表姊。

平晁的視線落在雉娘身上。誰知道趙家最不起眼的三小姐，竟是出身最好的。他以前的心思都在鳳娘那裡，想著能娶到鳳娘，心中期盼，哪承想盼來盼去，盼到的卻是趙家醜女燕娘？

所幸，太子得知此事，竟對他心生憐憫，再也不如前段日子一般冷言冷語。他待在東宮比待在府裡還要自在。

皇后已經注意到平晁，嘆一口氣。「晁哥兒，你過來。」

平晁上前。「姪兒見過姑母。」

「晁哥兒，燕娘是雉娘的姊姊。按理來說雉娘是你的表妹，燕娘也算是你的表妹，她縱使有些不足，卻已經是你的嫡妻，該有的體面你要給。本宮聽說你最近都歇在東宮，這如何使得？」

平晁的臉色變得更陰鬱。不待在東宮，還能如何？胥少夫人這表妹他認，可趙燕娘那表妹他可不認，自己哪有那麼醜而且恬不知恥的表妹，沒得侮辱「表妹」這兩個字。

「姑母，男兒不應沈迷內宅，當以正事為重。趙……燕娘待在府裡，自有祖母和母親照應。姪兒聽說祖母對燕娘關懷備至，視若親孫女，吩咐下人天天給她熬湯補身子，該有的體面一樣也不少。姪兒隔段日子會回去看望祖母和父母的。」

皇后聽到補湯，意味不明地看著平晁，然後搖搖頭。「晁哥兒，雖說男兒建功立業，朝事為重，但平家到你這一代，唯有你一個男丁。不孝有三，無後為大；平家是侯府，萬不能傳出寵妾滅妻之事，也不能有庶長子生在前頭的醜事。長子長孫一定要是嫡出，你常常不歸府，燕娘一人如何誕下長孫，如何替平家開枝散葉？」

平晁愣住，臉色越發難看。

雉娘聽著皇后的話，卻忍不住有些想發笑。若是平晁一直不肯親近燕娘，平家又不能先有庶子，那平家不是要絕後？

「晁哥兒，你祖母是祖母，又不是你這個做丈夫的。你們新婚燕爾，哪能長久分離？不如你今日就回侯府，順便將本宮的賞賜帶回去，本宮等會兒讓琴嬤嬤去庫房取些人參血燕，你帶回去給燕娘補身子，好盡快替平家孕育子嗣。」

「母后說得沒錯，孤准你回去，這幾日你就不用來東宮，好好在家裡陪陪妻子吧。」太子點頭，准了平晁幾天的假。

平晁面上已經黑得不能再黑，咬牙應下，告退後便直接出宮。

梅郡主望著幾日不見的孫兒，自是驚喜交加，看著他身後捧著賞賜的宮人，開口問道：「可是你姑母又有什麼東西送來？」

宮人回道：「奴婢等奉娘娘的命，將這些補藥送來。娘娘說了，都是給少夫人補身的，望少夫人早日誕下嫡孫。」

梅郡主眼前一黑，死死地扶著身邊的婆子，不可置信地問孫子。「你姑母真是這般說的？」

「祖母，姑母說平家不能有庶長子，長子必定要嫡出。」

梅郡主死撐著沒暈過去，讓人給宮人打賞，等宮人離開後，軟倒在身邊婆子的身上。

「祖母……」平晁急得趕過去。「祖母怎麼了？」

他忙讓人將祖母扶回去。下人們早就將府中的大夫叫來，大夫一番診脈道：「公子，郡主是怒氣攻心，喝過靜心湯，養養就好了。」

怒氣攻心？平晁胸中似有火燒，祖母必定是為自己不平，他堂堂的侯府長孫，多少世家貴女祖母都看不上，居然娶了那麼一個醜陋又粗鄙的女子，祖母哪能不氣？

喝過湯藥後，梅郡主幽幽轉醒，看著守在榻邊的孫子，又急又恨。

那趙燕娘已經被餵了絕子湯，哪裡還能生孩子？就算能生孩子，她也不同意自己的曾孫從那麼一個醜女的肚皮裡爬出來。

事已至此，趙燕娘不能留——

第六十六章

那廂，胥良川和雉娘出宮時，空中又開始飄起大片雪花。

宮人開始清掃落地上的雪，前面的宮人引路，夫妻倆跟在後面，假山一角的花臺上，紅梅獨自綻放，傲雪迎風。

胥良川將妻子斗篷上的兜帽壓低，小聲地叮囑注意地上路滑。

皇后娘娘立在門口，悄悄地目送他們，見男子微彎著身子，替嬌小的女子理著衣帽，不由得回頭和身後的琴嬤嬤會心一笑。

「大公子看著清冷，沒想到還是個會疼人的。」琴嬤嬤輕聲感慨。

皇后臉上的欣慰之色更盛，嘴角噙笑。「越是看起來冷情的男子，用起情來最濃烈。反倒是溫柔多情的男人，表面上瞧著關懷切切，實則涼薄情淺。說起來，永安和雉娘都是有福的，梁駙馬話不多，對永安卻是呵護備至。」

「公主是您和陛下的長女、咱們大祁的大公主，能娶到公主是他幾輩子修來的福氣，駙馬能不惜福嘛？」

「妳呀，一貫寵著永安，也不看看她那性子，又烈又霸道，也就梁駙馬順著她，百般包容。」皇后笑著，想起永安和駙馬，算著永安腹中的孩子明年就能出生，一轉眼，她都是要當外祖母的人。

猶記得她初入祝王府時，王府裡的一切都是那麼富貴，她生怕王爺不喜，小心地打探王爺的喜好，一有風吹草動就驚得如被獵人追逐的兔子。

陛下能看上她，是她所能遇到的最好選擇。如果任由梅郡主安排，不知要嫁給什麼樣的人，梅郡主一直讓她少吃，養成細弱的身子，怕的就是想用她去謀富貴的打算，幸好能遇見陛下，助她脫離苦海。

可是陛下再如何寵她，也不可能獨寵她一人。這宮中，除了賢妃，還有很多妃嬪美人，年年都能看到鮮嫩的容顏，雖無一人能威脅她的正宮之位，卻還是讓人覺得刺目。

她免了低品階美人貴人的請安禮，只有賢妃這樣的宮中老人，還是陛下潛邸裡就相識的，倒是還會來請安，怎麼勸都不聽。

「陛下近日常宿在哪個宮裡？」

琴嬤嬤神色不變，恭敬地回道：「娘娘，這個月中，陛下有三天是留在賢妃的宮中，四天駕臨美人所，分別召幸了黃美人和王美人。」

皇后垂著眸，看著自己染著鳳仙花汁的粉色指甲。一共是七天，倒是比往常要少。往常都是在德昌宮裡半個月，其餘的時日安排妃嬪侍寢。

這個月留在德昌宮的日子沒變，在其他地方的日子倒是少了好幾天。

「陛下可是身子有什麼不適？」

「回娘娘，奴婢沒有聽說，也沒有見陛下召見御醫。前殿的公公說陛下政務繁忙，常常看摺子到深夜。」

皇后點點頭。「原來如此，妳讓人熬些參湯，本宮要親自送去。」

琴嬤嬤語氣輕快起來。「是，奴婢即刻去吩咐。」

皇后幽幽地嘆一口氣。遠處，風雪中的一對璧人已經看不見。她扶著琴嬤嬤的手，慢慢地折回殿中。

胥良川和雉娘出了皇宮，瞧著近午時，兩人也不急著回府，讓車夫駛向街市。

馬車內，紅泥小爐燃起，車廂裡比外面暖和不少。從御街直行，轉了兩個彎，慢慢地人聲開始嘈雜起來，兩邊酒肆林立，小二們的吆喝聲不絕於耳。

馬車緩緩停靠在一間酒樓前，胥良川先下馬車，立在車前，伸手將她扶出來。她抬頭一看，「福臨樓」幾個大字閃閃發光。

兩人入內，小二馬上前來招呼，胥良川要了樓上的包間，帶著妻子正要沿木樓而上。大堂的臨窗桌邊，文家叔姪倆正相對而坐。他們瞧見胥良川，上前見禮。

胥良川腳步頓住，身形微移，將妻子藏在背後。

「文沐松、文齊賢見過大公子。真是巧，沒想到能在此處遇見大公子。」

「文四爺客氣，文公子客氣。」

桃色的錦繡斗篷一角從胥良川的身後露出來，文沐松神色一動，低聲見禮。「見過胥少夫人。」

雉娘聽出文師爺的聲音，想著以前夫君提過文師爺也來京中備考，輕聲道：「文師爺多禮，真沒想到能在京中相遇，在此提前祝師爺金榜題名。」

「多謝胥少夫人吉言。」文沐松拱手行謝禮，對胥良川道：「文某來京數日，一直未能登門拜訪，還望大公子見諒。」

「學業為重，春闈在即，這些虛禮不用放在心上。文四爺韜光養晦，必能一飛沖天，宏圖大展。」

「在大公子面前，文某自慚形穢，不敢妄言。」

胥良川深深地看他一眼，再望著他身邊的文齊賢。「文公子明年也要下場嗎？」

文齊賢忙回道：「正是，父親和叔父都讓我下場試水，並未抱太大希望，不過是為三年後打算，先熟悉一番。」

「文家書香傳承，你叔姪二人定能同榜同喜。」

「多謝大公子。」

文沐松再次拱手行禮。「大公子才情卓絕，文某真想多多討教。」

「討教不敢當，相互切磋倒是可以，今日不便，改日有空再敘。」胥良川說著，腳步抬起，護著妻子拾階而上。

雉娘的側顏一閃而過，然後又被男子的身形遮住，樓下的文齊賢露出驚豔之色。

文沐松仰頭望著他們，目光冷暗。

「叔父，這位胥少夫人就是趙縣令的三女？方才驚鴻一瞥，比起在渡古時顏色更盛，難怪大公子也被她著迷。」文齊賢嘖嘖道，一臉羨慕。

文沐松的目光越發幽暗，低啞著聲音。「你若能一朝成名，天下人景仰，何愁沒有美人相伴？像胥少夫人這樣的……也能擁有。」

「叔父，父親不是說我們讀書是為了報效朝廷，忠於陛下嗎？跟美人有什麼關係？」文齊賢疑惑問道，緊鎖著眉頭。

文沐松輕蔑一笑，抬腳往窗邊的桌子走。

讀書是為了什麼，無非是想做人上人。等成為人上人，美人投懷，金錢滿屋，那才是讀書人所要追求的。

他默然地看著二樓。二樓都是包間，能享用之人，非富即貴，若他有錢有權，又何苦在這大堂中，聽著嘈雜的人聲用飯？總有一天，他要得到他想要的。

到了樓上的包間內，入房後，雉娘替夫君掛好大氅，然後將自己的斗篷也掛在一起，和他相依而坐。

小二靜靜地侍立在一旁，等著他們點菜。雉娘讓他上幾道店裡的拿手菜，其餘的也沒有多點。

胥良川叫住他，輕聲說了一句什麼，小二便低頭退出去。

雉娘掃到他的動作，輕輕地一笑。

胥良川重落坐後，面露深思。文沐松此人，極有心計，不知從何處得來的消息，打探到太子在宮外常去的地方，使計和太子巧遇上。一番交談，太子愛其才華，將他收入幕僚。

他清楚地記得，前世並不是這樣的。文沐松春闈後嶄露頭角，卻因為文家沈寂多年，朝中並無助力，並沒有引起太子的重視。後來太子自盡，胥家失勢，二皇子登基後，文沐松才冒出頭來，得到新帝的重用。

這一世，改變得太多。文沐松攀上太子，勢必不會同前世一般沒沒無聞。此次春闈過後，不出所料，將會名聲大振。

太子近些日子沒再召他入東宮，他和太子，政見多有不同之處，而太子拉攏賢妃母女又召納文家，意欲何為？

「夫君在想些什麼？」雉娘輕聲問著。從進門到現在，他一句話也沒有說。高貴冷淡的男子雖然看著賞心悅目，相處起來卻有些費神。

胥良川立即回過神來。前世常常一個人靜靜獨處，有時候一天都說不上一句話。他的眼神略有歉意，修長的手指將茶壺拎起，替妻子斟茶水。

「方才想事有些入迷，請見諒。若是以後我還像這樣陷入沈思，妳儘管叫醒我。」雉娘噗哧一笑。「年紀輕輕的還愛學老僧入定，不知道的人還以為你七老八十，常要打坐靜養呢！」

胥良川手一頓，抬頭看了她一眼。

「前些日子，文沐松得到太子青睞，最近常出入東宮。」他平靜地道，手縮回，放在膝上。

雉娘被他這話引過去，凝眉細思。文家能得太子看重，對胥家來說卻不是什麼好事。文家也是詩書大家，只不過近幾十年無人出仕，人們漸漸淡忘。但百年大家人才濟濟，若文家一朝得勢，最先威脅的便是胥家的地位。

胥家留傳百年，一直清貴示人，位高權重，但世事無十全，胥家男人醉心學業，清心寡慾，子嗣單薄，嫡系三代之後僅夫君和良岳兩位男丁，且良岳以後還要接手閬山書院，無法在朝中輔助夫君。

怪不得每天早晨醒來，都要喝一碗熱氣騰騰的補氣血湯，祖母和婆母二人盼孫心切，毫不遮掩。

她姣好的面容漫上紅霞。胥家四代開枝散葉的任務都壓在自己頭上，想著要和對面修竹般的男子生兒育女，又羞又盼。

胥良川不知道小妻子由著他一句尋常的話能想到生兒育女，他望著小妻子紅撲撲的臉，深吸一口氣，默唸清心詩。

自新婚之夜兩人歡好後，昨日並未再行那敦倫之事。他憐她嬌弱，怕她柔嫩的身子承受不住，生生地忍著，今日應該可以吧……

雉娘抬起頭，剛好就撞到男子幽深的目光，心肝微顫。

外面小二的聲音響起，詢問是否開始上菜，雉娘嗤嗤地笑出聲來，讓小二將菜端進來。正好也覺得有些餓了，今日早起為了要進宮，只吃了一小塊點心墊肚子。

菜端上來後，她驚訝地發現，居然還有一碟蒸糟魚，想著他剛才和小二耳語，心中受用，泛起甜蜜。

夫妻倆臨時決定在外面吃，讓許敢回府中通知家人，又沒有讓烏朵跟著。包間裡只他們二人，他挾了一筷子魚，放入她的碗中。

她有些意外。就算是小官的父親，在家中用飯時都是由娘侍候，哪裡會給娘挾菜？夫君倒是不錯，大家公子出身，竟還會如此懂得照顧人。

一頓飯吃得她心裡甜滋滋的，等下樓，大堂中已經沒有文家叔姪的身影，夫妻兩人乘車歸府。

車輪慢慢地轉動起來，緩緩地朝前駛去。

胥家和趙宅不一樣，屋裡有地龍，一進去，撲面而來的就是暖暖的香氣。夫妻倆先去胥老夫人那裡，然後見過胥夫人，在她們的再三催促下才回到自己的院子裡。

一到院子裡，海婆子就迎上來。胥良川送妻子進房後，換了件常服便去前院書房。海婆子侍候雉娘梳洗換衣，端上一杯熱茶。雉娘小口抿著茶水，舒服地瞇了瞇眼。

海婆子將袖中帳冊拿出來，小聲恭敬地道：「少夫人，年關已至，田莊送來二十車年貨。另外鋪子的掌櫃也要來交帳，特讓奴婢來向少夫人請示。」

雉娘放下杯子，接過她手中的帳冊。她一直沒空好好地查看自己的嫁妝，只知道有二十頃的田地，卻沒想到遠不止於此，加上林地，足有三十頃。

莊子共有三處，都在京郊，產出極豐。今年收糧近兩萬石，上半年的產出和下半年的產出都匯總到一處，全部交到雉娘手中。莊頭們送上年貨，並且請示主家，這些糧食要如何處理。

雉娘並不懂這些，趙家窮，娘也沒有教過她什麼中饋之道，她前世更是過得拮据，突然一夜之間身價暴增，根本就不知要如何分配這些東西。

她翻到鋪子的帳冊。皇后娘娘給她的陪嫁有四間鋪子，一間布料鋪子，一間首飾鋪子，還有酒樓和茶樓，都是吃穿，以後在這兩方面不用愁，完全能自給自足。

皇后選的這些嫁妝是花了心思的，反倒讓雉娘越發受之有愧。她一個外甥女平白得了如此多好處，總有些惴惴。

她合上帳冊，對海婆子道：「先放在這裡，我想好後再安排。」

海婆子連聲稱是，低頭退下去。

胥良川一腳邁進房間裡，看到的就是妻子低頭看帳冊，眉頭緊鎖。他輕輕從她手中將帳冊抽出，淡淡地掃一眼，還給她。「就看得這麼入神？」

雉娘抬起頭。「在看陪嫁的莊子，還有鋪子的帳。海婆子方才說各處掌櫃要來交帳，還有莊頭們請示田地的產出要如何處置。」

胥良川坐在她的右手邊，翻開帳冊，略掃了一遍。「今年降了幾場大雪，明年依舊是豐年，豐年糧賤，反倒價格會壓低。這幾處莊子都是京郊極好的，產出本就豐厚。據我所知，永安公主的莊子上，產出的糧食一半會賣到軍中，另一半再留出一半備急，其他的一半做存糧。」

「這些我都不太懂，永安公主出身皇家，見多識廣，她的法子應是極好的。只不過我和兵部不熟，不知如何賣出去，或許可以賣給糧行，另一半存著，用以應急。」

她秀氣的眉頭小小地皺起，他輕笑。「這些不用妳操心的，妳只要吩咐海婆子賣糧，她自然會安排妥當。」

「是我著相了。」雉娘用手拍一下額頭。海婆子是皇后給的人，哪會不清楚皇后以前的安排？既然海婆子是她的管事婆子，這些事情交由海婆子的男人去辦就行。「娘娘的厚愛，我無以為報，總覺得受之有愧。這一切本應都是我娘的，卻都便宜了我。」她垂著眼眸，將帳冊收起。

胥良川伸手覆在她的柔荑上，緊緊地握在手心。「娘娘是為了補償岳母，妳受著便是。」

雉娘抬起頭，燦然一笑。

他的手一使勁，將她往懷裡拉，還未等她反應過來，便雙雙倒在榻上。

「夫君……」她驚呼出聲，轉眼就被灼熱的氣息吞沒。

紅色的紗幔放下來，遮住錦榻上的春光，女子細碎的聲音從裡面逸出來。

半暈半迷之間，她感覺自己被折騰成羞人的姿勢，如弱柳一般無助地喘氣，看著原本清冷的男子如玉的俊顏額間布滿汗珠，修長的脖子上青筋盡現，腦海中又冒出那個詞——

衣冠禽獸。

第六十七章

婚後三日，女兒歸寧。

鞏氏從丑時起就開始翻來覆去，趙書才被她的動靜吵醒，不耐地嘟囔。「深更半夜的，怎麼就醒了？」

「你睡吧，我睡不著。雉娘從小到大都沒有離開過妾身。」鞏氏說著，有些哽咽。

趙書才嘆口氣，坐起來披衣起身，將火點上，室內亮起來。一轉頭就見妻子也坐起來，靠在榻上，淚眼朦朧。

他是男人，又不常待在內宅，和兒女們相處的時日不多，無法體會當娘的感受。

「妳哭什麼？胥家是什麼人家，還能委屈雉娘？再說她還有皇后這個姨母，沒有人敢欺她的，妳就放寬心。早起女兒回來，看到妳無精打采的樣子，眼睛還腫得跟桃子似的，心裡肯定會難過。」

鞏氏聽他這麼一說，擦乾淚水，重新躺進被子中，閉上眼。

趙書才又嘆一口氣，吹滅燭火，哆哆嗦嗦地鑽回被窩。寒冬臘月，趙家可沒有地龍，屋裡有炭盆，雖不凍手，卻也是十分冷的。

被妻子一折騰，他反倒有些睡不著。「雉娘出生時小小的，大夫都說養不活，可見是菩薩保佑，能平安長大嫁人。怪不得老人常說，大難不死，必有後福，她就是個有福氣的。姊妹三人，就數她嫁得最好。」

鞏氏嗯了一聲，似乎睡意襲來。

趙書才見她沒有回聲，可能是要睡著了，便沒再說話，憶起過去的日子，十分感慨。來京中雖然不到半年，卻翻天覆地，恍如隔世。

辰時，女兒攜新姑爺上門，身後跟著滿滿的三車回門禮。

鞏氏一眼不眨地盯著馬車，瞧見氣宇軒昂的姑爺先下來，然後扶著女兒。女兒被紅斗篷包著，斗篷鑲著白狐毛的邊，從狐毛的兜帽中，露出嬌嫩的小臉。

姑爺身穿藏青襖袍，外面是同色的大氅，姿態如松，高如雲柏，頎長的身子微向著雉娘那邊傾著，隱有保護之態。

她心中一喜，上前拉著女兒的手，上上下下地細細打量著。兩日未見，女兒和以前有些不一樣，眉梢間有些春意，水眸多情，隱泛桃色。

「快快裡面請。」鞏氏放下心來，又有一絲惆悵，連忙招呼女兒姑爺進門。

進屋後，趙氏夫婦坐在上座，胥良川和雉娘朝兩人行大禮。

趙書才一迭連聲道好。三個女婿，大女婿是妹妹的繼子，平日見到也會行禮，沒有什麼好稀罕的。二女婿連趙家門都沒進過，更別提行禮喚他岳父，小女婿出身高門，本來他還在心裡嘀咕，就怕小女婿端架子。

沒想到小女婿半點都沒有端著，恭敬地行禮，口中喚他為岳父。他滿心大喜，端起面前的杯子，一飲而盡。

見過禮後，翁婿二人留著說話，鞏氏和雉娘母女去了她以前的閨房。裡面和之前一樣，連擺設都沒動過，桌上纖塵不染，光潔如新。

「妳離家三日，我每日也沒什麼事，就來這裡坐坐。」鞏氏說著，坐在桌邊。

雉娘感動滿懷，也坐下來。

鞏氏近看女兒，見眉宇間無一絲愁容，春風拂面，心知在胥家過得不錯，放下心來。

雉娘一出嫁，家中只餘守門的老伯和蘭婆子兩個下人，主子就夫妻倆還有癱著的老夫人。趙書才要年後才上差，最近倒是天天待在家中，夫妻倆感情增進不少，宛如親人。鞏氏說話做事也不像從前一般小心翼翼，許是還有皇后娘娘的緣故，底氣足了不少。

上回雉娘出嫁時，她曾放下狠話，不讓趙燕娘進門，今日雉娘歸寧，鞏氏沒有派人去常遠侯府送信，只讓人傳話給段府。

「娘，無事可以讓爹帶您出去轉轉，京中繁華，不比渡古。」

鞏氏笑了笑。「娘清靜慣了，倒是覺得待在家中更自在。昨日胡夫人上門，說起方先生和老夫人不出兩日就要到京，又問了妳大哥婚配與否，還提起蔡家的二小姐。娘尋思著，胡夫人可能是來探話的，那蔡家的二小姐長得不差，瞧著是活潑的性子，妳看如何？」

「蔡家兩位小姐，論穩重知禮，當然是大小姐更合適。據我所知，蔡家大小姐並未婚配，為何先提二小姐，越過大小姐？」雉娘琢磨。蔡家的算盤打得倒是好，蔡知奕是嫡長女，容貌才情都比蔡知蕊要出色，他們捨不得用蔡知奕和大哥聯姻。知道大哥馬上要春闈，自家又和常遠侯府關係非比尋常，加上娘還是皇后娘娘的嫡妹，她們捨出一個嫡次女嫁給前路未明的大哥，攀上自家這門親事，再謀劃蔡知奕嫁入高門。

鞏氏也輕聲附和。「我也納悶，哪有人家先提次女，不提長女的？我觀那蔡家大小姐端莊有禮，進退有度，比二小姐更適合妳大哥。但妳爹卻喜不自勝，以前在渡古時，蔡知府可是上峰，能和上峰結親，就算娶個嫡次女他都心滿意足。」

雉娘能理解便宜老爹的想法，畢竟他是從鄉間出來的，自己的兒子能娶知府家的女兒，放在從前，是想都不敢想的事。她記起以前和鳳娘、燕娘一起去臨洲作客時，燕娘曾經說過的話，說蔡知蕊和那柳老闆摟摟抱抱，也不知是真是假。如果是真，趙家娶進這麼一個媳婦也是糟心。

大哥對自己不錯，以後娶了媳婦進門，和娘相處的時日最長，倘若娶個不稱心的，娘也跟著受氣。

「娘，此次暫且不議。您和爹多說道說道，那蔡家二小姐和大哥不太合適，再說娘覺得和她的性子合得來嗎？兒媳婦進門，和婆婆待在內院的時日最長，還是娶個合心意的吧！胡夫人再提起，您就說大哥還未下場，不想分心。」

鞏氏細細一想，笑了起來。「還是女兒貼心，萬事都想著娘。妳說得沒錯，兒媳婦和婆婆相處最久，還是找個性子溫和些的。」

雉娘見娘明白過來，順著這個話往下說。「娘，大哥年紀不小，等春闈過後，您確實要打算起來，遇到適合的多打聽打聽，若是中意，就給大哥定下來。」

「娘知事的，倒是還勞妳做女兒的跟著操心。」鞏氏溫柔地應著，含笑地望著女兒，一隻手不自覺地伸出去，摸著女兒的臉頰。「妳好好和胥姑爺過日子，對胥老夫人和胥夫人都孝順，妳過得好，娘就安心了。」

「娘，我會的。」

娘兒倆說話的當口，趙氏和鳳娘進了趙宅。蘭婆子一直在門口候著，打眼瞧著她們的轎子停在外面，急忙將兩人請進來，引著她們到雉娘的屋子。

鞏氏聽到動靜，和雉娘一起相迎。趙氏的臉上抹著厚厚的妝，卻難掩一絲憔悴。鳳娘倒是和往常一般，溫婉知禮，淡紫的斗篷上用銀線繡著蠟梅，頭上的首飾雖不如當縣主時那般貴重華美，卻也十分精緻。

鳳娘和燕娘的嫁妝被換過，鳳娘現在的嫁妝是燕娘的，東西自然不多，好在趙氏疼姪女，私下又貼補不少。

「瞧瞧雉娘，成親後果然不一樣，比以前更加明豔了。」趙氏拉著雉娘，滿臉是笑地打量著。

鳳娘和鞏氏見禮後，也跟著打趣。「三妹越變越美，都讓人不敢相認。」

鞏氏請她們入座後，趙氏便提起胡夫人。「前些日子見到胡夫人，旁敲側擊地打聽守哥兒。我思量著會不會是胡夫人想結親的意思，她的女兒靈月年紀也大了，是個好姑娘。」

「小姑子，胡夫人可不是替自己的女兒打聽的。」鞏氏搖頭，輕聲地說。

「不是她的女兒？」趙氏略一想，笑起來。「那準是為方家的兩個姑娘，方家的大姑娘和二姑娘我們都見過，書香世家出來的小姐，禮數才情都無可挑剔。」

雉娘實話實說。「姑姑，方才娘還問我，蔡家的二小姐怎麼樣？胡夫人跟娘提過，好像是想作媒，說的是蔡家的二小姐。」

蔡家的二小姐？趙氏皺眉，似乎有些印象，是臨洲知府家的嫡次女。按理說，如果趙家還待在渡古，這門親事就是好得不能再好。可現在大哥雖然官職不大，但嫂子卻是有來頭的，再說幾個女兒嫁得也都不錯，蔡家的家世尚可，嫡次女有些不太好，若改為嫡長女倒也可以。

「此事不急，等守哥兒春闈後再說也不遲。」

鞏氏鬆口氣。「我方才也是這般想的。守哥兒馬上就要下場，哪能在這時分心？再說那蔡家二小姐是什麼樣的品行，還得好好打探。」

趙鳳娘從坐下後就沒再說話，一直小口地抿著茶水，一邊不動聲色地觀察雉娘。以前雖然覺得三妹貌美，卻太過無魂，沒有現在這般令人驚心動魄。

她的視線下移，剛好看到雉娘裙襬下露出的雲頭綾花鞋，上面縫著一朵盛開的七色芙蓉，中間嵌著一顆石榴紅的寶石，和身上石榴紅的交襟百花裙交相輝映，配著絕美的嬌豔小臉，還有水濯過般的眸子，美得讓人移不開眼。

三妹竟然出落得如此芳華絕代，她暗暗心驚。不期然地想到自己頭上的玉石簪子，上面的玉石成色雖然極好，卻不是稀世美玉，還是姑姑見嫁妝寒酸，拿出自己的私藏讓她撐面子。

她現在已經不是縣主，沒有食邑，自成親後除了來娘家，哪裡都不想去。以前的那些東西，都落到燕娘的手上。

雉娘以眼角的餘光看到她，用相詢的口氣問道：「大姊，妳覺得蔡家的二小姐怎麼樣？」

趙鳳娘很快反應過來，緩緩地搖頭，對鞏氏和趙氏道：「母親，姑姑，鳳娘以為那蔡家二小姐不是良配。大哥忠厚老實，娶一位知禮賢慧的妻子才能相敬如賓，夫妻和睦，蔡家二小姐的性子太跳脫了些。」

鞏氏心中更加有底。「妳都這樣說，看來那蔡家二小姐和守哥兒確實不合適，若是胡夫人再問起，我找藉口推了便是。」

趙氏也贊同。「若是換成胡家的小姐倒是不錯，等守哥兒春闈過後，再好好相看。」

鞏氏稱是。

家中只有蘭婆子一個下人，裡外都要忙，無法準備回門宴，索性在酒樓叫了一桌席面，讓他們看著時辰送過來。

好在人不多，本來趙書才還想請翰林院的同僚，可一想自己品階太低，又還未入職，此時相請有些不妥。

趙氏和鞏氏說起年後趙書才入職一事，鞏氏倒是沒什麼擔心的，雖然老爺還未入職，可也被同院的幾位大人相請過，想來看在皇后娘娘的面子上，也沒有人會為難老爺。再說老爺能調來京中，當初走的可是太子的路子，就衝著這一點，也不會有人存心怠慢。

趙氏看了趙鳳娘一眼，似想起什麼一般，問鞏氏。「以前大哥在渡古當縣令時，那手下的師爺聽說姓文，是滄北文家的子弟，可有此事？」

「正是，妳大哥曾誇過文師爺有大才，前段時日文師爺為春闈一事也來了京中。雉娘成親時，他還派人送了賀禮。」

雉娘不知有這事。她成親時，文師爺還送了賀禮？

「看來這個文師爺很懂分寸，鳳娘聽說他才情確實不俗，太子也對他讚譽有加，收入幕僚。春闈過後，他必然會受到太子重用。」趙鳳娘對鞏氏道：「母親，他和父親是舊識，還共過事，我們家可以和他多多走動。」

鞏氏笑起來。「既然能得太子看重，那也是他的造化。只不過聽說他還未娶妻，母親就是想和他走動，也不得其法。」

趙鳳娘驚訝起來。那文師爺三十好幾了吧，怎麼還未成親？

趙氏道：「大嫂說得在理，他沒有女眷，咱們女人家是不好出面。不如妳告訴大哥，男人間相互走動也是可以的。」

鞏氏應下。

雉娘覺得鳳娘似乎不太對勁。她為何要插手政事？趙家和誰是一派，哪裡由她說了算，就算她對太子舊情難忘，此舉也有些不妥當。

別人不知道，她卻是心知肚明。太子不是皇后親生，就算立為儲君，以後的事情也難說。史書上有多少不能善終的太子，終其一生也不過是太子。

趙氏對此事應該最清楚不過，會不會是她透露過什麼給鳳娘，還是鳳娘自己猜出來什麼？

她不著痕跡地看趙鳳娘一眼，見鳳娘臉色平靜，神情如常，暗道對方城府深，不愧是皇后教出來的。於是轉向趙氏，笑道：「姑姑，這種事我爹自己會看著辦的。大姊夫春闈也要下場，想必現在天天在府中熬夜苦讀吧？」

「他自是全力以赴。」鳳娘淡淡地說著，並不願意多談。

趙氏被厚粉遮住的臉有些不自在。誰家男兒新婚不到一月就納美妾，偏偏鳳娘由著鴻哥兒，她也不好說什麼。

鴻哥兒得了美妾，兩人天天宿在一起，美其名曰紅袖添香，事半功倍，可書上的文章也不知有沒有讀進去。

她隱約知道鳳娘的打算，也有些樂見其成，對於鴻哥兒的事情，就那麼含含糊糊，叮囑下人不得在外面嚼舌根，其他的也不再管。

幾人將這話揭過，又略說了一會兒，吃過宴席後，胥良川和雉娘告辭，鞏氏依依不捨。

等他們走後，趙氏對趙書才重提文師爺一事。趙書才鎖著眉，對趙氏道：「文師爺春闈過後必會出仕，官場中的事情複雜萬變，妳們婦道人家不懂，該如何做，我自有分寸。」

他嘴裡說得義正詞嚴，心裡卻疑惑萬分。

方才胥姑爺也和他提到了太子，還提到文師爺，言下之意是讓他遠著文師爺，鄭重地叮囑他萬不可輕易拉幫結派。京中不比地方，往往出人意料，防不勝防，謹記唯忠心帝王一人即可。

他不太能理解，太子是正統，為長為嫡，這有什麼可站隊的？但胥姑爺說得嚴肅，胥閣老是朝中砥柱，胥姑爺不會害他，就算想不通，也謹記於心。

眼下妹妹又提到文師爺，他心中暗生警惕，想不通其中的關竅。但他從鄉間走出來，在渡古多年無什麼建樹，卻始終兢兢業業，不求有功，只求無過，唯穩重一點可取。

他三言兩語將趙氏堵回去，也不再和她多談這個話題。

趙氏臉色更加不好看，看了鳳娘一眼，鳳娘朝她輕輕搖頭。

第六十八章

趙氏和鳳娘的眉眼官司被鞏氏看在眼裡，暗自警醒。姑姪倆一直提文師爺的事，攛掇老爺和文師爺多多走動，又是打的什麼主意？

雉娘明顯是不太贊同的。鞏氏低著頭，打定主意按女兒說的做，若是老爺和文師爺來往過密，她會從中勸說。

「方才雉娘在時，我沒有過問。這妹妹過門，燕娘為何沒來？」趙氏對鞏氏道。

「請她來做什麼？讓她來壞事嗎？好好的女兒女婿三朝回門的日子，又鬧得臉上不好看，沒得讓胥姑爺看輕咱們趙家。」趙書才丟下這句話，背著手踱去書房。

趙氏敷著厚粉的臉僵硬著。她看著自家大哥離去的背影，再看看低眉順目的新大嫂，暗道新大嫂好手段，這才多久就攏得大哥心都偏沒了邊。

「大嫂，姊妹之間哪有不鬧彆扭的？不能因為雉娘出嫁時說過的話，就真的不讓燕娘進娘家門，說破了天，她也是趙家的姑娘，趙家是她的娘家，哪能說斷就斷？不看僧面看佛面，她現在可是平家的媳婦，我們怎麼著也得給常遠侯府這個面子。」

鞏氏抬起頭，輕聲地道：「這事可不能怨雉娘，妳是做姑姑的，妳來說說燕娘在雉娘成親那日做的事，是姊妹之間鬧彆扭嗎？分明就是拿雉娘當仇人，置雉娘於萬劫不復。再說今日不請燕娘，是老爺的主意，老爺說了，平家自結親以來，連個面都沒有露過，既然沒有把趙家放在眼裡，我們又何必巴巴地貼上去？」

趙氏語塞。常遠侯府對這門親事的不滿全都顯在面上，三朝回門，只有燕娘一人回來，從成親之日到現在，平晁都沒有露個臉，更別說是平家其他人，彷彿沒有趙家這門親一般。

鞏氏見趙氏沒有說話，又加了一句。「小姑子，我雖不是鳳娘和燕娘的親娘，可燕娘卻是我看著長大的，就算她真的和雉娘處得不好，我也真的不能對她不聞不問。只不過那平家……我瞞著妳大哥讓人送點東西去侯府，誰知平家的下人根本就不讓進門，連燕娘的面都見不到。」

趙鳳娘站在趙氏的後面，聽到鞏氏的話，想起燕娘說過的補湯，垂下眼皮，默不作聲。

趙氏也不好再說什麼。鞏氏做到這個分兒上，話也說得清楚，想起燕娘那渾不吝的性子，她還真不好再強求什麼。

那邊，馬車中的胥良川和雉娘夫妻倆也在說著文師爺的事。

胥良川冷眸冷臉。「這事妳不用管，我和妳父親交代過，不可與文沐松走太近。」

雉娘點頭，還是他想得周到。

文沐松現在明顯是太子一派，而胥家是效忠陛下的，如果真有爭權奪位的一戰，胥家就算不倒向二皇子，也絕不可能支持太子。

「鳳娘許是知道了什麼，要不然不會如此緊張地幫太子拉攏文家。我想會不會是姑姑透露過什麼？」雉娘將自己的想法說出來，偏頭看著丈夫的俊顏。

「她知道也許並不是壞事，我們靜觀其變。」他說著，伸手將嬌小的妻子擁進懷中。

趙鳳娘如果知道太子真正的身世，必然會在暗中幫襯太子。趙氏向著趙鳳娘，定會拉段家下水。等到皇后清算之時，段家會同前世一般牽連其中，起因不同，結局卻不會改變。

他倒是不用擔心趙家，趙書才這人雖然不太聰明，但能在渡古安然做了幾年縣令，可見他為人謹慎。今日他說過的話，對方也明顯聽進耳中，必會遵從。

太子重用文家，其用意明顯，無非是取胥家而代之。這一世，他不會再讓同樣的事情發生。

馬車在石板路上輾過，突然停了下來，胥良川還未問發生何事，就聽到一個爽朗的男聲。

「可是良川？」

胥良川心中一動，回道：「正是，巧遇梁世兄，良川有禮。」

他小聲對妻子道：「是梁駙馬。」然後掀簾下車。

果然，前面的華蓋錦簾馬車旁，一男子正騎在雪白的駿馬上，含笑地看著他，也翻身下馬。

「我方才看著馬車的標誌，就猜是你。」梁駙馬拍著他的肩，帶著笑意。「那日你成親，未能親自賀喜，我一直十分遺憾。早年大家一起在國子監求學時，其他同窗就說過，以後你若成親，勢必要好好地鬧鬧洞房，看看你這泰山石般的臉會不會有崩裂的時候，可惜啊……」

「幾年不見，梁世兄性子倒是未變。」胥良川臉色如常，並未因對方的調侃而面色尬檻。

「駙馬，良川的脾氣你還不知道，什麼時候見他有過其他表情。」馬車內傳來永安公主的聲音。

雉娘聽到，隔著簾子問安。「臣女見過公主殿下。」

永安公主咯咯一笑。「原來良川是和雉娘同行啊，雉娘可別再喚我什麼公主殿下，妳該喚本宮表姊。」

「是，表姊。」

「今日你們是回門嗎？那就不多打擾了，改日本宮邀妳到公主府，我們再好好說說話。」

「好，表姊。」

馬車外的男人們聽到她們隔著簾子的談話，相視一眼。梁駙馬笑意頗深，和胥良川告別，然後翻身上馬。胥良川也重回馬車，各自錯開路。

「永安公主的駙馬和你以前是舊識嗎？」雉娘想起方才梁駙馬語氣中的熟稔，隨意問道。

「他是梁將軍的嫡次子，以前陛下不僅要求太子在宮中跟著太傅們學習，還讓他隔三差五去國子監聽課。我是太子的伴讀，自然要跟去，梁世兄那時候恰巧在國子監求學。」

雉娘捂嘴笑起來。「原來如此，聽他的言外之意，你從小到大都是板著臉的嗎？」

他深深地看她一眼。以前他的穩重大多是裝出來的，是時刻謹記父親的教導，才給別人少年老成的印象，久而久之也就養成不愛說話的性子。歷經兩世，現在的沈默卻是刻在骨子裡的。

「妳會不會嫌我悶？」

雉娘被問得一愣，輕輕抱著他的手臂，仰著臉。「不會，我就喜歡你這樣的男子。」

前世裡，她沒有談戀愛的經驗，只想尋求安穩的生活。今生也是這般，是他幾次三番地助她脫困，給了她從未有過的安心，就算他話不多，只要他在身邊，她就覺得無比安全。

而且……她的臉一紅。在床笫之間，這個男人可不如他生活中表現的那般冷淡。

他緊緊盯著她，就見粉面慢慢染上紅霜，紅撲撲水嫩嫩的。

他行隨心想，俯身在她紅潤的臉上親啄一下，然後低頭含住嫣紅的櫻唇。

恍惚間，她心裡想著，方才那梁駙馬說錯了，他哪裡如石頭一般冰冷，分明是如炙鐵一般的滾燙，火熱的氣息彷彿要將她吞噬，融為一體……

兩人回到胥府時，雉娘臉上的紅暈還未褪去，而男子早就恢復衣冠楚楚，清冷如玉的模樣。她氣得抓起他的手臂，捋開袖子，狠狠咬上去。

他神色未動，眼眸卻忽地轉為暗沈。

車夫說已到府了，他將袖子捋下，深深地看她一眼，看得她心裡突突直跳，又帶著一絲隱隱的興奮，彷彿在夜幕中忽地綻開一朵花，絢爛奪目。

胥家人少，夫妻二人去了正廳。胥老夫人和胥閣老夫婦都在，一番簡單的相詢，便讓兩人回去歇息。

雉娘低眉順目地跟在他後面，看著他青松般的身姿，心一顫，帶著羞怯的歡喜。

一進屋內，他便屏退下人。

她手指抖著替他更衣，眼皮子都不敢抬起。突然間，身子被人凌空抱起，頭暈目眩中，就被放置在錦榻上，男子高瘦的身子覆下來，壓得嚴絲合縫。

衣裳盡褪間，聽到他低啞的問話。「那妳喜歡我這樣嗎？」

她隨著他的動作浮浮沈沈，嬌吟著。「喜歡。」

隨後便是更加猛烈的狂風暴雨，她如同漂浮在水中的花兒，不停被拍打著，花瓣不堪摧殘，七零八落。

雨停風歇時，她才得以喘息。

透過紅紅的紗帳，亮光從窗戶照進來。白日宣淫，哪裡是清貴人家的大公子所為？

她的眸子水汪汪的，嘴唇紅腫的指控他。「大公子，你白日宣淫，若讓天下讀書人知道，不知要作何感想。」

胥良川將她包在錦被中，擁進懷裡，輕啄一下她的髮。「不怕，沒人敢亂說，胥家的下人都是嘴嚴的。再說就算別人知道又如何？敦倫之禮，人之根本，此禮遵循天道，延續血脈理所當然，又何懼他人私議。」

雉娘笑起來，一本正經的男人，連說道閨房之事都如此理直氣壯，言之鑿鑿。

「對，你說得沒錯，天大地大，生兒事大。」

他的眼神一亮，視線往下移。不知那白嫩的肚皮裡，是不是已經……

她嬌嗔一眼，催他起身穿衣，夫妻二人收拾妥當，索性無事，他帶著她來到東廂的小書房。

他站在書案前，朝她招手。「來，寫兩個字給為夫看看。」

她還以為自己是來紅袖添香，磨墨洗筆的，沒想到是讓她寫字。她的字可是有些見不得人。想了想，醜媳婦終是要見公婆的，咬牙提筆寫了兩人的名字。

他皺一下眉。「尚可，能看。」

僅是能看而已，她的字無神態無風骨，只不過還算端正。

她暗道，自己能寫出這般模樣已是不錯，前世可沒有寫毛筆字的習慣。這樣的字都是自己照著原主的存稿偷偷練的，能見人都算僥倖，哪裡還強求什麼靈動飄逸。

「夫君，我以後一定多加練習。」

他看了她一眼，從書架上取出一本字帖。「就照這個練吧。」

她驚愕。不過是隨口說說，他還當真？

「習字能修身養性，無事時練練也有益處。」他怕她誤會自己嫌棄她的字，淡淡地解釋著。

她將字帖拿過來，應下。

於是，書房中就變成這幅景象，他坐著看書，眼皮子未抬，嘴裡卻不時地冒出話。

「手肘抬高。」

「下筆再重一些。」

她一一照做，不一會兒手就有些瘦了，又不想讓他看扁，咬牙堅持著。他偶爾給她磨個墨，她則伏在案桌前埋頭苦寫。

書房內安靜如水，紫銅香爐中香煙裊裊，她心中腹誹，不知是誰給誰添香？

好不容易寫完一張，他傾身過去查看。「照著這個練，每天三張。」

她張口結舌。天天三張，她又不是他的學生，用得著這般嚴厲嘛？

而胥良川卻完全不知她心裡所想，只是覺得如果她每天練上幾張，不出幾年，寫的字就應該會有些靈韻。

他前世當了幾十年山長，對學生們尤其嚴格，便是淡淡的一句話，也帶著重重的命令之氣。

她又湧起許久之前的感覺，覺得他就像教務主任一樣，嚴厲又不近人情，無奈地應承，心裡卻有些不太高興。

等晚上一家人用膳時，她的手還有些瘦，舉箸都有些無力。胥家主子少，不講究男女不同席，而且胥老夫人好熱鬧，喜歡一家子一桌進食。

胥良川見她不時地揉手，心知她必是沒有練慣字，等回去用熱布巾敷下就好，幼年時他也是這麼過來的。

胥良岳也看到她的動作，好奇地問道：「嫂子的手怎麼了？」

他這一問，胥老夫人也看過來，忙不迭地詢問。倒是雉娘有些不太好意思起來，小聲地回著。「許久未習字，有些生疏。」

老夫人哦了一聲，沒再說什麼。胥良岳看看兄長，朝雉娘眨了下眼。「嫂子，不會是大哥讓妳寫字的吧？」

「你三天前的文章作好了嗎？等下和我一起去書房。」胥良川淡淡地看他一眼，慢條斯理地說著。

胥良岳方才還和雉娘擠眉弄眼，聽到兄長這麼說，頓時萎靡下來，求救地看著祖母。

胥老夫人裝作沒看到的樣子。長孫愛弟，對岳哥兒嚴厲，那是最應該不過的事，孫子們的學業，她從不插手。

他的肩膀垮下來，朝雉娘露出同病相憐的表情，看得雉娘都想發笑，方才的不快煙消雲散。

「大哥，再寬限我一日，明日一定好。」萬般無奈之下，胥良岳朝兄長求饒。

胥良川看一眼終於露出笑意的妻子，淡淡地道：「明日辰時。」

胥良岳哀號一聲，認命地耷拉著腦袋。

雉娘忍俊不禁，猛然間想到一個好主意，低頭偷笑。

就寢時，胥良川用熱布巾給她敷手，敷完後，她轉動手腕，覺得好受不少。

兩人脫衣入睡，他修長的四肢纏上來，灼熱的氣息噴到她的脖子裡，她將他往外一推。

「夫君，妾身覺得你說得對，習字確實能讓人修身養性。妾身決定明日起，堅定執行您的要求，每日練字，常常自省，絕不能因為其他事情影響自己習字的決心。」

他的眼眸危險地瞇起。「所以……包括夫妻之事。」

「沒錯，我發現習字別有一番樂趣，說不定多年後，我還能成為一代大家，字帖流傳後世。為了這個目標，我一定要修身養性，苦心鑽研——」

她的話還未說完，就被溫軟的唇給堵住。

兩唇分開，他嘆一口氣。「娘子，為夫錯了，不該讓妳習字，妳想寫就寫，不想寫就當為夫沒有說過。」

「這哪行，我可不是半途而廢的人。」

她的眼裡跳動著狡黠，語氣卻是無比認真。

他磨牙切切。「可以的，妳寫的字本就不錯，無須再練。」

她得意地笑起來。「既然你這麼說，那我就勉強同意吧。是你不讓我寫的，不是我自己不願意寫。看看，我為了你，放棄了成為一代大家的理想，你以後可不能再嫌我字寫得不好。」

他目光灼灼，昏黃的燭火中，她的面容被紅帳映得如夢如幻，眼神靈動，眸子晶亮，靈氣十足。

漆黑的眸色深暗，他身子一沈，再次堵上她的嘴。

第六十九章

過了兩日，方大儒和方老夫人風塵僕僕地趕到京中。方老夫人心急如焚，一路上都在偷偷埋怨丈夫當年沒有將翟素娟的身分說明。

她又不敢明說，只能愁著一張臉，眼裡透著幽怨。

如果她知道翟素娟不是丈夫養在外面的女人，哪裡還會將翟憐秀趕出去？如今倒好，翟憐秀是皇后的嫡妹，他們方家做了好人收養母女倆，反倒半點好也沒有落下，不知皇后娘娘會不會對方家心生怨恨。

方大儒當初也不知道翟素娟嫁去哪裡，他和翟老先生僅是有過一點交情，翟素娟不願透露，以他的性子也不會追問。

看著老妻忿忿的樣子，他懶得搭理。他哪裡沒有說，分明每次都說得清楚，是她不相信而已，還趁他不在臨洲時將憐秀趕走。如今得知憐秀的身分，又怪他當初隱瞞，婦人之見！

方大儒拂著袖子，走在前面。

方老夫人一住進胡府，和胡大學士的夫人寒暄後，就直奔主題。此次進京，一是為了翟憐秀之事，另一件就是兩個孫女的婚事。

她的女兒胡夫人面色不豫，兩個嫂子心氣高，連趙家都看不上，倒是蔡家遞了話，想讓她牽個線。可她跑了一次趙家，趙家也沒個準話。

等方老夫人見過親家後，就和自己的女兒說著私房話。她從女兒口中得知皇后娘娘對鞏氏母女重視，起了心思。

她深思熟慮後，對女兒道：「依妳之言，以後趙家應該不差，再說因為當年的誤會，憐秀對我多少有些怨恨。不如將妳的姪女嫁入趙家，一來能修復兩家的關係，二來也何嘗不失為一個好機會？」

「娘，您可別提，嫂子們心氣高著呢，瞧不上趙家。那蔡家託我去趙家探過話，趙家也沒個準信。」胡夫人提到這事就生氣，她曾建議過兩位嫂子，那趙家是個好人家，誰知兩個嫂子都不願意。恰巧蔡家存了心思，讓她去趙家探話，她賭氣就跑了一趟。

「妳兩個嫂子被京中富貴迷了眼，也不想想咱們方家雖然是詩書之家，可朝中無人，妳能嫁入胡府，那還是妳爹和胡學士的交情。」方老夫人一臉的怒其不急。「她們連趙家都看不上，可是在京中和哪家搭上了話？」

胡夫人搖搖頭。「我看沒有。最近我也常帶著靜怡和靜然出門作客，可京中的夫人們哪個不是心明眼亮，咱們家雖然名聲極佳，卻遠在臨洲。問過的有，真正想結親的少，除了一、兩個為庶子謀算的，試探著和我套過話，被我回絕了。我們方家的姑娘，哪能嫁給庶子？」

方老夫人氣苦，也都是老爺不願意出仕，攔著兒子們不許科舉，否則他們方家哪會被人這般看輕？

「那照這麼說，妳的兩個姪女在京中難以找到什麼好人家？」

「大嫂的心思娘也清楚，以前一直想讓靜怡嫁入胥家。胥家門第高，娶媳卻偏愛小門小戶，咱們家和胥家也是世交。誰知道半路殺出個趙家，硬生生地給截了去。我仔細觀察著，大嫂心未死，胥家不是還有個二公子嘛？」

方老夫人一拍桌子。「就這麼辦，我和妳爹明日先去胥家拜訪，後天再去趙家。妳的兩個姪女，靜怡配胥家二公子是夠的。靜然那裡，我和妳二嫂說，可以考慮和趙家結親。」

胡夫人一臉佩服。「還是娘果斷，依女兒看，這兩門親事都是極好的。」

方老夫人圓圓的臉上才露出一絲笑意，又見過外孫、外孫女，才回到歇息的屋子。

翌日一大早，老夫妻兩人就帶著兒媳們和孫女們登了胥家的門。

胥家在頭天晚上就接到方大儒進京的消息，胥老夫人估算著他們會上門來，果不其然。

方大儒見到雉娘，臉上十分感慨。雉娘行著禮，口中不再稱呼外祖父，恭敬地稱呼：「方先生。」

「好，妳和妳娘能找到親人，我很欣慰。」方大儒有些悵然，卻依舊面露笑意。

雉娘真誠地又行禮。「雉娘替外祖母和母親感謝先生的大恩。」

「好孩子。」方老夫人一把托起她。「都是一家人，說這麼生分的話做什麼？雖然事情查清，妳娘不是方家的女兒，但在我心裡，她永遠都是方家的姑娘。」

「當年先生之恩，已經難以回報，不敢再欠下更多恩情。」雉娘微垂著頭，朝方大儒再次行禮，然後轉回胥老夫人的身後。

行三次禮，是她對方大儒的尊重，其他的方家人於她們母女而言，並無半點恩情，她也不想和方家人扯上其他關係。

胥閣老引著胥良川、胥良岳兄弟二人和方大儒見禮。今日胥家兩兄弟依舊是一青一白，青的如松，白的似柏，都是長相出眾的男子。

兩人目不斜視，胥良川是因為性子使然，和長輩們見過禮後，對於方家兩位姑娘沒有多看一眼。胥良岳則是一舉一動都仿著兄長，兄長不看，他當然也不會看。

方靜怡的目光先是定在胥良川身上。這青松般修長俊逸的男子，從小到大都是她心中理想的丈夫人選，自己也努力地習字練琴，就是為了有朝一日能站在他身邊，誰知竟被虛有其表的趙雉娘給搶去。

她隱有不甘，艱難地收回視線，然後轉向胥良岳，打量得認真，目光複雜。

雉娘含著笑，將她的神態舉止盡收眼裡。兩人的眼神不經意地對上，方靜怡略微一怔，然後笑著上前，表現得十分親熱。

「幾日不見少夫人，出落得越發讓人心動，怪不得……」她抿著嘴，眼神卻不停往男人們那邊看。

胥閣老引著方大儒往正廳走去，青色的修長背影走在後面，她眸光晦澀，臉上卻依舊掛著笑。

雉娘也朝她笑著。自己和夫君已經成親，方靜怡再不甘也無可奈何。剛才她還仔細打量岳弟，莫非方家改變對象，將寶押在岳弟身上？

若是和方靜怡這樣表面知書達禮，內裡暗箭傷人的女子做妯娌，是非肯定多。她倒不是怕，只是不想讓祖母失望。祖母一直致力於家庭和睦，如果方靜怡進門，那麼她和方靜怡之間不可能相親相愛，最多也是做些表面工夫。

長輩們落坐後，雉娘乖巧地立在胥老夫人的後面，方靜怡和方靜然也未入座，分別立在方老夫人的後面。

胥家和方家是世交，兩位老夫人之間說起話來，提到自家的孫兒們。方家的三個孫子都留在臨洲，按方老夫人的想法是想帶著孫子們進京的，可方大儒不許，方家說了不出仕，就是不出仕。

方老夫人也左了性，誓要賭這口氣，孫子們的事情她作不了主，孫女們卻是歸她管的，如果讓孫女們都嫁到京中，以後再伺機謀劃。她就不信等百年之後，丈夫已經不在，誰還能攔著後輩們拚前程？

說到孫子們，胥老夫人臉上的笑意不斷。方靜怡看了雉娘一眼，又低下頭去。

方老夫人的話題一直都在胥良岳身上打轉，胥老夫人的眼光微閃，瞄一眼含笑和方家大夫人說話的二媳婦。山長夫人耳朵一直都是豎著的，見婆母看過來，露出了然的笑意。

要說以前，她也確實考慮過方家的姑娘，兩家是世交，知根知底，可是聽婆母說起過來渡古時在船中和眾位姑娘們的相處，她又有些拿不準主意。

方靜怡各方面都不錯，知書達禮，頗有才情，只不過氣量小了些。再說看之前方家的打算，是想讓方靜怡配川哥兒的，轉過頭來又打岳哥兒的主意，她這當娘的心裡多少有些芥蒂。方家二房的嫡女方靜然性子又浮躁了些，不太適合以後跟著岳哥兒守在閬山。

山長夫人的心思轉了幾轉，面上半點不顯，依舊和方大夫人閒話家常。

方家人離去後，胥老夫人意味深長地道：「方家看來動了念頭，靜怡這丫頭禮數規矩都不錯，心思卻多了一些。」

雉娘聽到祖母這句話，心裡有了底。看來不用擔心和方靜怡做妯娌了，祖母明顯也不太喜歡方靜怡的為人。

「岳哥兒性子純良，怕是有些壓不住。」山長夫人幽幽地道，看著春花般妍麗的雉娘，笑起來。「娘的眼光最毒，看看您替川哥兒相看的媳婦，真是百般都好，人比花嬌，性子又好，要是有個這樣的姑娘，媳婦夢裡都能笑醒。」

雉娘大方地任由她打趣，倒是當婆婆的胥夫人不幹了，嗔她一口。「妳可別和我搶閨女，雉娘是我的兒媳，我打心眼裡拿她當親生閨女。妳呀，也趕緊給岳哥兒挑一下，省得眼紅我。」

山長夫人笑得開心。「娘，您看大嫂這樣子，哪有個閣老夫人的派頭？」

「閣老夫人應該是哪樣的派頭？板個臉，半天不說一句話？」胥夫人說著，自己笑起來。

惹得山長夫人和老夫人笑起來。

好不容易止住笑，老夫人擺擺手。「好了，岳哥兒的事，等春闈後再說也不遲。」她扶著枴杖，另一隻手示意雉娘扶上。「雉娘扶我回去。」

方老夫人坐在馬車中，臉色有些不太好看。她都挑明搭話，胥老夫人居然沒有接話，莫非胥家已經替二公子相看好人家？

她心中焦急。錯過胥家，在京中她們難以再找到更好的人家。

回到大學士府，胡夫人卻喜氣洋洋地出來迎接，小聲地附在她的耳邊道：「娘，皇后娘娘召父親和您進宮，還叮囑帶上靜怡和靜然。」

「當真？」方老夫人喜出望外。方家對鞏素娟母女有收留之恩，皇后娘娘會不會是要替母還恩？特意囑咐讓帶靜怡和靜然，是有什麼打算？

胡夫人猜測著。「娘，依女兒看，皇后娘娘許是想給咱們方家體面，靜怡和靜然在她面前露了臉，說不定會指個好人家。」

「若是這樣，再好不過。」方老夫人圓圓的臉笑得起了褶。

當天夜裡，方家人是一陣翻箱倒櫃，為兩個姑娘挑選明日進宮的行頭，不能太輕浮，又不能太素淨，選來選去，折騰到子時。

進宮時，方大儒倒是輕鬆自在的神色，女眷們都緊張不已。

皇后端坐在寶座上，瞇著眼。

「這位想必就是方先生吧？本宮聽憐秀提起你，心中感念你的情義。」皇后轉向琴嬤嬤。「給方先生賜座。」

「謝娘娘。」

方大儒筆直地側坐在凳子上，皇后娘娘這才讓方家女眷們起身。方老夫人為首，後面跟著兩個孫女，恭敬地彎腰站著。

皇后伸出玉指，輕輕一指。「這兩位如花似玉的姑娘，想必就是方先生的孫女吧？」

「正是。」

「長得倒是不錯，妳們上前來，讓本宮好好看看。」

方靜怡和方靜然往前移幾步，垂手而立。

皇后點頭，書香世家出來的姑娘到底有些不一樣，禮數都沒得挑。

「抬起頭來，讓本宮好好瞧瞧。」

姊妹倆依言半抬著頭。皇后看著，點點頭，對琴嬤嬤道：「琴姑姑，妳看，這姑娘的神態和鳳娘倒是有些相似。」

皇后說的是方靜怡，方靜怡今日穿的是湖藍的裙子，面容姣好，儀態端莊。看神態，倒真像了趙鳳娘兩、三分。

「說起來，本宮已有些日子沒有見過鳳娘了。因為段家的失誤，將親事弄錯，陛下到現在氣都未消，段大人也被狠狠訓斥過。本宮倒真有些想鳳娘，今日見著這方家的姑娘，頗感慰藉。」

「娘娘，您若是不嫌棄，就讓民婦孫女多陪陪您。」方老夫人趕忙回話。

皇后看著她，意味深長地一笑。「說得也是，本宮最近正好想召些姑娘進宮作陪。太子明年就要大婚，其他事情也要準備起來。」

方老夫人心一動，快要跳出胸口。

方大儒對鞏氏母女有恩，皇后必然有表示。方家人出宮時，隨後跟著的就是滿滿當當的賞賜。

對方老夫人來說，賞賜雖貴重，遠不如皇后娘娘隨意說的那句話來得讓她興奮。她左右打量自己的大孫女，想著或許此次進京是來對了。

娘娘誇靜怡舉止像趙鳳娘，誰人不知，趙鳳娘在娘娘的心中分量可不輕，若不是出了換親的事，趙鳳娘現在依舊是縣主，還是常遠侯府的少夫人。

皇后提到太子，絕對不是無緣無故。太子明年要大婚，太子妃是平家的小姐；二皇子年紀還小，不可能現在選妃，那麼只有一個可能——太子的身邊，除了太子妃，應該還有兩位側妃。

皇后娘娘提到最近要多召人進宮，會不會是要替太子選側妃？

太子妃是平家的小姐，平家是皇后的娘家，皇后自然不想以後的側妃威脅親姪女的正妃之位，那麼側妃的家世就不可能太高。自家雖然名氣有，卻無實權，在朝中也沒有人脈，這樣的人家，若她是皇后娘娘，定然當成首選。

方老夫人心突突地跳著，越想越覺得有可能。靜怡端莊大氣，從小到大的教養都不比世家姑娘差，真要是得皇后娘娘看重，封為側妃也不是沒有可能。

「靜怡，祖母前日和妳說過的話，妳忘了吧，若真的不滿意那胥家的二公子，祖母再幫妳相看。」

方靜怡驚訝地看著祖母。祖母前日裡苦口婆心地勸了自己許久，說盡胥良岳的好話，怎麼又變了卦？

方老夫人慈愛地摸著她的頭。「祖母也覺得配胥家二公子委屈妳了。今日皇后娘娘的話，妳聽明白了嗎？」

方靜怡仔細地回想著，皇后娘娘說她神態像趙鳳娘，後來又提到太子……她心中一動，想起見過的太子殿下，從前想都不敢想的事，又悄悄冒出了頭。

太子妃的人選已定下，但還未擇側妃。

以前在閬山時，太子對趙鳳娘另眼相看，自己和趙鳳娘相比，氣質有些相似，端莊知禮，再者長相上，還要略勝趙鳳娘一籌，若能獲得太子青睞，入住東宮，以後太子登基後，她就是帝妃，那趙雉娘見到她也要跪行大禮。

她的手緊緊地絞著衣裙，似下定決心般，慢慢地鬆開。

第七十章

方老夫人欣慰地看著大孫女，知道大孫女必然想明白其中的關竅。不是她自誇，自己這個孫女，容貌才情就算當太子妃也是夠的，就是苦無世家貴族的出身。

方靜然見祖母和堂姊打著啞謎，疑惑地問道：「祖母，皇后娘娘的話是什麼意思？」

「沒什麼意思。靜然，妳記著，趙夫人是皇后的嫡妹，雖然咱們家有恩於她們，可皇后是主，趙家以後絕對不可能只是個小門小戶。風水輪流轉，說不定以後，趙家能成為京中的勛貴。」方老夫人鄭重地對小孫女道，旁邊的方靜怡很快就明白祖母的打算。

方靜然不屑，隱約覺得祖母說得沒錯，卻不願意承認以前看不起的趙家以後要超過他們方家。

「靜然，祖母說得沒錯，不說其他，就說趙家的幾位姑娘。趙鳳娘雖然失了縣主的名號，那段家雖不是什麼顯貴人家，可段大人也是四品的大員。趙燕娘是不是設計換親，暫且擱置一旁，陛下都承認了平家少夫人，未來的常遠侯夫人。還有趙雉娘……」方靜怡停一下，略頓。「趙雉娘嫁的是胥家，胥家大公子將來要接任閣老，身分能低嗎？就趙家這三個姑娘，以後趙大人和趙公子在京中還能混得差？」

方靜然恍然。祖母和堂姊的意思是……要她嫁入趙家？

「不行，我不喜歡趙家。」方靜然斷然拒絕。

方老夫人的臉一沈。「祖母還能害妳？那妳說說，妳們來京中也有段日子，和妳姑姑也出過門作客，告訴祖母，可有什麼差不多的人家相看妳？趙家現在不顯，將來一定能平步青雲。再說趙夫人是什麼性子，最是軟弱不過，又不是嫡親的婆婆，又念著妳祖父的恩情，定會善待妳。」

方靜然垂下頭。以前在臨洲時，因為方家的聲望，知府蔡家的兩位小姐都對她客客氣氣的，誰知來到京中，沒有人搭理她們，京中遍地的勛貴世家，哪有人將小小的方家放在眼裡？

可趙家，她卻有些不甘心。

她終是沒有點頭也沒有搖頭，算是默認。方老夫人更加欣慰。兩個孫女都是好的，等孫女們以後嫁人，幫襯一下兄弟們，方家就不用窩在偏遠的臨洲。

方老夫人心知自己要想達成所願，必定要緊緊地抓住皇后娘娘的這點感激之情，因此次日一早，就帶著兒媳孫女們去了趙家。

趙氏盛情款待了她們，對老夫人隱晦的意思卻裝著糊塗不接話，急得老夫人直接和她挑明。鞏氏則裝作十分為難的樣子，說此事她不能作主，得和老爺商量。

方老夫人倒是明白她的難處，趙公子又不是她生的，她是不能作決定。反正目的已經挑明，方老夫人有信心，趙家會同意婚事的，一臉高興地領著兒媳孫女離開。

鞏氏幾番思量，對於方家的姑娘，她是真心不想要。送走方家人後，也沒有跟趙書才商量，就讓蘭婆子去了一趟胥家。

雉娘聽到蘭婆子轉告的話，了然一笑。

方老夫人不愧是老賊精，這是看出趙家的價值，都能捨下一個姑娘。可是她和娘一樣，都不想和方家人再沾上關係。

方家姑娘再好，她也不想和她們做姑嫂，何況方家兩位姑娘的人品還有待商榷。方先生的恩情，她們會銘記，也會伺機報答，至於和方家結親就免了吧。方家的姑娘趙家消受不起。

她讓蘭婆子回話，告訴娘，就說此門親事不能應。

蘭婆子一聽，笑開了花，夫人和小姐想到一塊兒。她是個下人，不敢拿主子們的主意，可打心眼裡不想以後侍候姓方的少夫人。當年方老夫人趕她和夫人離開臨洲時，那副鄙夷的嘴臉和趾高氣揚的樣子，她到死都能記著呢！

鞏氏收到女兒的意思，索性在老爺跟前提都沒提這事，打定主意，等方家人再次相詢時，直接就說老爺不同意，方家人總不能厚著臉皮來問老爺為什麼不同意吧？

胥府內，雉娘將方家人的意思和胥老夫人一提。胥老夫人眯著眼，不停搖頭。「方家真是一代不如一代，可惜方先生光風霽月，傲骨錚錚，兩個兒子也沒有一個能承衣缽的，孫子們更是不用說。」

雉娘乖巧地坐在她對面，小腦袋點了一下。

胥老夫人瞧著她的動作，笑了一下。孫媳嬌小的身子坐在圓凳上，玉臉桃腮，身如三月絲柳，面似五月花紅，這麼個可人疼的小媳婦，若是來年生下重孫，那就再好不過。

正想著，胥良川修長高瘦的身影出現在門口。

還有幾天就到除夕，天氣是越發冷。前幾日，雉娘將莊子送來的年貨分了三車去趙宅，又送了一車去段府，其餘的都留著。胥老夫人還打趣說，娶了這麼個孫媳進門，她們連備年貨的銀子都省了。

胥良川的長腿一邁進門檻，就迎上妻子含情帶笑的眼。

胥老夫人見他們恩愛，眼中情意綿綿，心裡越發滿意。

「孫兒給祖母請安。」

「好，外面冷，快快到爐子邊上烤烤。」胥老夫人招呼著孫子。

屋裡有地龍，身子很快暖和起來，胥良川看著小妻子，道：「梁駙馬派人送來帖子，讓我們明日去公主府。」

「永安公主？」胥老夫人先開口。「這位公主倒是個真性情的，不知邀請你們上府所為何事？」

雉娘回道：「祖母說得是，孫媳覺得永安公主為人還算不錯。上次在街上偶遇，公主曾說過改日請我們作客，想來是這個原因。」

胥老夫人笑起來。「我倒是忘記妳和公主的關係，她可是妳的嫡親表姊。怪不得，方才我還在納悶，公主府和我們胥家可是一直沒有走動，怎麼就突然下帖相請，原來是因為這層關係。」

雉娘不好意思地跟著笑，視線和胥良川的撞在一起。胥老夫人看在眼裡，沒一會兒便喊著身子乏，夫妻倆才起身告辭。

進了自己的院子，雉娘才說起方家之事。

「妳做得對，昨日皇后娘娘也召見了方家，似乎提到了太子。」胥良川平靜地坐在臨窗靠榻上，指指身邊的位置，讓她也坐過來。

雉娘順從地坐過去，眼神閃了閃。皇后召見方家，說了什麼，夫君都能在很短的時日知道，看來是宮中有人。不過她不會傻傻去問夫君怎麼得到消息的。

她疑惑的是皇后提太子做什麼？「太子？這又有什麼關係？」

胥良川凝睇著她。「妳猜？皇后還讚了方大小姐。」

不會吧？雉娘睜大眼睛。「難道皇后是想給太子納側妃？」

「真聰明，一猜就中。」胥良川眼露讚賞。別人不知道皇后娘娘和太子的關係，自然認為這是天大的好事。可實際上，能讓皇后往太子那邊推的人，以後都不可能有好下場。

方大儒是有恩，但方老夫人可是讓岳母流落在外、無奈為妾的罪魁禍首，皇后豈會放過她？方家想和趙家聯姻，絕不能同意。

「我娘也不願意有個方家的姑娘當兒媳。」雉娘說著，說起另外一件事。「今日你不在家，我思來想去，覺得你昨天的話還是有些道理，習字能修身養性，於是我寫了三張。」

她話音一落，便獻寶似地拿出自己寫的字。

他修長的手指接過。「不錯，橫撇寫得還算到位，筆力穩進了一些。若是覺得吃力，不用勉強，為夫覺得妳這樣就很好。」

她嗤嗤地笑著，調皮地眨了一下眼。

次日，夫妻倆應邀去了公主府。

梁駙馬親自出門相迎，將夫妻倆請進去。

花廳裡，紅底描金的軟榻上，靠坐著身穿寬大紅色襦裙的永安公主。永安公主比前些日子見著時豐腴一些，身邊還有一位二八的俏麗姑娘，一身窄袖束腰八幅裙只及腳踝，露出腳上的鹿皮靴，看起來十分索利。

永安公主給她們相互介紹，雉娘才知這姑娘是梁駙馬的胞妹，名喚梁纓。

梁纓自雉娘一進門起，眼睛就彷彿要黏上來一樣，直勾勾地盯著她。

永安公主用美人宮扇打了她一下。「看妳這德行，見到美人就挪不開步子，幸好是女子，若是男子如何了得？就這副好色的模樣，必是京中第一紈袴公子。」

梁纓的目光有所收斂，眼睛還是沒有離開雉娘，嘖嘖道：「公主嫂子，妳怎麼不早點邀請胥少夫人來作客，纓兒聽說過她長得好，沒想到長得這麼好。」

「多謝梁小姐誇獎，皮相父母給的，是美是醜都不是我們自己的功勞。」雉娘小心地斟酌。她可是聽過永安公主最在乎長相，以前還曾說過要和二皇子換臉。梁家小姐如此稱讚，讓她心裡打鼓，就怕公主會多想。

永安公主斜一眼梁纓。「還是雉娘說話中聽。長得好也罷、壞也罷，哪是我們自己能決定的？本宮從前年少時還曾和舜弟開玩笑，要和他換臉，嚇得舜弟跑到母后跟前痛哭。」

她的話裡並無一絲芥蒂，顯然對自己的長相不是很在意，不知為何會有那樣的傳聞。

「皇姊還好意思提？那些日子我可是時常被噩夢驚醒，夢中總有個要來扒我臉皮的人。」外面傳來少年獨有的聲音，走進來的正是二皇子祁舜和韓王世子祁宏。

祁舜進門來，胥良川和雉娘都要行禮，祁舜卻先一步喚兩人。「表姊，表姊夫。」

後面的祁宏微微一怔，也歡喜地喚道：「表姊，表姊夫。」

「胥少夫人哪裡成妳的表姊了？」梁纓問祁宏。

祁宏撓了下頭。他頭髮已經能束起，許是自己忘了，不好意思地一笑。「我初見胥少夫人時就覺得十分親切，也想著若有這麼一個姊姊該有多好。她既然是皇叔母的外甥女，我叫聲表姊也是可以的。」

韓王比陛下年長，因為身殘，和韓王妃成親多年後才得了祁宏一個獨苗，愛若珍寶。

梁纓聽他這麼一說，也跟著點頭。「你說得也有道理，按你這麼說，我也可以喚她一聲表姊。」說完她真的叫了一聲。

永安公主受不了地撫額。「我說你們一個兩個真是夠了，不就是看雉娘長得貌美，都上趕著認表姊。纓姊兒，妳認什麼表姊啊？依本宮看，妳乾脆認雉娘當親姊姊好了。」

「那可不行，我們又不是親姊妹，若真是姊姊妹妹地叫，別人會怎麼想？」梁纓連連擺手，還不自覺地看了胥良川一眼。

梁駙馬一臉看好戲的樣子，胥良川不動如山。

雉娘細思著永安公主的深意，以她的直覺，公主不可能是要給她添堵的人。

花廳裡突然靜下來，沒有一個人說話。梁纓的眼中全是狡黠，鹿皮靴子在地板上蹭了蹭。

所有人都將目光投向胥良川，包括雉娘。胥良川臉色平靜無波，淡淡地道：「身為胥家子孫，應該謹守祖訓，胥家唯有嫡系。」

雉娘靜靜地看著他，有些失落。僅是因為祖訓嗎？

胥良川注意到小妻子臉上一閃而過的黯然，皺了皺眉，緩緩地又道：「吾妻賢良淑德，得一人甚幸。」

他細心觀察著，就見小妻子聽到這句話後，臉上如雲散開霽，紅霞漫天。

永安公主喃喃道：「這個……看不出來良川還會說情話。」

廳中其餘幾人也有些發愣，好大一會兒，梁駙馬哈哈大笑。「公主，妳輸了吧？我就說無論什麼事也不可能讓良川變臉，偏偏妳說要嚇一嚇他。他是沒嚇著，趙家表妹嚇得不輕吧？」

果然，就見永安公主又拍了一下自己的額頭，嗔怪地望著梁駙馬。「看本宮，將你們都繞糊塗了吧。本宮的意思不是讓纓姊兒和雉娘做姊妹，真做姊妹，各自嫁人哪能天天見著？不是姊妹又能天天見著的只有另一種……本宮記得胥家不是還有一位二公子？」

她這一說，雉娘反應過來。

只是事關他人的婚事，而議論的姑娘就在廳中，永安公主就這麼大咧咧地說出來，也不看下還有二皇子和韓王世子兩個未成婚的少年。

永安公主一向都是霸道的性子，二皇子和韓王世子並未露出任何詫異之色，便是梁纓，臉上也不見一絲羞澀。
她好像真的在考慮公主的話，一會兒看看雉娘，一會兒低頭，似是下了決心一般。「要是能天天看到表姊，那就行。」
雉娘被嚇了一跳。這姑娘膽子可真大，終身大事，連正主兒的面都沒見過，就因為想天天看她，竟如此爽快地答應。
永安公主笑起來。「纓姊兒不愧是將門虎女，性子就是爽快。此事包在本宮身上，定能讓妳如願以償。」
她話音一落，梁纓就立刻挨到雉娘跟前，一臉歡喜。
雉娘暗道，這梁家小姐比自家的婆母還要瘋狂。怪就怪在廳裡的男人一副見怪不怪的樣子，雉娘深吸一口氣，有些明白過來。
公主和駙馬請他們夫妻倆來作客，打的怕就是岳弟的主意，只是她不過是堂嫂，夫君也只是堂兄，哪能越過長輩給堂弟的婚事作主？她和對面而坐的夫君對視一眼，夫君遞給她一個安心的眼神。
永安公主從軟榻上坐起，一隻手扶著肚子，身邊的嬤嬤小心地攙著，梁駙馬立刻起身輕問：「可是身子有些不適？」
「無事，靠久了，有些腰痠罷了。」永安公主擺了下手，示意雉娘坐近一些。
梁纓也跟著亦步亦趨，永安公主好笑地道：「看看妳的樣子，以前總追在舜弟的後面，現在見了雉娘，怕是要將舜弟丟在一邊。」

祁舜也笑起來，祁宏也跟著一起笑。

廳內的氣氛一下子輕快起來。雉娘思量著，梁家小姐的性格爽朗，應該不是背地裡使陰招的人，與這樣的人相處倒也自在，就不知祖母會不會忌諱梁家的家世？

聰明人說話，點到為止。永安公主既然挑明想和胥家結親的事，剩下的就是胥良川夫婦二人回去和家裡人通氣，成或是不成，胥家人都會給個準話。

胥良川看梁駙馬一眼，梁駙馬故作高深地笑著。

他垂下眼眸，暗自揣測永安公主夫妻倆的用意，漸漸心裡有了譜。

第七十一章

花廳裡地龍燒得極旺，宮人們進來添茶水，將冷掉的點心撤下，換上剛出的熱點心，糕米獨有的甜香帶著花香瀰漫開來。

永安公主自己捏起點心，也招呼大家一起用。

她用完一塊後，用帕子擦拭嘴角，身後的嬤嬤小聲地問，莊子送來的新鮮鹿肉要如何烹製？

永安公主讓她們做個一鹿三吃，煨鹿筋，炙鹿脯，還有熬鹿骨湯。

嬤嬤低頭下去安排，永安公主望著自己的肚子，有些惋惜地道：「大雪封山，最是狩獵的好時候，可惜今年不能同往年一般盡興。」

梁纓跺一下腳，恨恨道：「明年要全部補回來。」

今年因為公主嫂子有孕，二哥日日守著，都沒有帶她進山過。往年她可是跟著公主嫂子和二哥在山上的莊子裡一住就是個把月，過足了狩獵的癮。

「好，到時候，你們也一起，人多圖個熱鬧。」永安公主對胥良川和雉娘說。

胥良川拱手。「恭敬不如從命。」

梁纓親熱地對雉娘道：「到時候我們一起。妳會射箭嗎？」

「不會。」

她豪氣沖天地拍著胸脯。「我可以教妳。」

雉娘笑著應下，心裡也有些躍躍欲試。

外面有小太監的聲音，竟是太子駕到。永安公主坐直身子，廳中人多少也有些詫異。

今日顯然沒有邀請太子的，太子掀簾進來，後面跟著的自然是平晁。平晁比起初見時的意氣風發，如同變了一個人般，情緒低沉。

「皇姊，妳這裡好生熱鬧，也不叫上孤？」

「太子殿下課業繁重，皇姊不好意思打擾。」永安含笑地說著，和梁駙馬交換一個眼神。

眾人向太子行禮，太子做個請起的手勢。「都是一家人，宮外不比宮中，就不用講那些個虛禮。」

在場的人，論血緣還都能扯上一扯，說是一家人也沒錯。

太子又道：「孤有段日子不見良川，不想能在皇姊這裡遇上。說起來，你們還是連襟。」

他指的是平晁和胥良川。胥良川沒有接這話，平晁臉色也不好看。趙燕娘那醜女最近在府裡鬧翻了天，也不知祖母是怎麼想的，什麼都由著她，還讓下人們都聽她的調遣。母親還病在榻上，祖母什麼事都不管，府裡被她弄得烏煙瘴氣。

他不敢回府，就怕被她堵上，苦不堪言。

太子還提什麼他和胥良川是連襟，如果娶的是鳳娘，他倒是樂意當這連襟。

「皇弟你這是在戳晁哥兒的心窩子。」永安公主搖頭嘆息。「那趙燕娘是個什麼德行，大家都心知肚明，晁哥兒娶了那樣的妻子已是十分痛苦，你還提什麼連襟不連襟，本宮聽了都不高興。」

平晁的臉色更加難看，太子似是才恍然過來，道：「是孤忘記了。說起那趙燕娘，也確實是委屈你，要不孤給你賜兩個美人，也好過天天對著那婦人？」

「謝太子恩典，平晁眼下只想著當好差事，效忠殿下。」

太子神色有些滿意，同情地道：「你不願意，孤也不勉強。」

雉娘低著頭，將他們的對話一字不差地聽進耳中，覺得有些怪異。太子好像故意提趙燕娘，似乎在嘲弄平晁一般，不會還在意皇后將趙鳳娘賜給平晁的事情吧？若真是這樣，這太子可真夠氣量小又記仇的。

她不經意地抬頭，就看到永安公主嘴角一閃而過的譏諷。

隨後，梁駙馬將男人們引到另一個正廳。花廳中只餘公主、雉娘和梁纓。

這下，梁纓更加和雉娘挨得緊。永安公主失笑，對雉娘道：「讓本宮多看看，若腹中是個姑娘，本宮希望她長得像妳。」

梁纓立即兩眼放光，緊緊地看著永安公主的肚子。「公主嫂子，要是小姪女真的長得像表姊，那可就太好了。」

雉娘失語。這姑嫂倆真會想，公主的孩子怎會長得像自己？可轉念一想，也不是沒有可能，自己長得像皇后，萬一公主的孩子像外祖母，確實會和自己長得像。

她抿唇笑著，梁纓被驚得失了魂，堅定地對永安公主道：「公主嫂子，我就要一個像表姊的姪女！」

永安公主笑起來，帶著肆意，原本普通的長相忽然變得生動，配著她大紅的襦裙，竟讓人生出明豔感。雉娘暗忖，哪個說永安公主平庸之姿，要是他們見過公主張揚的笑，恐怕就不會那麼傳。

永安公主見她盯著自己看，問道：「雉娘在看什麼，可是本宮臉上有什麼東西？」

「沒有，臣女覺得表姊笑起來真好看。」雉娘說得由衷。

永安公主一愣，又大笑起來。「還是第一次有人這麼誇本宮，本宮心中歡喜，這才是嫡親的表妹。」她說得意有所指，梁纓捂著嘴笑。以前平湘來公主府裡，公主嫂子可沒有這麼高興，誰親誰疏一目了然。

「纓兒覺得表姊說得對呢，公主嫂子笑起來確實非常好看。」

梁纓的話讓永安公主越發開懷，捂著腹部道：「纓姊兒不僅魂跟著雉娘走了，這心也偏向雉娘。依本宮看哪，現在雉娘說外面的天是黑的，纓姊兒也會跟著說是黑的。」

「咦，公主嫂子這一說，好像外面的天是暗了一些。」梁纓望著外面，天氣陰陰冷冷的，似乎真的比方才暗沈。

「看看，雉娘，這麼個聽話的妯娌，妳可不能放過啊！」永安公主朝雉娘調皮地眨著眼。

雉娘笑著回道：「我也希望有這個福氣。」

永安公主的笑意加深，揚了一下眉。

等到用膳時，男女分席。雉娘還是頭一次吃鹿肉，覺得十分鮮美，薄薄的肉片被炙烤過，挾一片放在口中，細細咀嚼，滿齒生香。

永安公主吃用過兩片，身後的嬤嬤就小聲提醒，公主不捨地放下銀箸，撫著肚子懊惱地道：「今年這小傢伙一來，本宮就天天悶在府裡。駙馬盯得緊，這也不能去、那也不能去；這個不許吃、那個不許吃。」

嬤嬤低頭偷笑，呈上一碗肉羹。

永安公主抱怨的話裡帶著嗔怪和甜蜜，雉娘會心一笑。看來公主和駙馬的感情是真的好。

飯後，永安公主拉著雉娘打葉子牌，雉娘沒有見過，仔細地詢問規則，三人就坐在軟榻上打起來。

那邊的男人們興致頗高，酒席直到申時才散場。

散場後，胥良川過來接雉娘一起告辭。雉娘有些不好意思，她技藝不佳，手氣卻好得逆天，愣是讓她贏了公主和梁纓，總共加起來有好幾百兩銀子。

恭送太子和二皇子等人後，胥府馬車的後面跟著另一輛馬車，是公主派人備好的東西。

雉娘更加不好意思，又吃又拿還贏了別人的銀錢，這樣的客人，哪個主人家還會請第二次啊！

永安公主似是知道她所想，笑道：「妳是本宮的嫡親表妹，就是以後讓本宮養著，本宮也是樂意的。」

她說得霸道，雉娘卻莫名地感動，差點淚盈於睫。

胥良川立在妻子的後面，心念一動。

前世裡，永安公主在二皇子登基後被封為長公主，其他的倒是沒有聽說過。

他的視線越過公主和雉娘，正好和後面的梁駙馬對上，梁駙馬的眼神不躲不避，直直地迎著。

夫妻倆坐上馬車，馬車行駛起來，雉娘小聲地道：「皇后娘娘和永安公主對我都太過厚愛，我總覺得受之有愧。」

胥良川看著她，猜測永安公主說不定早就洞悉內情。

雉娘還在喃喃。「夫君，我今日還贏了公主和梁小姐的銀錢，足有幾百兩之多。」

「所以呢？」

「我覺得羞愧啊。」雉娘捂著臉。「我們上門作客，公主好吃好喝地招待，還備了那麼多禮品，我還贏了她們的錢，臉都覺臊得慌。」

男人修長如玉的手指輕輕將她的手扳開，認真地看著她。「她們對妳這麼好，妳有沒有想過為什麼？」

「為什麼？」雉娘捫心自問，就是因為皇后想補償娘，所以才對她好。可永安公主呢？

他一字一句地道：「妳有沒有懷疑過什麼？」

雉娘望著他。他眸深如暗夜，從那黑眸中，能清楚地看清自己的影子。

「懷疑什麼?」她的腦子飛快地轉著。她能懷疑什麼，皇后又有什麼秘密讓人懷疑?難道……

「不可能，我長得像我娘!」她低聲驚呼，搖了搖頭。

「但妳和皇后更像。」他將她的臉捧近，摟進懷中。「我沒有確切的證據，但有所預感，妳才是那個被換掉的孩子，至於其中曲折，還未能查明。但可以肯定的是，妳恐怕是妳娘抱來的孩子，而其他人並不知情，否則妳和妳娘也不可能活到現在。」

她呆住。自己從未往這方面想過，因為她長得像娘，誰能想到不是親母女。

胥良川垂眸，將她擁得更緊。「別怕，一切有我。」

是的，她有他，他會保護自己的。

如果她真是皇后的親生女兒，這件事就是至死都不能說的秘密。她現在無比慶幸自己長得像娘，否則就憑這張極似皇后的臉，不知會惹出什麼樣的禍端。

太子現在遠著胥家，想扶持文家，不知他是何用意?雉娘仔細回想一下公主的態度，發現公主對太子和二皇子，一個帶著明顯的疏離，一個則是親暱有加。她暗自猜測，公主可能不知從哪裡窺知皇后換子之事，所以才會向著二皇子。

這些皇家人，沒有一個不是人精，個個都是權謀的高手。

「夫君，我看太子似乎有些不太對勁，不知道要謀劃什麼?」

他輕輕一笑。「朝堂之爭，那是男人的事。胥家歷來擁護正統，只忠於陛下。」

雉娘頷首，這才是百年世家屹立不敗的根本。

她想到趙家，趙鳳娘、趙燕娘還有死去的董氏，她和這些人沒有任何親情可言，如果她真的不是趙家女，趙家人對她們母女倆又不好，現在娘是皇后的嫡妹，她也已經出嫁，是不是可以慫恿娘從趙家和離？

「夫君，如果夫妻之間沒有什麼大矛盾，和離困難嗎？」

胥良川瞳孔猛地一縮，暗沈如風雨欲來。「妳問這個做什麼？」

雉娘知道他可能誤會了，連忙道：「我是在想我娘。以我娘現在的身分，何必委屈在趙家？」

趙家既然和她沒關係，她也不想和趙家那些人牽扯在一起，尤其是趙燕娘。

他的神情緩和下來，沈思半晌。「如果太子有朝一日……段家是一定會受牽連的，趙家和段家是姻親，恐有波及。但我觀妳父親雖無大才，卻還算是個本分的。趙家事雖多，卻並不致命，再說即便受段家連累，有皇后在，趙家多半不會有事。」

雉娘也明白，可她一想到死去的原主就隱隱心疼。既然她不是趙家女，娘現在身分也不一樣，又何必還死守著趙家？趙鳳娘和趙燕娘是董氏親女，趙鳳娘倒還罷了，相處得少，面子上也還過得去；那趙燕娘是什麼東西，幾次三番地陷害她，她為何還要和這樣的人做姊妹？

想了想，她決定一試。

「夫君，等下能不能繞道去趙宅？」

胥良川望著她，吩咐車夫繞道去周家巷。

鞏氏驚聞女兒、姑爺上門，又驚又喜，忙不迭地道：「天寒地凍的，天都快黑了，你們怎麼這個時辰來，快快進門。」

趙宅是沒有地龍的，屋裡的炭火現在倒是燒得足，也不算很冷。

胥良川借趙書才一步說話，翁婿二人去了書房。雉娘連忙拉著娘進了內室。

鞏氏心疼地埋怨。「妳要過來也不早點說，害得娘什麼都沒有備下。」

「娘要備什麼？胥家什麼都有。我只是突然有些想娘，就繞道過來看看。」

雉娘一邊說著，一邊仔細察看娘的神態，見娘神色平和，眉宇舒展，想來最近過得不錯。

她躊躇一下，輕聲問道：「娘，您最近過得好嗎？」

「好，娘最近什麼都好，妳不用惦記。」鞏氏動容，慈愛地撫著女兒的髮，貪婪地看著女兒妍麗的小臉。

雉娘順勢依在她懷中。「娘，如果您不想待在這裡，女兒將您接出去。」

鞏氏的水眸中立即湧出淚水，將她摟緊。「傻孩子，妳的心意，娘明白。哪有出嫁女帶著娘過日子的？」

雉娘抬起頭，抓著鞏氏的手。「娘，您想不想過更好的生活？您若是想，女兒來想法子。」

鞏氏擦乾眼淚。「妳這孩子，今日是怎麼了，竟說這些傻話。娘不待在自己家裡，還能去哪裡？」

「娘，我的意思是，妳有沒有想過離開趙家？」

鞏氏愣住，抹著淚的手停在臉上，不可置信地看著自己的女兒。「雉娘，妳為何要說這樣的話？」

雉娘深吸一口氣。「娘，今時不同往日，您可是皇后的嫡妹，我也已經出嫁，如果您想離開趙家，女兒一定會幫您的。」

鞏氏方才止住的眼淚又流下來。「傻孩子，難為妳一直想著娘。可是娘和妳爹是夫妻，世上哪有拋夫的女子？再說縱使娘現在身分高了，真離開妳爹，又能嫁給哪樣的人？位高身分重又怎麼樣，我年紀大了，最多是個填房續弦。而且高門大戶，後宅是非多，姨娘通房鬥來鬥去，哪有安生日子過？總不能真的和妳過，那樣別人怎麼看妳，胥家人又怎麼看？」

「娘，您就和我過吧，我會好好孝順您的。」

鞏氏流著淚搖頭，憶起早年的苦，一陣心酸。她望著乖巧的女兒，想起當年女兒在襁褓中的樣子，又是一陣欣慰。

「妳這傻孩子，淨說傻話。娘現在日子不難過，妳爹官階不高，妳方才都說了，娘身分不同往日，妳爹只會讓著我。」

雉娘咬著唇，將嘴裡的話嚥下去。

無論她是不是娘的親女兒，娘都是自己的娘親，既然娘不想離開趙家，那她就盡所能地保護趙家，好好地孝順娘。

至於趙鳳娘和趙燕娘以後如何，她半點也不會管。

離開趙宅時，天已經大黑。

她坐上馬車後，小臉一直是肅穆的。

「和岳母談得怎麼樣？」

她搖搖頭。「我娘不肯離開趙家。」

「也沒什麼不好的，妳想想看，妳爹是從鄉間出來的，沒有其他人那些個胡亂的心思。岳母身分又高，他敬重都來不及，哪會給岳母氣受？」胥良川輕聲道，見小妻子臉色緩和下來，微微一笑。

皇后娘娘乾坤獨斷，不可能會放過趙氏和趙鳳娘，只是時機未到而已。趙燕娘在平家，聽說梅郡主將她慣得猖狂，得意忘形，明眼人瞧著就是捧殺，收拾她也是遲早的事。

沒有糟心的趙家女，趙書才父子都是老實人，就算有些迂腐，也不會太出格。

雉娘被他的話說得靜下心來，仔細一想也不無道理，便宜父親至少目前看來也不是毫無可取之處，娘在身分上壓他一頭，他不敢再起異心，後宅清靜，確實比高門大戶要好。

她的小臉一鬆，嘆了一口氣。

因為臉蛋嬌嫩，無論她做什麼動作，都給人一種裝大人的感覺。

胥良川嘴角含笑，任由她依偎在自己的懷中。

第七十二章

夫妻倆回到府中，最先說的便是公主要作媒的事。

胥老夫人叫來山長夫人，婆媳倆仔細地合計著。

要說梁將軍，也是個人物，拿得起放得下，兵權說交就交，為了表忠心，文武雙全的嫡次子說尚主就尚主。這樣的人家，陛下用得放心，也確實是很好的結親對象。

胥老夫人以前總想著在小門小戶裡尋媳，京中的世家貴女們，她一個也沒有考慮。山長夫人對京中的小姐們不太熟悉，問雉娘。「妳今日見著那梁家小姐，是個什麼樣的姑娘？」

雉娘斟酌道：「看起來是個爽利人。」

山長夫人沈思半晌。「既然公主要保媒，這面子不能不給，不如煩勞姪媳婦，請那梁小姐過府來玩。」

這就是要相看的意思，雉娘答應下來。

馬上就要過年，宜早不宜遲，第二日，雉娘就下了帖子。梁纓也不扭捏，大大方方地上門。一進門，山長夫人還沒來得及好好打量，胥夫人就喜歡上了。

這姑娘性子太對她的胃口，難得能遇見和自己喜好相同的姑娘。

山長夫人看得心裡都在發笑，和雉娘對視一眼，雉娘無奈一笑。

婆婆和梁纓都目不轉睛地望著自己，婆婆當然是比較含蓄的，梁纓就不一樣，兩眼發亮，目光灼灼。

胥老夫人也忍不住發笑，悄悄讓人叫來岳哥兒。胥良岳走進來，正好看到笑得明豔照人的梁纓。這姑娘就像自有一種光芒，爽朗大方，讓人過目不忘。

梁纓也看到胥良岳，猜想這必是胥家二公子，見他長得儒雅俊朗，端是一個翩翩好兒郎，心裡就願意了八分。

胥良岳給祖母請過安後，便離開了花廳。

最後胥老夫人拍板，和梁家人通了氣，趕在臘月二十六日，悄悄地將兩家的親事定下來。

方家人心裡多少有些不舒服，方老夫人暗自生氣，自己家的嫡長孫女，胥家大公子沒有看上，她們願意屈就，誰知道二公子和梁將軍府上訂了親。

方老夫人鼓著個臉，發誓一定要讓自己的孫女嫁得高於胥家。

前幾日，皇后分兩日召進了京中的貴女們，包括大孫女再一次被宣進宮，出宮時，還得了不少賞賜。皇后對靜怡是滿口誇讚，直說她不僅知書達禮，做事也極有分寸，十分肖似以前的鳳來縣主。

她揣測著皇后的心思，覺得大孫女日後能入東宮的可能極大，也就對胥家的心思淡了幾分。隨便他們娶誰，以後自己的大孫女進了東宮，身分水漲船高，再給小孫女相看個好人家。

至於趙家那邊沒有消息傳來，她心裡也有氣，越發想要賭口氣，讓別人刮目相看。

最近，京中貴夫人圈子中，隱隱地流傳著皇后要給太子擇側妃的傳言，大家心照不宣，暗地裡使勁。因為皇后娘娘的另眼相看，方靜怡最近很出風頭，被京中的幾位姑娘邀請過，也結交了幾個好友。

趙鳳娘曾邀請方靜怡作客，聽說兩人相談甚歡。

這些事情，都盡數傳到雉娘的耳中，雉娘聞言也只是淺笑。

她現在跟著兩位婆婆忙著安排過年的事宜，包括送給各處的節禮，還有年夜飯的菜品，好在胥家人口簡單，事情雖多卻不繁瑣，婆婆們教得仔細，她也聽得認真。

臘月二十八，常遠侯府迎來了一位遠客，竟是出嫁多年的平寶珠。

聽到門房來報，梅郡主驚得從榻上起身，也不管外面天寒地凍，披著斗篷就出門。

平寶珠十幾年前隨夫離京，翟家是被貶的，多年來從未回來過，猛然聽到女兒回來，梅郡主又驚又喜。

平寶珠一見到梅郡主，就哭得像個淚人兒。梅郡主心疼得都快要暈過去，喝斥著下人趕緊將女兒的東西搬進西廂，自己則拉著女兒的手，趕忙回屋。

「寶珠，怎麼這個時候回來，也不提前派人送個信，翟姑爺呢？」等平寶珠喝過熱茶，梅郡主急忙問道。

這一問，平寶珠又哭起來。「娘，那翟明遠欺人太甚！也不想想若不是我們侯府，那時候他們翟家能全身而退？明面上說是對我好，家裡的妾室通房也都是灌過紅花的，可是前段時日竟然娶進一房平妻，那賤人現在肚子都已經鼓起來。不僅如此，翟明遠多年前就在外面養外室，那外室的兩個子女都有十來歲，現在也接回了家。」

「什麼?!」梅郡主一聽，這還得了，翟家真是沒把常遠侯府放在眼裡。娶平妻的事情她知道，也派了婆子過去，就是不知道翟明遠還養了外室？「他竟然敢這麼做？」

平寶珠咬牙切齒。「娘，自從那賤人進門，夫君明顯冷落我，就連公公婆婆，也沒有以前那麼看重我。家裡好的東西都緊著那賤人來，我氣不過，獨自回了京。這次你們一定要替我作主，若翟明遠不將那賤人休掉，我就與他和離！」

「妳莫急，這事娘和妳爹一定會替妳撐腰的。」梅郡主安撫女兒，看著女兒。女兒看起來雖有奔波的疲倦，但看體態，這些年應該沒受什麼委屈。她疑惑地問道：「這些年，妳就一次都沒有懷過？」

平寶珠立即變了個臉，目光陰狠。「娘，我被人害了。這麼多年，我一直未能有孕，補品湯藥不知吃了多少，就是沒有起色，大夫都說我身子沒有問題，只是要好好調養。可那賤人一進門就有了身子，我心中起疑，在外面尋到一個不相熟的大夫，誰知那大夫告訴我，我多年前被人下過絕子藥，再如何調養都不可能生孩子。」

「妳說什麼？」梅郡主抓著女兒，指甲將平寶珠掐得有些疼。「妳被人下過藥？是誰？是翟家嗎？」

「娘，我不知道。我一路上仔細想著，也想不出會是誰。」

梅郡主頹然地放開女兒。莫不是翟家？看翟家這些表現，說是他們也不是沒有可能，要不然怎麼會偷偷置外室，還娶平妻？可翟家有什麼理由給女兒下絕子藥，難道他們不想要嫡子嗎？

猛然，她心驚肉跳了一下。當年她派人給庶女熬的寒宮藥，竟然沒有起作用，會不會是被平嵐秀瞧出來，使計沒喝。

如果對方沒有喝，又知道她的計劃，難保不會報復回來……

她越想越有可能，平嵐秀嫁入祇王府，寶珠去王府玩過幾回，若是平嵐秀在吃食上做過手腳，給寶珠下藥，也不是沒有可能。

寶珠的藥不是翟家下的，就是平嵐秀下的。

梅郡主怒不可遏。若是翟家下的，翟家人就是欺人太甚；要是平嵐秀下的，她恨不得當下就衝到宮中去質問。

平寶珠還在罵翟明遠忘恩負義，語氣裡卻又盼望翟明遠能追來京中，休掉那平妻。梅郡主聽得又氣又心酸，安撫著女兒。

常遠侯回府後，得知小女兒歸家，聽到翟家的事，也十分生氣。不過翟家在寶珠十幾年未孕後，再娶個平妻生嫡子，做得也算是仁至義盡。

他安慰女兒幾句，讓平寶珠在家裡安心住下。

次日，梅郡主就帶平寶珠進宮。

平寶珠瞧著寶座上的皇后娘娘，明顯有些愣神。印象中怯懦的庶姊，竟像變了一個人似的。

她離京時，陛下才登基不久，那時候的庶姊還沒有什麼變化。十幾年過去，庶姊鳳威逼人，鳳袍上的繡花是斑爛的鳳戲牡丹，鳳冠正中是一顆碩大的龍眼珍珠，飛斜入鬢的眉，精光凌厲的眼，嘴角揚起一個從容大氣的弧度。

平寶珠有些呆住，泛起嫉恨。

她出生時，就是侯府的嫡長女，母親是郡主之身，父親是一品侯爺，京中的貴女，哪個有她這般顯赫的出身？她千嬌萬寵地長大，母親說過，她以後會是所有女子都羨慕的女人。可惜她生不逢時，長成時，所有的皇子都已成親。母親千挑萬選，給她選了大皇子妃的娘家，她那時候想著，如果大皇子將來能繼承大統，翟家就是國舅，在京中也算是頭一份。誰知道，千算萬算，最後登基的是祝王，而身為祝王側妃的庶姊，一躍成為母儀天下的皇后，翟家卻受大皇子牽連，被貶出京。

遠離京中，她不是沒有恨過，可藉著庶姊的名頭，翟家人將她供為上賓，她心安理得地享受著庶姊帶來的好處。直到現在，親眼見到尊貴地坐在寶座上的庶姊，她才知道，自己和庶姊竟是天壤之別。

她跟著母親一起行禮，心裡帶著屈辱和恨意。

皇后也是時隔十多年頭一回見到這個嫡妹，想起以前在侯府時，這個嫡妹是何等驕縱，趾高氣揚。

「寶珠進京了？怎麼不見妹夫？」她淡淡地問道。

「姊姊，妳可要為寶珠作主啊！」平寶珠心裡恨得牙癢，語氣裡卻帶著委屈和哭意。

「這是怎麼回事？」皇后詫異地問道，看向梅郡主。

梅郡主忿忿地道：「皇后娘娘，妳可要為妳親妹妹討個公道。那翟家人欺負我們平家沒人，不僅娶了平妻，還在外面置外室，外室的孩子都有十來歲，一直瞞著，分明不將侯府看在眼裡，不將皇后娘娘您放在眼裡。」

「竟有此事？」皇后吃驚。「翟明遠好大的膽子，本宮的妹妹嫁入翟家多年，體恤夫君，孝順公婆，他竟敢置外室？」

「姊姊，那外室已有了身子，翟家將養在外面的母子三人也接進家裡，寶珠沒了活路，才被逼得回娘家。」

「寶珠，妳多年未曾生養，翟家拖到現在才娶平妻，也算是合理。」皇后娘娘語重心長地道：「至於那外室，確實是翟家不對，可妳也不能一氣之下回娘家，難不成真的不想再回翟家了？」

平寶珠有些遲疑。她是不想和夫君分開的，說和離都是氣話，她就是想讓翟家服軟，處置那平妻和外室。

她猶豫著，梅郡主氣憤地道：「娘娘，如今不是寶珠願不願意回翟家的事，而是翟家所作所為，分明是不將娘娘您放在眼裡，欺負我們平家無人。」

皇后嘴角再次上揚。「郡主，這話說得有些過。本宮認為延續血脈，是人倫常情，本宮雖貴為皇后，總不能讓別人斷子絕孫，那樣天下人如何看待本宮？翟家娶平妻沒有錯，錯就錯在瞞著寶珠養外室，若是大大方方地納妾生子，就沒有這麼多的事情。」

平寶珠大聲地道：「姊姊，妳怎麼能替翟家說話？我是妳親妹妹，他們翟家就是沾了咱們家的光，當年才能全身而退，現在竟然娶平妻，分明就是忘恩負義！妳身為皇后，難道就眼睜睜地看著別人如此欺辱妹妹？」

皇后臉上厲氣盡現，看著平寶珠。這個嫡妹還和多年前一樣，以為所有人都要以她為重，圍著她轉，真是可笑。

「寶珠的性子還和從前一樣。本宮認為翟家就是顧忌侯府，否則怎麼會等了十幾年？據本宮所知，這十幾年中，翟明遠連個庶子庶女都沒有吧？這不正是說明他看重侯府，敬重妳這個嫡妻？」

她的話讓平寶珠心裡來氣，夫君沒有庶出子女，是她將那些個下賤的東西都灌了紅花，這才沒能懷上孽種。可翟明遠卻在外面養小婦，瞞了十幾年，肯定是夥同所有的翟家人一起瞞住自己的。

「姊姊，他養了外室，那兩個孩子都十多歲了！」平寶珠喊起來，聲音尖利。

皇后淡淡一笑。「這點翟家確實有錯，但事已至此，只能將那外室賣掉。她所出的兩個子女是翟家血脈，妳不如將他們養在身邊，也是個依靠。」

平寶珠只覺得喉嚨發癢，差點噴出一口血。她才不要養那兩個賤種！

「姊姊，翟明遠欺人太甚，妳一定要為我作主！妳身為皇后，連這點權力都沒有嗎？」

平寶珠大喊出聲，梅郡主急得連忙扯她的衣服。

平寶珠離京十幾年，對於這個庶姊，只停留在過去的記憶中，可梅郡主是一直待在京中的，聽到女兒大呼小叫，急出冷汗。

皇后娘娘的臉色淡下來。「翟家之事，說起來只不過是家事，妳自己不能生養，也不想養庶子女，那要本宮如何為妳作主？妳總不會是想讓本宮將翟家的血脈都趕走，只留妳一人吧？如果妳要這麼想，本宮無能為力。本宮身為皇后，一言一行皆代表天家，天家視萬民為子，怎能輕易讓子民斷子絕孫，血脈中斷？」

平寶珠心裡確實是想讓皇后下旨，命翟家休掉平妻，趕走外室母子。按她自己看來，她是皇后的妹妹、侯府的嫡女，翟家就該一直善待她，不能讓她有半點委屈。

「娘娘，寶珠不是那個意思，而是氣翟家隱瞞外室之事。」梅郡主急急地解釋。

皇后娘娘垂著眼皮，似笑非笑。

「既然如此，那要本宮作什麼主？寶珠是嫡妻，處置一個外室，易如反掌。至於庶出子女們，養著就是，翟家總不能少這麼兩口吃的吧？還有那平妻，翟家是無奈之下才娶進門的，也在情理之中。」

平寶珠大恨。什麼情理之中?!

「姊姊，我可是妳的妹妹，怎能和別人共事一夫？」

「那妳有本事生個兒子出來，否則就該忍氣吞聲。」皇后的語氣凌厲起來，帶著不耐。

平寶珠被震得腦子發懵，不敢相信自己聽到的。這個庶姊果然今時不同往日，說話竟如此不顧她的臉面。

她還欲要再說，梅郡主連忙扯著她。「娘娘，寶珠的性子您是知道的，最是眼裡容不得沙子。她也是想讓娘娘替她作主，好好地訓斥那翟家一頓。」

「郡主這話說得也有些不妥，翟明遠養外室娶平妻，那都是翟家的家事，本宮用皇權去壓，天下百姓怎麼想？他們會私下說本宮仗勢欺人。要本宮說，這些個家事，寶珠一個嫡妻，才是最有權力處理的人。」

平寶珠已經回過神來，胸中憤恨交加。這個庶姊，裝腔作勢地說了一大堆，就是不想幫她。得了勢就不認人，也是個忘恩負義的人。

她氣呼呼地道：「皇后娘娘不想幫就算了，何必說這些冠冕堂皇的理由。」

皇后的臉徹底冷下來。「寶珠的性子半點也沒變，本宮乏了，妳們退下吧。」

平寶珠還欲再說，梅郡主拉著她，朝皇后進內殿的背影行告退禮。

第七十三章

鳳袍曳地的裙襬消失在殿後，平寶珠的目光還死死地緊盯著鎏金的圓柱，久久不肯收回。

宮女們低著頭，垂手站在殿內四角，如同擺設一般，動也未動。紫金鏤雕鳳鳥飛天香爐中，香氣似有若無地散開著，沁人心脾。

金碧輝煌的寶座，鳳頭高鳴的把手，鋪在座臺下階的銀狐地墊，高貴奢華；殿內四方大柱雕龍刻鳳，栩栩如生，金光四射。

這一切，怎麼會是平嵐秀的？

論出身，自己比平嵐秀高出一截，她體內流著皇室的血，當年是京中最尊貴的貴女，為何會落到對庶出的平嵐秀卑躬屈膝的地步？

她滿腔恨意，全是不甘。

一出德昌宮的門，平寶珠就甩開母親的手。「娘，妳看她現在的樣子，哪裡還將妳這個嫡母放在眼裡？我可是她的嫡妹，若不是妳當初給她一口飯吃，她哪有今日的體面。」

宮門內走出的琴嬤嬤將平寶珠的話聽進耳中，用不大不小的聲音道：「翟夫人慎言，皇后娘娘是侯爺原配所出，正統的嫡長女。」

梅郡主身體僵硬地回頭。她真沒料到琴嬤嬤能聽見寶珠的話，正要解釋什麼，琴嬤嬤已經走回殿中。

她嚇得拖著女兒，急急地出宮。

坐在馬車上，平寶珠還在氣不忿。梅郡主捨不得罵女兒，壓著聲音道：「寶珠，今時不同往日，她可是皇后娘娘，妳的性子也該改改。」

平寶珠臉色不豫，想著剛才那嬤嬤說的話，問道：「娘，剛才那老東西說的是什麼意思？平嵐秀算什麼嫡長女？我才是侯府真正的嫡長女。」

梅郡主的臉色難看起來。關於當年的事，她並沒有送信告知女兒，也不想提這事，含糊道：「娘也是最近才聽說她是妳爹原配所出，是妳爹一直沒說。」

平寶珠哦了一聲，臉色陰下來。

母女二人回到府中，趙燕娘迎出來，將平寶珠嚇一大跳，喝道：「妳個醜八怪是什麼東西?!」

昨日平寶珠來得突然，梅郡主還沒有來得及說家裡的事，也沒有說趙燕娘的事，只讓自己的兒女孫子孫女們相互見面。

今日，趙燕娘穿著豔紅衣服，臉上抹得厚厚的，粗眉細眼，猩紅的唇，看起來醜如鬼怪。

平寶珠一聲大叫，將她也嚇得不輕，隨之而來的是滿臉不高興，對梅郡主道：「祖母，這女人好生無禮，難道她不知道我是侯府的少夫人嗎？」

「什麼？妳是侯府的少夫人？娘，她究竟是誰？」平寶珠問梅郡主。

梅郡主臉色難看，恨不得當場弄死這個醜女。

趙燕娘一無所知，最近自己在侯府裡簡直是呼風喚雨，梅郡主什麼都依著她，她讓下人們做什麼就做什麼，誰也不敢反抗，實在是太過滿意。

「我是平家的少夫人，平晁明媒正娶的妻子，這個府裡的主子，妳是誰？」她反問平寶珠。

平寶珠被驚得瞪大眼。「妳是晁哥兒的媳婦？」她轉向梅郡主。「娘，這是怎麼回事？」

梅郡主拉著女兒，忍著怒火道：「晚點娘再和妳細說。」接著對趙燕娘道：「這位是姑姑，也是侯府的主子。」

趙燕娘心道，哪裡來的姑姑，姑母不是皇后娘娘嗎？

她用一種看窮親戚的眼光看著平寶珠。不聲不響就上門的姑姑，不會是來打秋風的吧？那可不行，侯府以後是她的，誰也不能從侯府拿好處。

梅郡主氣苦，耐著性子道：「燕娘，妳趕緊回去，說不定今日晁兒會歸家。」

趙燕娘一聽平晁會回來，心花怒放，想著今日一定要留住夫君，急急回到自己的院子裡去準備。

平寶珠指著她的背影。「娘，晁兒怎麼娶了這麼一個媳婦？不是說縣主嗎？」

「此事說來話長。」梅郡主陰著臉，將換親的事簡單和女兒一說，平寶珠恨道：「娘，妳現在怎麼變得這麼好性子？那麼個不要臉的東西，妳將她趕出去就行了，還留在府裡做什麼，沒得噁心人。」

「妳以為娘不想？可陛下發了話，說她現在就是平家的少夫人。」梅郡主咬牙。「不過，妳放心，娘心裡有數。」

平寶珠冷哼。「真是便宜她了。娘，趕緊將她處理掉，女兒看不得那樣醜陋的東西。」

「娘知道，眼看著馬上就過年，還是平安地過完年吧，且再忍她幾天。」梅郡主勸著女兒，心裡卻在思索女兒的事，越想越覺得女兒的絕子藥是皇后下的。

她雙眼含恨，後悔不迭。早知如此，當初就不要在侯爺面前裝大度，應該神不知鬼不覺地弄死平嵐秀。

平寶珠和梅郡主想到一塊兒。她想的是，早知如此，當初就應該千方百計地阻止平嵐秀入祝王府。也是那時候祝王太過平庸，她們太大意了，否則哪會眼看著平嵐秀往高處爬，直到后位。

今日正是臘月二十九，陛下一早就封了筆，文武百官也都歸家，準備過年。

常遠侯府這個年是歷年來最難過的，家裡娶進一個不知所謂的孫媳，女兒也被氣回娘家，世子夫人身子還弱著，一看到趙燕娘就氣不順，根本就起不了榻。

梅郡主隨意張羅一下，湊合著便將年過去。

趙家那邊，趙守和從段家回到趙宅，將東西都搬進宅子。趙書才皺著眉，兒子要和大姑爺一起讀書，一直都住在段家，看這樣子是要搬回家。

「守哥兒，你明年不去段府嗎？」

趙守和應聲。他最近實在看不慣大妹夫的做法，大妹夫不僅冷落鳳娘，而且學業也沒有以前那麼用功，天天和那個妖妖嬈嬈的小妾廝混在一起。他勸過幾回，大妹夫反倒讓他自己去問鳳娘，說一切都是鳳娘的安排。

他問過鳳娘，鳳娘則讓他不要管他們夫妻的事，氣得他當下就想離開段府，只是礙於情面拖到現在。

鞏氏什麼也沒有說，讓蘭婆子將趙守和的住處收拾好，東西也歸置妥當。趙守和連聲道謝，覺得還是在自己家裡自在。在段府，也不知道最近是怎麼回事，大妹夫說話陰陽怪氣，聽得人心裡不太舒服。

至於胥家則是另一幅景象，今年新娶了個嬌美可人的孫媳，胥老夫人的興致很高，帶著兒媳婦、孫媳婦上上下下地打點，指揮下人們貼對聯、剪窗花、掛燈籠。

除夕這一天，京城又降大雪。

街頭巷尾都飄著濃濃的酒肉香，一大早，胥閣老就領著胥良川和胥良岳祭祖。

酉時，暮色開始籠罩整個京城，各府的燈籠都亮起來，在飄飄灑灑的雪花中，發出溫暖昏紅的光。

隨著宮中的煙花炸開，各家各戶的炮杖聲響起，此起彼伏，一陣接著一陣，綿延不絕。

胥家男女齊聚一堂，除了遠在閬山的二叔。胥老夫人舉起酒盅，敬天敬地再敬先祖，對天祈禱，願先祖保護來年胥家能添人進口。

胥閣老看著兒子，意味深長。

胥夫人臉上含笑，寵愛地望著雉娘。雉娘方才還有些傷感，立即覺得面如火燒，無奈地低下頭去。

她倒不是容易害羞的性子，不知從何時起，好像自從嫁人後，她就常常鬧紅臉。

胥老夫人看著孫媳嬌紅的臉，滿意地笑著，招呼眾人開席。

席到一半，宮中來人，帝后賜菜。

全家人起身迎接，大太監吩咐小太監將食籃中的御膳取出，含笑著告辭。胥家人送上大大的紅包，大小太監都笑得像一朵花。

從宮中到胥府，就算緊趕慢趕，菜都涼透了。

胥閣老望著兩道御膳，讓人端下去熱一熱，一家人都嚐了一筷子。

往年也只有在設宮宴的時候，帝后才會賜菜，分到大臣們的桌上，今年倒是有些新鮮。方才塞紅包時，他輕聲地問了幾句，今年除了胥家，還有哪家賜了膳？

大太監小聲地說，還有趙家和常遠侯府、梁將軍府。

胥閣老心中有數，望著兒媳。這是皇后娘娘給親外甥女撐腰，以示恩寵。

團圓飯後，男人們去書房，女人們都去了胥老夫人的屋子，一家人開始守歲。

山長夫人提議吟詩作對，胥老夫人搖頭。「我年紀越大，實在不願意費神想那些個詩詞，不如今年我們來個雅俗共樂。雉娘有什麼好點子嗎？」

雉娘心知祖母是在照顧她，想起在公主府上玩過的葉子牌，小聲回道：「祖母，上次孫媳在公主府作客，公主曾拉著孫媳一起玩葉子牌，孫媳想著不如我們來玩葉子牌吧。」

「好，這個好。」山長夫人首先笑起來。「我一直想玩這個，又怕別人說我，總覺得不吟詩作對好像對不起閬山書院山長夫人的名號。」

胥夫人大笑起來。「看不出來妳還是個假正經，婆母您看，她都假正經二十多年了。」

胥老夫人也被勾起興致，當下就讓身邊的婆子去弄了一副葉子牌，祖孫幾個也不講究太多規矩，全都盤坐在榻上，玩起牌來。

三更的邦子敲過，胥老夫人就有些精力不濟，頻繁地打呵欠。胥夫人見狀，讓老夫人趕緊休息，三人去了外間，命下人們備些瓜果點心，坐著閒聊。

胥夫人說起梁纓，一臉盼望。「我現在就盼著明年春闈後，梁纓進門，以後啊，府裡就熱鬧了。」

山長夫人也有些嚮往，可惜兒子成親後自己就要回閬山，到時候兒子兒媳也會跟著回去。

她有些不忍打擊大嫂。「大嫂，那可是我的兒媳婦，當然要和我走，哪能留在這裡陪妳？」

胥夫人這才想起，以胥家的規矩，二房一家是要守著書院，岳哥兒以後要承二叔子的山長之位，哪可能留在京中？

她似有些惆悵。「我們家的孩子還是太少了。」

山長夫人朝她擠眼，看著雉娘。「姪媳婦，聽出妳婆婆的言之下意沒？這是讓妳和川哥兒趕緊給她生孫子。」

「兒孫都是緣分，萬般不能強求。雉娘妳可別有負擔，娘真的沒有別的意思。」

雉娘看看她們，覺得自己不知道該如何答話，索性嗯了一聲。

幾人吃著瓜果，又說了會兒話，等到丑時都有些熬不住，胥夫人提議大家都各自回去睡覺。

將婆婆和嬸娘送走後，雉娘才回到自己的院子。

臥房中僅她一人，她洗漱後上榻，蓋上錦被，閉眼。

迷迷糊糊間，被窩裡擠進一個高大的身子，她心知必是夫君，嘟囔一聲，並未清醒。

約四更時，有人輕輕地撫摸她的臉，將她擾醒。

一睜眼，就見大公子穿戴整齊，坐在榻邊，看起來清俊出塵，也不知昨夜有沒有睡覺。

他的手中拿著一個大大的紅封，遞給她。

「壓歲錢。」

她一愣，多少年都沒有收過長輩的壓歲錢，沒想到時隔多年，收到的第一個壓歲錢是自己丈夫給的。

「什麼時辰了？」她的聲音嬌憨中帶著一些含糊。

「已過寅時。祖母和母親都已起身，今天是大年初一，命婦要進宮朝拜。」他輕聲說著，將她扶起來。「我們等下去另一個地方，去城西的濟業寺上香，希望能燒上頭香。」

頭香？雉娘有些明白過來，應該就是新年的第一炷香。她麻利地起身穿衣，喚烏朵、青杏進來。梳洗過後，夫妻二人趕到府門，目送胥老夫人和胥夫人進宮。

天還黑著，火紅的燈籠將府裡映得亮亮的，馬車消失在黑夜中。夫婦二人轉乘另一輛馬車，往城外駛去。

直到城西，天色都還沒有亮，不過因為有積雪，倒也隱約看見模糊的影子。

進寺的石階已經被清掃乾淨，寺中的僧侶們想來早早就起，打掃這些石階，以便香客們上香。兩人拾階而上，遠處影影綽綽地看著有人走來，想必其他要來進香的人也到了。

到寺中時，大和尚早就守在門口，見到胥良川忙上前相請。「阿彌陀佛，胥大公子裡面請。」

夫妻兩人進去，裡面一個人也沒有。雉娘小聲地道：「夫君，真好，看來我們是第一個到寺中的。」

胥良川聞言一笑，旁邊的大和尚雙手合十，鼻眼觀心，神色未變。

他們自然是上了這頭一炷香。

跪在蒲團上，雉娘連磕三個響頭，雙手合十，心裡感謝佛祖。以前她從不相信世間有佛祖，現在她慢慢有些相信，要不是佛祖，自己哪能有這般奇遇，能在異世中開始另一種全新的人生，有丈夫，將來還會有子女。

若舉頭三尺真有神靈，懇請神靈為死去的原主超渡，讓她安息，願她來生能投個好胎，有父母疼愛，衣食無憂，幸福安樂。

她虔誠地祈禱著，又磕了三個響頭。

兩人進完香退出，佛堂外的一角閃出兩個人影，正是文家叔姪二人。

文齊賢想上前打招呼，被文沐松制止。

「怪不得寺中的和尚一直推遲說時辰未到，將我們攔在外面，竟是等胥家大公子來上這炷頭香。」文齊賢有些不服氣，低聲抱怨。

文沐松望著另一邊牆角，那裡還擠著幾個人，在相互取暖，看起來都是京中的普通人家或是附近百姓。

他們早早就來了，寺中的和尚卻一直說佛堂未開門，攔著不讓人進去。

「捧高踩低，不僅世俗中人欺下媚上，佛門亦如此。」文沐松複雜地看著不遠處的夫妻倆，嬌小的女子似被男子護在懷中。

他的手握成拳。總有一天，他也要擁美在懷，坐享他人景仰，受別人敬重。

前面的胥良川隱有所感，回過頭去，正好看見文家叔姪的方向。兩人一閃，躲到黑暗中。他清冷的眉皺了一下。雖然看不清，但僅憑輪廓已猜出是誰。

雉娘感覺他身子停頓一下，問道：「怎麼了？」

「無事，天黑看岔了。」

兩人出來後，天色由暗轉灰，路上前來進香的人漸漸增多。夫妻二人坐上馬車，命車夫直接回府。

第七十四章

馬車沿途駛著，天色開始慢慢亮起來。雉娘臉上一直帶著笑意。這樣平和安寧的日子，是自己前世作夢都想擁有的。

胥良川感覺到妻子的好心情，讓車夫放慢車速，悠閒地緩行。

等初陽朝升時，兩人才到家，進宮的人還未歸。

近午時，胥老夫人和胥夫人踏進家門，餓得連說話的力氣都沒有。雉娘早就讓下人備好飯食，人一到，就能開飯。

下午，男人們都要出去，年前家中有喪事的官員，都會在下午設好靈堂，相熟的世交好友都要上門去拜新靈。女眷們則閒下來。胥老夫人和胥夫人站了一上午，體軟腰疼，都回房去休息。

雉娘開始準備明日去趙宅的東西，和海婆子細細商量著，除了胥府公中出的東西，再從自己的庫房裡加上一些。

海婆子夫婦倆不愧是皇后養出來的人，前年莊子收的糧食，一半都賣給了軍中，餘下一半中的一半賣進糧行，其他的都存在庫中。

烏朵和青杏兩個丫頭也很快就適應胥府，青杏本就是夫君送的人，對胥府肯定不陌生，烏朵則和執墨有些交情，在執墨的引領下，也很快就熟悉胥府的人際關係。

次日，夫妻倆同行，一起回到趙宅。

鞏氏和趙書才早就翹首以待。鞏氏比起從前來，明顯多了一些氣勢，和趙書才站在一塊兒，光彩照人，相比起長相老實的趙書才，如同主子和僕從。

夫妻倆張望著，看見寬大的馬車駛進巷子，停在門口。首先下車的是胥姑爺，然後才是小女兒。

雉娘最小，卻是姊妹中第一個回娘家的，趙書才的心又往小女兒這邊偏。

大姑爺新婚幾天就養小妾，作為岳父的趙書才哪裡歡喜得起來？二姑爺更不用說，平家都不認趙家這門親，這姑爺也不知作不作得數。唯有胥姑爺，出身高又顧及他們的體面，還會提點他一、兩句。

他親熱地將女兒女婿請進家門，不一會兒，段府的一行人也到了。段大人、趙氏和趙鳳娘、段鴻漸夫婦都一起上門。

眾人進屋，女眷們先去看望趙老夫人，男人們在正堂坐著喝茶。

老夫人的精神尚好，看起來長了不少肉，趙氏真誠地對鞏氏道謝，鞏氏連說是自己應該做的。

看過老夫人後，幾人去了雉娘原來的房間。趙氏的眉頭一直鎖著，鳳娘看上去也不是太開心，等進了屋子，趙氏才道出原委。

趙燕娘婚前一天發生的事，知情的除了她們這些主子，最重要的就是燕娘身邊的曲婆子和丫頭木香。趙氏一直將兩人關著，誰知道除夕夜裡，下人們都顧著吃喝，略有疏忽，關著兩人的屋子不知被誰給打開，將兩人放走。

趙氏發現後，立即悄聲派人搜尋，卻一直沒有找到。府裡那放走兩人的下人也沒有查出來，她感到有些不太妙，和鳳娘商量許久，也商量不出什麼。

她憂心如焚。「燕娘婚前失貞，若是傳揚出去，先不說名聲，就怕陛下聽聞，怪罪段家和趙家。那兩個奴才若是私逃出去，倒也不怕，就怕被有心之人帶走，惹來不必要的麻煩。她們畢竟是趙家的奴才，我想來想去，來和大嫂討個主意。」

鞏氏聽完，看了雉娘一眼，她道：「姑姑，二姊嫁入平家，聽說是圓了房的。既然圓過房，而平家也沒說什麼，想來是二姊用了什麼法子矇混過關。那曲婆子和木香不過是下人，當初為何不將兩人賣得遠遠的，反而留著生禍根？」

趙氏當然不會說實話，她關押曲婆子、木香，確實是為了防止兩人出去亂說。最重要的原因是想留個後手，以後燕娘真的得勢，有這兩個見證人在，也好拿捏燕娘，不愁燕娘不照應段家。哪料到兩人竟會逃出去，又是這大過年的，真讓人糟心。

「也是我當時沒想太多，想著人放在眼皮子底下看著總是好的，等以後燕娘在侯府站穩腳跟，生下個一兒半女，坐實少夫人的名分，再來處置她們。誰知道會發生這樣的事……」

趙氏痛心疾首，一臉後悔。

趙鳳娘安慰趙氏。「姑姑，您也是好心，一心為燕娘打算。眼下就是好好想想，如果那兩人真在外面亂說，該如何是好？」

曲婆子和木香只是下人，說出趙燕娘婚前失貞的事對她們並沒有好處，除非她們逃離段府是有人謀劃的，謀劃之人有所圖，才會讓她們說出燕娘之事。

趙氏的臉色很不好。最近她思慮太多，常常夜不成眠，就算抹了厚粉也蓋不住憔悴的面色。

燕娘嫁入平家，她私心猜想是皇后的手段，但有時候總覺得心裡不踏實，患得患失，不停憶起她和皇后當年的主僕情分，揣摩著皇后會不會發現什麼蛛絲馬跡，常常思著想著，整宿睡不著覺。

昨夜發現兩個奴才不見，更是控制不住地往最壞的地方想，越想越心驚。萬一弄不好，扯出許多事，那她這些年的隱忍全都白費。

她心裡咒罵燕娘，要不是燕娘作妖，哪會惹出如此多麻煩？大年初二，當女兒的都沒有回來，這燕娘也真不像話。

「大嫂，燕娘夫妻倆怎麼還沒到？」她問鞏氏。

鞏氏心裡巴不得燕娘不要來，面上卻露出憂色。「不知是不是被什麼事絆住腳？」

蘭婆子立在後面，面露不忿。「夫人就是好心，奴婢都替您不平。二小姐哪裡是被事情絆住腳，分明是瞧不上娘家。」

「不得多嘴。」鞏氏低低制止她。

蘭婆子低下頭去，臉上憤懣。雉娘連忙問道：「蘭嬤嬤，妳說說，二姊又怎麼了？」

「三小姐，奴婢逾越了，但奴婢就是替夫人不值。年前，夫人派奴婢去侯府給二小姐送年禮，誰知二小姐竟然將東西丟出來，還說什麼她在侯府要風得風、要雨得雨，什麼好東西沒見過，還說夫人送去的東西是狗都不要的破爛貨。夫人顧及體面，沒有聲張。依奴婢看，二小姐怕是眼裡只有侯府，早就忘記娘家。」

趙氏的頭發暈，覺得自己太傻，怎麼就會相信燕娘那個沒腦子的能成大事呢？就算有皇后相幫，這作死的蠢貨也成不了氣候。

誰家姑娘出嫁後就嫌棄娘家，娘家再不好，也是女子在夫家安身立命的倚靠。燕娘倒好，一嫁入高門，恨不得一腳踹開娘家，又哪會提攜段府。

「這燕娘真是太不像話了！」她氣憤地指責，見鞏氏低頭垂淚，又安慰起來。「大嫂，燕娘不懂事，可她是趙家的姑娘。她的名聲一壞，鳳娘和雉娘也落不下好。當務之急還是要找到曲婆子和木香，將兩人帶回來。她們是趙家的下人，身契也在趙家，大嫂，妳看怎麼辦？」

雉娘暗道，這趙氏不會是想讓娘來揹黑鍋吧？她淡淡道：「不過是兩個下人，有什麼可擔心的，她們離開趙家就是逃奴，處置逃奴交給官府就行。」

趙氏和趙鳳娘齊齊地望著她，異口同聲道：「不行！」

「有何不行的？越是偷偷摸摸的，別人越容易猜測。我們大大方方地去報官，別人反倒不會說什麼。」雉娘立刻反擊。

趙鳳娘又露出以前的那種神色。這個三妹，她是越來越看不明白，難道就因為嫁入胥家，有了底氣，開了眼界，才會說出這樣的話。

不，她心裡否認，或許自己從一開始就錯看了雉娘。

「雉娘，燕娘再如何不是，也是我們的姊妹，我們不能眼睜睜地看著她不管。曲婆子和木香萬一是被有心人帶走，那麼定然是針對燕娘，我們一定要幫她。」趙鳳娘說得情真意切，語氣溫婉。

雉娘認真地看著她，道：「大姊真是我見過心胸最寬廣的人，二姊百般設計奪了妳的親事，妳無怨無恨，還處處為她著想。不知道二姊看到大姊這麼幫她，會不會心生愧疚？」

趙鳳娘低下頭。「我是她的大姊，縱使她有萬般錯，我也會一直拿她當妹妹。」

雉娘露出意味深長的表情，看趙氏一眼。

趙氏彷彿也是頭一回認識這個姪女，她現在發現，這個姪女和當上皇后的主子很像，不僅是長相，而是說話綿裡藏針的樣子，像了十成十。

昨晚除夕，陛下和皇后娘娘賜菜給趙家、胥府、常遠侯府以及梁將軍府。

大嫂和雉娘受寵，與其指望燕娘，還不如巴著這母女倆，說不定關鍵時候還能說上話。她眼神微動，嘆了一口氣。「鳳娘太良善，什麼都替別人著想，燕娘那般對她，她都以德報怨。不過雉娘說得也對，曲婆子和木香不過是逃奴，我們悄悄地找反而讓別人猜疑，不如大大方方的。只是現在恰好趕在過年，初三過後衙門才開，我們先找著，實在找不到就報官。」

「這樣也好。」鞏氏贊同。

趙氏轉向雉娘。「聽說胥家的二公子和梁將軍的女兒訂了親，梁家可是開國功臣，世代深得天家器重。那梁家的姑娘性子必然有些驕縱，趙家和梁家不能比，妳以後要好好和梁小姐相處，凡事多忍讓，家和萬事興，夫家也會看重妳。」

雉娘應了一聲。

趙氏有些不太滿意她的態度，不過也沒有說什麼，轉向鞏氏，說起趙守和的親事。「守哥兒年紀不小，之前胡夫人託我向妳探話，提的是蔡家二小姐，不是很合適。前些日子，方家的小姐來作客，我見方家小姐氣質不俗，聽說方家還有位二小姐，算起來和守哥兒也相配，不知妳意下如何？」

鞏氏有些為難。「方老夫人也和我提過，我和老爺左思右想，還是暫且不應下，一切等守哥兒春闈過後再說。」

趙氏更加不快。這母女倆，個個主意正，不拿她的話當回事，真是底氣足了，心氣也高了。

「也好，不過是姪子的婚事，倒也輪不到我這個當姑姑的操心。」她話裡帶著一絲怨氣，鞏氏和雉娘都當作沒聽到。

趙氏也好，趙燕娘也罷，比起董氏都差太遠。董氏那樣的，她們母女倆都能在其手底下討生活，哪會在意趙氏這不痛不癢的酸話。

離開趙家時，趙氏滿臉不快。雉娘站在鞏氏的身後，小聲地道：「娘，您看她們，一個兩個哪是省油的燈，妳為何不……」

「雉娘，此事以後莫要再提，娘不會離開趙家的。只要妳過得好，娘什麼都好，她們的事煩不到我，我不理會便是。」

雉娘垂著眼。她不敢問，不敢去挑明問自己是不是鞏氏親生的。她自從睜開眼看到的就是鞏氏，對她來說，鞏氏才是親娘。

「娘，那您切記，她們無論讓您做什麼，都不要答應。」

鞏氏拍拍她的手。「娘省得。」

離開趙家，雉娘和胥良川說起曲婆子和木香的事，又簡短地說了一下趙燕娘成親前的事。胥良川的眼眸危險地瞇起。

「這事妳怎麼沒有提過？」

雉娘笑了笑。「又不是什麼好事。」青杏被她收服，不會再將她的事情悉數告訴他。

「以後就算有把握，也不要以身試險。」他盯著她的眼，見她乖巧地應下，才鬆口氣。一鬆開手，就感覺自己手心裡都是汗。他輕呼出一口氣，覺得方才聽到她的話，心都漏跳一拍。這小姑娘膽子大，他不是第一天知道，初見時在山上，面對董慶山，她都不見慌亂。

可是一想到萬一……他就恨不得將那些人千刀萬剮！

「此事像是有人故意為之。」他平復心緒道：「背後肯定有人操縱，我們靜觀其變。」背後之人，不是皇后就是平家。

雉娘想到趙燕娘做過的種種，想起趙氏，趙氏可是害得原主悲劇一生的罪魁禍首。她小聲道：「夫君，如果事發，趙氏和趙燕娘會受到嚴厲的懲罰嗎？」

「會的。」胥良川堅定地道，皇后不會放過她們。就算皇后放過她們，他也不會放過她們。「妳不用管，不要因為她們髒了自己的手，萬事都有我。」
他的眼神望著她，像是要穿透她，看到她的想法一般。
她低頭輕笑，重活一世，也算是有幸。一直生活在陰暗中的她，說善良肯定是談不上的，幸好他沒有嫌棄這樣的她。
而他們口中談論的曲婆子和木香，此時正神不知鬼不覺地出現在常遠侯府，梅郡主親自審問她們。
「妳們方才說的都是真的？那賤人真的……豈有此理，竟然還敢騙我！」梅郡主恨得咬牙切齒，讓身邊的婆子去找個有經驗的穩婆，仔細辨認那元帕上的污漬。
不一會兒，婆子進來，朝梅郡主點頭。
梅郡主陰沈著臉。「好，妳們將此事說出來，本郡主重重有賞。」
曲婆子跪地磕頭。「奴婢們實在走投無路。段夫人將我們關押，受盡折磨，好在昨夜府裡的下人們都喝多了，我們才乘機逃出來，想著被抓回去也是死路一條。段夫人為了二小姐，是不會讓我們見人的，連什麼時候死都不知道。奴婢們命賤，卻也不想死得不明不白。思來想去，能救我們的只有郡主，求郡主給奴婢們指一條活路。」
梅郡主信了她們的話。她們沒必要編這樣的假話來騙人，而且身為趙燕娘的貼身婆子和丫頭，出嫁頭一天被換掉，本就蹊蹺。如果真像她們所說的，那麼就不難解釋。
她命人將她們帶下去，好吃好喝地供著。曲婆子和木香千恩萬謝，跟著下人出去。

她們一走，婆子小聲道：「郡主，方才老奴找人看過，穩婆說元帕上雖有血漬，卻無男人的元精，怕是……事後故意弄上去的。」

梅郡主一拍桌子。「好啊，本郡主活了幾十年，還是頭一回被人耍得團團轉！那賤人好不知恥，都失了貞還敢賴給晁哥兒！可憐我的晁哥兒，最近是有家不能歸，連過年都不得安生。」

婆子也跟著義憤填膺。「郡主，要不老奴現在就去……」

梅郡主恨恨地又拍一下桌子，遞給婆子一個狠毒的眼色，婆子飛快地跑出去。

第七十五章

趙燕娘正在廚房裡吆喝，神氣十足。她背著手，一會兒盯著做飯的婆子，一會兒瞪著摘菜的粗使丫頭，轉頭看著小爐上煨著的血燕，血燕咕嘟地冒著氣，勾得她不自覺地嚥口水。最近好東西吃了不少，她也跟著胖一圈。侯府裡比段府強上數倍，每日的食材都有很多種，全是尋常人家見不到的，更別說庫房裡的好東西。

但血燕這樣的極品補物還是沒有嚐過的，一想著，就心癢癢。

「這是給誰做的？」她問灶下的婆子。

「回少夫人，這是給姑奶奶做的。」

趙燕娘哼了一聲。那個打秋風的姑姑，不過是個不下蛋的母雞，吃再多好東西也沒什麼用。自己可就不同，身為侯府的少夫人，以後可是要為侯府生嫡孫的，血燕這樣的好東西就得給自己享用。

她大手一揮。「妳們等下將這個送到我的院子。」

婆子很為難，可郡主吩咐過，無論少夫人說什麼都要聽。

她小聲地應下，趙燕娘得意起來，扭著腰出了廚房，大搖大擺地朝自己的院子裡走，一路上又訓斥了幾個丫頭，心裡越發痛快。

怪不得多少人都擠著嫁入高門，高門的日子過得實在舒坦，想吃什麼就吃什麼，想教訓誰就教訓誰。

趙燕娘洋洋自得地回到自己的院子，坐在檀木大靠椅上，等到廚房送血燕羹過來，她便迫不及待地喝了一口，燙得不停伸舌頭，正要發火，瞧見梅郡主身邊的婆子進來，後面好像還跟著幾個壯實的家丁。

趙燕娘斜睨婆子一眼。「喲，妳這奴才要幹什麼？這麼大的陣仗，還帶家丁進內院，真是一點規矩也沒有。我待會兒要去祖母那裡，正好和她老人家說道說道。」

婆子笑道：「正好，老奴也是來請少夫人的，郡主正好要找少夫人說話。少夫人這碗裡喝的是什麼？」

「妳個奴才眼睛怎麼長的，血燕妳看不見嗎？」趙燕娘洋洋得意，接著不悅地訓斥婆子。「妳說祖母找我？妳這奴才太不知禮，祖母請我，怎麼不早說，快讓這些下人離開，太不像話。」

婆子一揮手。「少夫人，他們正是來請您的，得罪了。」

家丁們上前，三下五除二就將趙燕娘捆個結結實實。

趙燕娘腦子有些懵，破口大罵。「你們這些奴才真是反了天！我可是侯府的少夫人，誰給你們膽子，連我也敢綁！」

婆子譏笑，指揮家丁們將趙燕娘拖去梅郡主的院子。趙燕娘一路上大喊大叫，吵得府裡的人都出來看熱鬧。

平湘扶著世子夫人，還有平寶珠都一齊湧進梅郡主的院子。

梅郡主立在院子裡，黑沈著臉。她今日就要將此事鬧開，管他什麼家醜不家醜，她要讓天下人看看，這賤貨是什麼德行，還敢賴在侯府，看她不扒掉一層皮！

家丁們將趙燕娘丟在地上，趙燕娘還在大罵，婆子使個眼色，便有一個丫頭上前將她的嘴堵上，任憑她嗚嗚叫喚。

婆子上前，小聲地對郡主道：「郡主，方才老奴去時，少夫人正在喝血燕，就是您吩咐給小姐做的湯羹。」

「什麼?!」平寶珠喊出聲。

梅郡主制止女兒，平寶珠不甘地瞪趙燕娘一眼。趙燕娘心裡打鼓，臉上卻強撐著，回瞪一眼。

不一會兒，常遠侯也被下人請過來，一見院子裡的架勢，不悅地道：「怎麼回事，又是要鬧哪齣？怎麼將人給綁上了？」

趙燕娘乘機嗚嗚大叫，梅郡主恨不得當場就讓人杖斃她。

「侯爺，事關重大，我一人不敢妄自作主。您可知這趙燕娘好大的膽子，她婚前和段府的公子有染，卻還隱瞞著嫁給晁哥兒，其心可誅。」

「這不會弄錯吧？」平侯爺有些遲疑地道。多年前他錯怪髮妻，現在對這樣的事不敢輕易下結論。「妳可有證據？」

梅郡主忍著氣。「當然是有的。」

她對身邊的婆子使眼色，不一會兒，曲婆子和木香就被帶上來。兩人跪在地上，將趙燕娘出嫁前一天和段公子有了肌膚之親的事情告知，說得有鼻子有眼，先是三小姐去看二小姐，接著段公子進去，然後三小姐和夫人又來看二小姐，這才發現二小姐和段公子睡在一起，兩人都光著身子。

段夫人責怪她們沒有看好二小姐，將她們關起來，等機會合適再除掉她們。她們日夜提心吊膽，趁著過年那夜下人們怠忽職守，才僥倖逃出來。

平侯爺冷著臉，盯著兩人，殺氣四開。跪在地上的兩人瑟瑟發抖，再三堅稱趙燕娘已經婚前失貞。

這時候，婆子再上前，指出新婚之夜元帕作假一事。

平侯爺靜聽她說完，皺著眉，似在深思。平寶珠突然衝上前一步，朝趙燕娘踢了一腳，對他道：「爹，這麼個不知廉恥的賤人，您還有什麼好猶豫的？要女兒說，乾脆將她休掉或是送家廟，省得丟人現眼。」

「事關一個人的名節，不能輕易下定論，且聽聽她怎麼說？」平侯爺命人將趙燕娘嘴裡的東西拿開。

終於能開口說話，趙燕娘先叫起冤來。「祖父，她們說的都不是真的！這兩個奴才慣會躲懶，我不過是對她們施以小懲，誰知她們竟然心生怨恨，誣衊孫媳的名節。孫媳是清白的，不信您問夫君，燕娘的清白之身可是交給他的！」

梅郡主氣得恨不得上前撕爛她的嘴。這樣人證物證俱在，她還敢說冤枉，有臉說自己是清白的，臉皮可真厚！

「侯爺，人證物證俱在，就算交到官府也是足夠的。但我們侯府丟不起那個臉，不如就此私下解決。這個孫媳我們要不起，將她送還給趙家吧！他們換個殘花敗柳給我們侯府，是存心噁心我們侯府，這口氣我嚥不下去，待會兒我就進宮，好好和皇后說道說道，讓她給我們作主。」

趙燕娘一聽，這哪裡行？她好不容易謀來侯府這麼一門親事，榮華富貴都沒有享夠，哪能輕易被休？

她的手腳還被綁著，往前蹭了幾步，哭喊一聲。「祖父，孫媳真是冤枉的，這兩個死奴才不知收了誰的好處，將髒水往孫媳身上潑！」

平侯爺還在深思。

平寶珠見平侯爺不發話，急了。「爹，這還有什麼好想的，如此水性楊花的醜女，沒得留在府裡糟蹋晁哥兒！」

這話說得世子夫人當下就捂臉哭起來。「爹，媳婦替晁哥兒求求您，您給他點體面吧！您看看這女子，貌醜粗鄙還不知羞恥，媳婦真為晁哥兒叫屈。爹……」

平侯爺望著五花大綁的趙燕娘，也有些不忍直視地別開臉。方才被綁時，趙燕娘拚命掙扎，弄得衣裳不整，頭髮凌亂，狼狽不堪。這樣的女子，莫說是堂堂的侯府少爺，就是街邊的粗漢子都不願意多看一眼，更別提娶回家。

或許此事和當年是不一樣的，平侯爺心裡想著。趙燕娘怎能和素娟相比，素娟是被人冤枉，這趙燕娘就說不定……

他定了定神，正欲決斷，外面的僕人忽然來報，說趙府和段府的人到了。

梅郡主一驚。此事他們並未聲張，趙府和段府的人怎麼來了？

不一會兒，就見趙書才夫婦和段氏夫婦以及趙鳳娘都趕來了，後面跟著的是劉嬤嬤。原來劉嬤嬤一早看出苗頭不對，見趙燕娘被綁起來，就悄悄溜出府去趙家和段府求救。

兩家人大吃一驚，趙氏卻是心有所感，想著燕娘那事要被曝出，急忙跟著劉嬤嬤趕到常遠侯府，一路上思量著對策。

與此同時，胥家那邊也得到了消息。

雉娘換好衣服，就要出門。先不管她和趙燕娘之間的恩怨，只要她還是趙家女，趙燕娘出事，她都要趕去。

胥良川送她上馬車，輕聲地道：「此事看似衝著趙燕娘，其實未必。妳見機行事，若我所料不差，怕是意在梅郡主。」

曲婆子和木香被人從段府放出，假設是梅郡主所為，有點說不過去。要是梅郡主之前就知內情，不會忍到現在才發作，以她的個性，恐怕早就親自打上段府的門。

如果是皇后的手段，肯定不只是為了揭穿趙燕娘。收拾趙燕娘並不難，趙燕娘太愚蠢，不用費太多心思，以後有的是機會。可梅郡主就不一樣，上回岳母身世一事，明明大家都心知肚明，卻被陛下揭過，皇后想要替母平反，勢必要再尋機會扳倒梅郡主。

雉娘略一想，明白他的話。

她趕到侯府時，趙家、段家正和侯府對質，曲婆子和木香將方才的說辭又說一遍。

趙氏指著曲婆子和木香破口大罵。「妳們這兩個吃裡扒外的奴才！因為被主子訓斥就懷恨在心，連這樣的彌天大謊也趕撒，是誰給妳們的膽子？」

她一邊說著，一邊隱晦地看著梅郡主。

梅郡主那個氣啊，這趙柳葉真是吃了熊心豹膽，居然敢如此和主子說話，也不想想當初她可是侯府的奴才。

「柳葉，妳以前是我們侯府的奴才，看在妳和侯府的主僕情分上，本郡主沒有將趙燕娘送官，就是給你們臉面。你們竟然還敢反咬一口，好大的膽子！」

常遠侯一直看著鞏氏，鞏氏沒有看他，對梅郡主道：「親家祖母，燕娘這孩子確實有很多不是之處，可妳也不能捏造這樣的事實來污她的名聲。名節對一個女子來說何其重要，這不是逼人去死嗎？」

誰是妳的親家祖母？梅郡主氣呼呼地想著，指指曲婆子和木香。「她們的話，你們都聽到了，她們是趙家的奴才，和我有什麼關係？還有元帕，你們看看……我都臊得說不出口。」

她將元帕隨意往地上一丟，潔白的綢緞上，正中有一團醒目的血跡。

男人們別開臉，趙氏、鞏氏還有鳳娘的臉色都不好看。元帕是何等私密之物，梅郡主將它當眾丟棄，分明就是打他們的臉。

一時間無人說話，趙燕娘眼珠子骨碌碌地轉著，想著如何將此事圓過去。

突然，後面的劉嬤嬤一下子撲上來，抱著趙燕娘。「二小姐，老奴記得清清楚楚，這元帕分明不是原來那條，也不知被誰給偷偷換掉？」

趙燕娘立即反應過來，瞪著梅郡主。「對啊，我記得也不是這條，是誰換的？祖母，妳為何要這麼做？」

趙氏也回過神來，質問道：「親家祖母，這是怎麼回事？妳為何換元帕？」

梅郡主被這一家子的恬不知恥氣得眼冒金星，差點暈過去。她幾時換過？這明明就是新婚之夜的那條元帕。

劉嬤嬤抱著趙燕娘還沒有鬆開，用微不可聞的聲音對趙燕娘道：「二小姐，侯爺的原配就是被陷害的，郡主這是故技重施，想將妳也趕出侯府。」

趙燕娘受到點撥，大聲嚷起來。「祖母，妳這分明是陷害啊！當年妳就是這樣趕走先祖母的，現在又想用同樣的招數來趕走孫媳，孫媳想問問祖母，我們哪裡礙您的眼了？」

她這一嚷，常遠侯一愣。

趙氏率先明白她的用意，也跟著叫屈。「我們燕娘清清白白的，郡主可能沒法安排姦夫，竟然誣衊她和鴻哥兒？天下人誰不知，鴻哥兒是鳳娘的夫君，郡主這麼做，不只想毀掉燕娘，還想毀掉我們段府。郡主說什麼人證物證，當年大嫂的親娘還不就是被所謂的人證物證害的，才會流落異鄉含恨而終……」

梅郡主見她們扯起當年的事，臉色如罩寒霜。「當年之事與本郡主有什麼關係？我們現在說的是燕娘的事，燕娘婚前失貞，證據確鑿，你們還有什麼好抵賴的？」

「請侯爺明鑑，我們沒有抵賴，而是事情明明就是無中生有，我們如何能認？」趙氏似被梅郡主所嚇，縮了一下身子，轉而小聲對常遠侯道。

常遠侯則只顧看著聳氏。雉娘進來後，一直站在聳氏的身後，方才留意到劉嬤嬤的動作。劉嬤嬤是趙鳳娘給趙燕娘的，但是可能很多人都忘記了，劉嬤嬤是皇后的人。

她暗想夫君猜得沒錯，劉嬤嬤示意趙燕娘扯出當年之事，果然是衝著梅郡主來的。也就是說，趙燕娘是個關鍵人物，以後還有用。

她走上前一步，和常遠侯見禮。「侯爺，可否能聽晚輩一言。」

「妳說。」

「侯爺，此事於一個女子來說，事關重大。我二姊出嫁前一天，我去看過她，這話不假，她們方才也提到過。」雉娘指的是曲婆子和木香。「我去二姊屋子時，她們並未在門口當差，我還有些納悶。後來段家表哥恰好有事來尋二姊，我便退出來。又過了一會兒，我和娘跟大姊再去看二姊，那時候，二姊正大發脾氣，斥責她們沒有盡忠職守，由著表哥進門。姑姑得知此事，覺得她們沒有規矩，本來是要打板子的，但是想著大喜的日子，不宜見血光，於是將她們關起來以示懲戒。接下來的事情你們也知道，出了換親的事，府中大亂，姑姑一時忘記她們。哪知她們竟然逃出來，還胡亂捏造出如此用心險惡的謠言。如果說此事背後沒有慫恿之人，雉娘是不相信的。」

常遠侯靜靜聽著。趙氏鬆了口氣，這個三姪女，果然是個不聲不響，心裡有數的主兒。

雉娘一番話說得合情合理，就算有心人去查，也八九不離十，而且和曲婆子的話能對得上，趙氏的心裡有了譜。

她趕緊順著雉娘的話。「侯爺，事情就是如雉娘所說。鴻哥兒是有些錯，他也只是去問燕娘要不要用點心，沒一會兒就離開。燕娘是有守規矩的，等他走後對下人們發了一通大火。那時候他們是將要成親的夫妻，我也就沒怎麼放在心上。誰承想，這兩個奴才黑了心肝，編出這樣的瞎話，若是侯爺信她們，那燕娘就會和先夫人一樣，終生背負著污名。」

第七十六章

常遠侯認真地聽著她們的話，思量其中有多少可信之處。

他本是武將，早年間長在山村，是地道的山民，讀書識字的事情都是後來慢慢升官才開始的，論權謀詭計，自然不擅長。他向來不怎麼關心後宅，否則也不會在多年前休妻。

「趙家女人們真是個個厲害，我今日真是開了眼界。姑姪都是一個德行，巧舌如簧，顛倒是非，死的都能說成活的。」平寶珠見父親不出聲，母親也不爭辯，她頗為著急。又看到了鞏氏，滿心嫉恨，夾雜著痛快；嫉恨鞏氏長得好，又想到對方曾經為妾，心裡痛快不已。

「寶珠，退下去。什麼趙家女人，注意妳的言詞。」常遠侯語氣中帶著一絲責備。寶珠口中的趙家女人，其中就有憐秀和雉娘。

雉娘臉色未變。平家人怎麼說她們，她都不會有半點難過，因為平家人對她來說，從來不是親人。可笑的是常遠侯，還在作著一家人相親相愛的美夢。

「侯爺，後宅之中，要想毀掉一個女子，最簡單直接的法子就是污其名節。當年我的外祖母就是因為百口莫辯，才落得含恨而終，雉娘懇請侯爺，還我二姊一個清白，莫要讓她落得和我外祖母一般的下場。」

她定定地看著常遠侯，又行了一個禮。

梅郡主剛才腦子有些混亂，不舒服的感覺越來越濃烈，只覺得身子有些發軟。這些人怎麼老抓著鞏素娟的事情不放，鞏素娟的事情早就揭過，陛下都發了話。

不能再讓鞏氏母女胡攪蠻纏，現在在審的明明是趙燕娘的事。

她扶著婆子的手，挺直腰。「侯爺，趙家人分明是狡辯，東拉西扯地想矇混過去。趙燕娘的事情證據確鑿，有人證和物證，就算送到官府，我們侯府也是占理的。侯爺若不信，就好好審審這兩個奴才，看她們是否真的受人指使？」

「好，來人哪！」常遠侯命人上前，給曲婆子和木香上板子。

曲婆子和木香嚇得渾身發抖，又是哭又是求饒。

家丁們將她們按在長凳上，木板毫不留情地打在她們身上，十板子下去，曲婆子先是受不住，嚎叫著說是郡主讓她們這樣講的。

常遠侯臉一沈，讓家丁們住手。

梅郡主渾身抖起來。「這兩個死奴才，血口噴人，乾脆打死算了！」

木香也喊叫起來，說梅郡主許了她們很多好處，事成之後，定有百兩相贈，還助她們遠走他鄉，她們起了貪心，才應下此事。

「妳們胡說，本郡主沒有說過這樣的話！」梅郡主真急了。「侯爺，你千萬不要相信她們的鬼話，她們在撒謊！」

常遠侯望著她，腦子裡也是亂的。

現在事情有了轉機，該輪到男人們發話。段大人咳了一聲。「侯爺，您看……這兩個奴才已經招認，該如何處置，您要給個準話。」

「對，我們趙家雖然低微，卻也不能容忍別人任意踐踏。」趙書才加上一句。常遠侯還是不說話，臉黑沈得嚇人。

梅郡主有些明白過來，自己是受了算計，又氣又惱。「侯爺，你可千萬不能信這兩個奴才的話！這兩個奴才先前可是口口聲聲地說燕娘和段公子有染，現在又反水，分明是兩面三刀的小人。背主的奴才，她們的話不能作數。」

「郡主，是妳讓她們指認二姊失貞，要處置二姊，那時候怎麼不說她們是背主的奴才，不能取信？現在被侯爺審出，她們分明是受妳指使，誣衊二姊，還有何話可說？」雉娘緊盯著梅郡主，似嘲諷一笑。「我倒是忘了，這樣的伎倆對郡主來說駕輕就熟，郡主又不是頭一回用這樣的招數對付別人。可憐我的外祖母，當年就是因為沒有娘家人出頭，才會被人設計休出侯府，給郡主您騰了位置。」

「妳……」梅郡主指著雉娘，說不出話來。這死丫頭說話陰陽怪氣，讓人覺得陰惻惻的。

「我什麼？郡主是不是被我說中了，所以才心虛，說不出話來？郡主莫以為隨便找個藉口就能將當年的事實掩蓋過去，郡主究竟有沒有陷害我的外祖母，天知地知，妳知我們也知。沒想到事隔多年，郡主越發有恃無恐，又想用同樣的招數來對付我二姊，可惜這一回我二姊不是孤身一人，她還有娘家，還有姊妹！」

雉娘說到最後一句，幾乎是用吼出來的，眼神死死地盯著梅郡主，然後似不經意地瞄常遠侯一眼。「侯爺，如果當年，我的外祖母也有娘家人，也有兄弟姊妹，也有人站出來替她叫屈，替她喊冤，您是不是就能和這次一樣，也會細細審問，還她一個清白？作惡之人，為什麼能再三得逞，不過就是嘗過甜頭，背有靠山，所以才會得寸進尺。」

鞏氏已經泣不成聲，哽咽道：「侯爺，我娘就是因為娘家無人，所以無人幫她說話，就連被趕出侯府，都無處可去，要不是碰到方先生，恐怕……侯爺，當年之事，就算我們心裡有數，也苦無證據替她將仇人繩之以法，但是今天，燕娘的事還請侯爺主持公道。」

在場的人都怔住了，被綁著的趙燕娘都呆得忘記讓劉嬤嬤給她解繩子。趙鳳娘從進門到現在一句話也沒有說，靜觀其變。現在她的身分不是縣主，說話也不如從前一樣有分量，看到雉娘有理有據地堵著梅郡主，她再一次肯定，原先怯懦的三妹都是裝的。

梅郡主的心不斷地往下沈。她有種不祥的預感。

世子夫人和平湘插不上話，也不知道從哪裡插話。

平寶珠指著鞏氏母女，罵道：「好啊，妳們越扯越遠，那些陳年往事和我娘有什麼關係？我娘嫁進侯府時，鞏氏已經被休。」

雉娘和鞏氏站在一起，不理會平寶珠。

鞏氏低泣，雉娘眼中有淚，堅強地昂著頭。「侯爺，若是您還輕易將此事揭過，我們趙家不依。憑什麼郡主可以隨意詆毀別人的名節，就因為她是王爺之女，皇室血脈？還是因為她是侯府的夫人？如果真是這樣，天理何在，公道何在？」

「對，我們不依。」趙氏終於逮著機會出聲。

「你們意欲何為？」常遠侯聲音頹喪，帶著淒然。

「我們也想問侯爺，侯爺打算怎麼處置此事？」雉娘反問常遠侯。
「侯爺，這件事是她們做好的套子，就是讓我鑽的！」梅郡主焦急地解釋，恨聲道：「可能就是因為她們懷疑當年鞏姊姊的事情是我做的，所以才會設下這個局，目的就是想報復我。侯爺，你可千萬不要相信她們的話！」
「郡主真是看得起我們，我們可不比郡主，成天愛琢磨，這樣的法子我們可想不出來。」趙氏也算是看明白了，曲婆子和木香反水背後肯定是有指使之人，說不定真是雉娘做的。
燕娘和鴻哥兒的事，別人不知道，她們還能不知道嗎？分明就是成了好事的，雉娘卻是倒打一耙，扯出先侯夫人的事情，直指梅郡主。
梅郡主百口莫辯，惡狠狠地瞪著雉娘。
世子夫人和平湘見梅郡主無力反駁，開始向常遠侯求情，常遠侯冷著臉恍若未聞，直直地看著梅郡主。
「妳說，她們說的可是事實？」
「侯爺，她們在胡說，你要相信我。」
梅郡主上前，常遠侯揮開她的手。「我再問一句，素娟的事情是妳做的嗎？」
「不是，侯爺，不是我做的！陛下不是都查明了嗎？還是侯爺質疑陛下的英明？」
「好，舊事不提。妳說，今日的事情是不是妳指使的？」
曲婆子和木香還沒有被抬下去，兩人還趴在長凳上，聽到常遠侯的話，齊聲喊叫。「侯爺，都是郡主指使的，否則借我們十個膽子，也不敢背主啊！」

下人背主，重則亂棍打死，輕則賣到不見天日的地方，受盡折磨，一般的奴才，如果不是有更大的利益驅使，誰敢背主？

常遠侯的臉色陰晴不定，眾人的眼睛都齊齊地看著他。

無人注意的另一邊，劉嬤嬤正給趙燕娘解繩子，衣袖掃過趙燕娘，趙燕娘就直直地暈倒了。劉嬤嬤叫起來。「少夫人，您怎麼了？」

眾人見趙燕娘暈倒，有人去請大夫。這時，劉嬤嬤猛地出聲。「不要府中的大夫，去外面請。」

梅郡主急道：「救人要緊！現在是什麼時候，燕娘還是我們侯府的人，自然要用府中的大夫。」

劉嬤嬤似是遲疑了一下，又堅定地對趙氏道：「姑太太，老奴覺得還是叫外面的大夫好。」

都是在宮裡混過的，哪能聽不出話裡有話？當下，趙氏就吩咐自己的婆子去外面請。那大夫來得也快，這邊將趙燕娘抬回院子，大夫就到了。

一番診脈，大夫換了幾次手，眉頭越鎖越緊。趙氏急問：「大夫，我姪女怎麼會暈倒的？」

大夫有些不敢說，環顧四周，定到常遠侯的身上。常遠侯正色道：「你但說無妨，本侯絕不怪罪。」

「那小的就說了，少夫人近日服多了陰毒之藥，身子被掏空，才會力虛暈厥。」

「陰毒之藥？侯府之中，哪來的陰毒之藥？這藥可有解？」

「回侯爺的話，這藥已入骨血，只能好好調養，但子嗣一事就要隨緣，不可強求。」大夫說得婉轉，屋內的人卻全都聽明白了。

劉嬤嬤撲通跪在地上。「侯爺，少夫人自入門後，郡主每天命人給她燉補湯。少夫人常說郡主心好，將她當成親孫女，奴婢也沒有懷疑過。若不是今日郡主發難，奴婢再想起補湯一事，頓覺有些不妥，才會讓姑太太去外面請大夫。侯爺，請您為少夫人作主啊！」

梅郡主的心已經沈到谷底。這一件件、一環環，分明就是設計好的，她怎麼就那麼大意，相信兩個奴才的話。

這時候，趙燕娘幽幽地醒過來，趙氏立即撲上去。「我可憐的燕娘啊，妳下半輩子可怎麼辦啊？郡主您好狠的心哪，燕娘再如何不是，也是平公子的嫡妻，您給她灌藥，讓她不能生養，您讓她怎麼活啊！」

「什麼？我不能生養？」趙燕娘頭還有些暈，聽到這句話，馬上喊起來。這還得了，她不能生了，以後還怎麼享受侯府的榮華富貴？

趙氏傷心地點頭。「好孩子，姑姑會為妳討回公道的。妳最近喝的補藥，全都是陰毒之物，毒素入體，以後恐難生養。」

「補藥？趙燕娘爬起來，指著梅郡主。「好啊！怪不得我說妳怎麼那麼好心，天天讓廚房給我燉湯，虧得我還和別人說，祖母對我視若親孫女，妳好狠的心，我和妳拚了！」

趙氏連忙一把拉住她。「燕娘，妳別急，今日娘家人都在這裡，定會為妳討個公道。」

梅郡主陰沈著臉，看著她們。「妳們怎麼肯定府裡的補藥有問題？」

劉嬤嬤立即從後面端出一個小碗，遞給大夫。「這是少夫人今天的藥，因為有些苦，少夫人沒有喝完，又捨不得倒掉，就留著等想起來再喝。」

趙燕娘得意起來。幸好今天早上劉嬤嬤見她嫌藥苦，讓她留了一些。

大夫聞一下，點頭。「沒錯，能對上。這藥倒是好東西，只是多了兩味不該有的藥，就變成了陰毒傷身之物。」

「事到如今，妳還有何話可說？」常遠侯痛心地看著梅郡主。梅郡主的嘴巴張了張，終是一句話也沒有說。

他又對趙家等人保證。「燕娘的事情已經查清楚，她依然是我們侯府的少夫人，這個你們放心，她就算不能生養，也是晁哥兒的嫡妻。以後妾室生的兒子，抱養在她的名下，充為嫡子。」

這倒是眼下最好的法子。趙燕娘想著她侯府少夫人的名頭保住，鬆了口氣。至於以後，真讓她養了庶子，她就弄死妾室，侯府欠了她天大的情，誰敢說她？

梅郡主身冷心更冷，如墜冰窟，彷彿能看見侯府日漸衰落，烏煙瘴氣，淪為京中笑柄。

「侯爺，萬萬不可，你要相信我，這件事定有隱情，趙燕娘不能繼續留在侯府，否則侯府真的……侯爺……」

常遠侯打斷她的話。「事情已經真相大白，妳還有什麼好說的？妳可別忘記，燕娘是妳害的，侯府以後會變成什麼樣子，妳也是始作俑者。」

梅郡主的心徹底涼透。眼前的男人是那麼陌生……他們曾經做了幾十年的夫妻，她自認為自己是下嫁，本應得到夫家的看重，可這麼多年來，他何曾對她輕聲軟語過，她所做的一切又是為了什麼？

她呆滯著，平寶珠搖了她一下。「娘，妳可不能讓人如此誣衊啊！趙家人欺人太甚，她們不安好心。如果趙燕娘還留在我們侯府，侯府遲早會亂成一團！」

趙燕娘哪裡能聽這樣的話，當下就不幹了。「妳不過是個出嫁女，成天待在侯府算什麼回事？天天白吃白喝，還想趕侯府正經的主子出去，哪有這個道理？」

梅郡主慘笑。「侯爺，你看，這樣一個貨色，你真的讓她占著晁哥兒嫡妻的位置嗎？」

趙氏使勁地掐了一下趙燕娘，一瞪眼，趙燕娘才氣鼓鼓地閉嘴。

常遠侯黑沈著臉。這女子粗鄙，可眼下被人拿捏著，還能如何？縱然她是一坨馬糞，也只能將她供在府裡。

他帶著一絲痛心地看了鞏氏母女一眼，命人送梅郡主回屋。平寶珠攔著，侯爺一氣之下，讓人把母女倆都關進去，命人嚴加看管，然後出門離府，一路進宮，跪在帝后的面前，將方才侯府發生的事情一一道來。

聽他說完，祁帝緊鎖雙眉。這梅郡主可真夠蠢的，前次的事情他已經幫她圓過去，她竟還能讓別人鬧出來。

皇后娘娘低頭沈思，似是想起什麼，咦了一聲。

祁帝問道：「妳對此事怎麼看？」

皇后皺起眉，遲疑道：「妾身聽父親說燕娘是吃了陰毒之藥，以後恐難生養。說起侯府的補藥，妾身記得出嫁前，郡主也天天讓人熬給妾身喝，還派人守在門口，非讓妾身喝完不可。妾身想著不能辜負郡主的好意，卻又實在不喜那藥的味道，就讓柳葉給代喝了。」

「段夫人喝過那藥？」祁帝的眉頭鎖得更緊，臉色慢慢地冷下來。

常遠侯羞愧地低下頭。段夫人嫁人多年，未曾懷過，那補藥是什麼藥昭然若揭。他的手在袖子裡握成拳。

「陛下，臣已經知道要怎麼做，臣告退。」

他退出殿後，祁帝按著皇后的手。皇后的手冰冰涼涼的，似心有餘悸，一陣後怕。他輕聲細語地安慰著，喚來老太監。「去慶王府裡傳朕的口諭，皇家沒有下堂婦，也沒有蛇蠍女。」

老太監領旨出去。

第七十七章

常遠侯策馬回府，府中趙家等人還未散去。見他回來得如此快，都有些吃驚。

他讓人再去請大夫，當場命大夫給趙氏把脈。趙氏對自己的身子心知肚明，終於明白此事肯定是主子的手段，目的就是對付梅郡主。

大夫替趙氏把過脈，目露震驚，道出趙氏也身中寒毒，無法孕育子嗣。

常遠侯徹底死心，再三對趙家等人保證以後會善待燕娘。

梅郡主在屋裡急得團團轉。世子夫人是個沒用的，除了哭喪著臉，什麼法子也想不出來。

平湘提議去宮中找皇后，請皇后作主。世子夫人攔著她。「妳別忘了妳姑母是誰生的？」

平湘這才想起，姑母可是祖父先頭的那位生的，她這才急了。「娘，妳說我們怎麼辦？」

「娘也不知道。」世子夫人急得都快暈過去了，不就是查趙燕娘婚前失貞的事，怎麼會扯出這麼多事？

她們倆守在屋外，如熱鍋上的螞蟻。

看到常遠侯再次出現，兩人連忙迎上去。「公公。」、「祖父。」

「祖母是被冤枉的，祖父可不要聽小人之言，他們是來挑撥感情的。」平湘焦急地替梅郡主說好話。

裡面的梅郡主聽到聲音，也大喊起來。「侯爺，我是被冤枉的，你要相信我！」

常遠侯一把推開門，厲聲問道：「當年妳是不是給嵐秀下過絕子藥？」

梅郡主一驚，身子往後縮。她終於明白自己不祥的感覺來自何處，這事情是平嵐秀設計的！

跟進門來的世子夫人和平湘倒吸一口涼氣，不敢置信地看著梅郡主。

平湘先反應過來。「祖父，祖母怎麼可能給姑母下藥，姑母可是生了公主、太子和二皇子。」

「沒錯，妳姑母是生了幾個孩子。可是妳再想想，身為妳姑母身邊的大丫頭，段夫人可是多年無所出，因為當年的藥就是段夫人替妳姑母喝了！」

世子夫人和平湘都呆住。要真是這樣，她們完了！

所有的事情都被揭穿，這樁樁件件都拿捏得恰到好處。養虎為患，說的就是眼下的情形，梅郡主慘笑起來。

怪不得平嵐秀還能生孩子，原來她沒有喝藥……她好恨，恨自己心慈手軟，早知道就不要裝什麼大度，直接弄死平嵐秀。

不過是一念之差，想著一個無依的庶女還不是任她捏圓搓扁，誰料到平嵐秀後來能當上皇后，現在還來這麼一手，分明就是想置她於死地。

她的笑聲讓人毛骨悚然，平湘都嚇得躲到世子夫人的身後。

「沒錯，那又怎麼樣？侯爺既然認定事情都是我做的，我再如何分辯，你也不會聽。我堂堂皇家郡主哪裡配不上你？你這麼多年都還記著鞏素娟那個賤人，置我於何地？鞏素娟的孩子憑什麼要去王府享福？侯爺，你就沒有想過我們的孩子，我們的寶珠為什麼出嫁多年也沒有孩子，那是因為平嵐秀給她下了藥！」

平湘恨不得捂住自己的耳朵。她都聽到了什麼？

平寶珠震驚地抬頭，慢慢地眼裡充滿恨意。原來如此！她的絕子藥是平嵐秀下的，平嵐秀居然還高高地坐在寶座上，享受著萬民朝拜。

「爹，你要為我作主啊！」

常遠侯心都痛得麻木了。他以為安寧的後宅，揭開來卻如腐爛的軀殼，泛著惡臭，都是算計。

「那麼，侯爺，你現在是想休掉我嗎？你可別忘記，我是堂堂的皇家郡主，縱使犯錯，你們也沒有權力指責我，更沒有權力處罰我！」

她的眼裡帶著得意和挑釁，她是皇家郡主，誰敢休她！

「我敢！」外面傳來一道蒼老的聲音。

梅郡主一驚。是父親？父親怎麼會這個時候上門？

慶王花白的髮鬚飄散在風中，一臉沈痛，越顯衰老。

他的女兒，堂堂的皇室郡主，千嬌萬寵地疼愛養大，誰知道會落到這樣的下場？若是能知後事，當年他就算打斷她的腿，也不准她上街去看什麼歸朝受封的新侯爺。

慶王老淚縱橫，痛心地看著女兒。

「本王敢。皇家沒有下堂婦，也沒有蛇蠍女。本王已經奏請陛下，將妳的名字從玉牒中抹去，祁家沒有妳這個女兒，平家當然能休妳。」

「父王！」梅郡主驚呼。

慶王不停地對常遠侯道歉。「本王對不住你，心中有愧。本王現在就將梅兒帶走，以後她再也不會出現在你們的面前。」

「父王，您不能這樣做！我不走！」梅郡主哪裡願意。自己一輩子的心血，難道就要這樣毀掉嗎？她不甘心！

「不走也得走，為父替妳尋了一個好去處，妳在那裡度過餘生吧。」慶王心痛。梅兒都要做曾祖母的年紀，還落到如此地步，他只恨自己為何要長壽，要是和皇兄弟們一樣早早逝去，是不是就不用看到這樣痛徹心腑的畫面……

同時又慶幸自己能活這麼久，否則梅兒這條命哪裡能保住？陛下是看在他的面子上，才讓梅兒撿了一條命。

他佝僂著，一瞬間老如朽木。

梅郡主被慶王強行帶走，隨著他們離開的還有常遠侯寫的一封休書。

這個結果，趙家人還是很滿意的。

趙家人一走，留給常遠侯府的全是難堪。

趙燕娘很得意，平家虧欠自己，以後在平家她就可以橫著走，有了侯爺的保證，就算不能生養又如何？

她想起早上喝的血燕，吩咐下人們將原本給平寶珠準備的分例都熬給她。

平寶珠沈浸在母親被休的痛苦裡，聽到趙燕娘如此欺負人，氣得去找常遠侯。

常遠侯閉門不見人，平寶珠氣苦，鬧著要收拾東西回翟家。

可是世子一家在屋裡商討對策，哪裡顧得上她？她見沒個人出來阻攔，磨磨蹭蹭地收拾行李，又是罵又是怨的，弄了半天，東西也沒有收好。

趙燕娘派劉嬤嬤過來問她，什麼時候替她備車。她賭著氣，讓婆子們將東西搬到馬車上。

馬車還未走，翟家就派人送信來。

平寶珠滿心歡喜，猜想著是夫君送來的，待一拆開，只見一封休書，理由十分充分，七出之大忌，無子。

趙燕娘笑到忘形，看著她灰溜溜地又讓人將東西搬回來，嘲諷道：「姑姑不是要回翟家嗎？怎麼又不去了？」

平寶珠氣得咬牙切齒，暗罵翟家落井下石，也沒有細想，梅郡主剛被休，翟家就送來休書，時辰這麼巧，就像是算計好似的。

「這是我娘家，我想住到哪時就住到哪時。」

「哼，嫁出去的姑娘潑出去的水，哪有被休的女子死皮賴臉地留在娘家的？不過也難怪，誰讓妳不能生，怪不得被休，以後就算再嫁也難。」趙燕娘見她還擺著譜，滿臉不高興。

平寶珠被戳到痛處，也反譏。「妳還不是一樣不能生養，有什麼資格嘲笑別人。」

「我和妳不同，妳可別忘了，我是被郡主下的藥。平家欠我的，誰敢休我？」趙燕娘得意地笑著，扭了扭腰。「姑姑，妳以後要想在府裡過好日子，就要討好我，否則的話……」

「妳……不知恥的賤人！」

趙燕娘衝過來，一把抓住她，張手就是兩巴掌。「妳罵誰呢？那是妳娘陷害我的，妳娘是個什麼德行，有其母必有其女，妳和她一樣。」

平寶珠被打得有些發懵，從小到大，她都是萬般寵愛長大的，在夫家也是唯我獨尊，誰知道竟被這麼一個賤人給打了。

以她的脾氣，哪裡能忍？兩人扭打起來，下人們不敢勸阻，有人去請世子夫人。

世子夫人頭都是大的。府裡出了這樣的事，婆母被休，而且扯出誣陷皇后生母一事，皇后定然會知曉，不知以後會不會還護著侯府？再說婆母被休的原由實在不光彩，京中的人都是成了精的，不知會怎麼看他們。

可憐她的湘兒，嫁入東宮後，要是皇后不聞不問，日子可怎麼過……

府裡現在一團糟，那兩個蠢東西還有心思打架，她懶得管，說自己頭暈不舒服。

平寶珠很快就落了下風，趙燕娘本就壯實，加上最近又長胖不少，嬌生慣養的平寶珠哪裡是對手，被她按在地上打。

趙燕娘越打越來氣。要不是梅郡主，她哪裡會不能生孩子？等常遠侯趕到時，平寶珠已經沒了人樣，哭哭啼啼的，趙燕娘也好不到哪裡去，頭髮亂糟糟的，像個瘋子。

「祖父，姑姑方才罵我不能生養，還說我是賤人，我氣不過。」常遠侯的臉陰沈著，終是沒有責備她，命人扶平寶珠回去。

平寶珠嚷著。「爹，你可要替我作主！世上哪有打姑姑的姪媳婦，簡直是反了天。這樣的媳婦我們侯府哪裡容得下……」

「妳給我閉嘴！」常遠侯怒喝著，揮手讓人趕緊帶她下去。

他剛才也收到翟家的書信，書信中說家中小妾們大鬧，說她們被寶珠灌過紅花，請來大夫一查，果真如此。查著查著，不知怎的扯出有個小妾心存報復，偷偷給寶珠下了絕子藥的事。翟家人大怒，將那惡毒妾室打殺，寶珠這媳婦他們也不敢再要，請他諒解。

寶珠十多年無所出，翟家要休她，也在情理之中。女兒有錯在先，他不會去翟家討要說法，何況今天發生的事太多，他的腦中還是亂的。

「妳這樣子成何體統，趕緊回去。」他皺著眉，對趙燕娘道。

趙燕娘出了一口氣，心裡痛快，爽快地退下去。

雉娘和鞏氏各自回到自己府中時，梅郡主被休的消息已經傳出來。

胥老夫人搖搖頭，對雉娘道：「她那性子，以前就太霸道，落到如今下場，也是咎由自取，怨不得旁人。只是可憐妳外祖母，要是能等到這一天，該有多好。」

「因果循環，天道輪迴。我的外祖母或許已經投胎轉世，過著安樂美滿的日子，常遠侯府的這些糟心事，都與她無關。」

胥老夫人定定地看著她，笑著拍拍她的手。

從第一眼起，老夫人就看出她是個通透的孩子，今日這番話，換成其他人，可能也想不到。

「好了，妳累了一天，趕緊去歇息吧。」

「是，祖母，孫媳告退。」

回到自己的院子裡，隨便洗漱一下，便讓海婆子去灶下要一碗碧粳米粥。

今日在侯府，連半口水都沒喝過，她是很餓，現在卻覺得有些餓過頭，反倒不太想吃飯，喝點粥最好。喝完粥後，她靠在榻上小憩，腦子裡想著在侯府發生的事。

她已經無比肯定，其中有皇后的手筆，一樁樁一件件，環環相扣。皇后終是不甘心，要替母報仇。

最後常遠侯讓人給趙氏請脈，她隱約猜到是為什麼。

怪不得慶王會來得那麼快，定然是宮中有人發了話。梅郡主當年給皇后也熬過類似的補湯，皇后可能心思謹慎，又想瞞天過海，於是身為丫頭的趙氏就代主受過。這樣也就能解釋得通，為何趙氏不過是個丫頭，還能嫁給段大人。

皇后對於趙氏，榮寵有加，比起其他女官都要厚重。誰知就是她信任的趙氏，使了手段換了孩子。

接下來，皇后要收拾的就是趙氏吧？

雉娘迷迷糊糊地想著，睏意襲來。

晚間，胥良川回來時，她才轉醒，和他說起白天發生的事，無比感慨。

胥良川一整天都關注著侯府的事，早就得到消息，一點也不意外。

前世裡，梅郡主就沒有好下場。那時皇后記恨的，應該只是早年在侯府裡生活的艱難，登上高位後意難平，於是在暗中操作，等二皇子登基後，梅郡主才暴病身亡，並未被休。今生多了身世一事，皇后自然不會像前世一樣，給梅郡主留體面。

梅郡主一生霸道慣了，仗著出身向來都是做事無所顧忌，可能想不到皇后會對付自己。

假如皇后和前世一樣謀算成功，二皇子登基，那麼侯府會徹底沒落。

他對於皇后和二皇子，要說深仇大恨，那是沒有的。前世裡，皇后母女打壓胥家，卻也沒有太過狠絕，胥家的閬山書院一直都在，只不過在朝中無立足之地，談不上血海深仇。

這也是他重生後，一直冷眼旁觀的原因。只要胥家能和趙鳳娘、趙燕娘撇清關係，就不會重蹈覆轍。

唯一沒有預料的是雉娘母女的存在，因為她們，今生的一切都改變了。趙鳳娘和趙燕娘都不是皇后的親女，也不可能會和前世一樣受到皇后母女的庇護。

反倒是他，前世千方百計地避娶皇后以為的親女，今生卻真的娶了皇后親女，心甘情願，沒有半點為難。

他看著剛剛睡醒的小妻子，她的臉紅紅的，矇矓大眼還帶有一點迷茫。

雉娘睜眼看到他，道：「夫君，你估計得沒錯，此事就是針對梅郡主去的。梅郡主已經被休，還被皇室除名，以後都不會出現在京中。」

他挨坐在榻邊，理了理她有些零亂的髮絲。「嗯，她被皇室除名，王府也是不能待的。慶王替她尋了一個隱蔽避世之處，在那裡度過餘生。」

「其實這件事，常遠侯也有錯，只不過世人不會苛責男人罷了。」雉娘感嘆一句。

要是常遠侯當年對外祖母多一些信任，也不會發生休妻的事，更不可能迎娶梅郡主進門。就算男人不能容忍妻子出軌，憤怒之下休妻，也該善待親生女兒，而不是貶嫡為庶，由著繼室搓磨。歸根究柢，常遠侯也要負些責任。

胥良川輕笑一下。小妻子的心思真多，這話裡似有提醒他的意思。不過他不是常遠侯，就算有一天她被人冤枉，他也會相信她。

「常遠侯自然是有錯的，經此一事，常遠侯府元氣大傷，想要重振門楣，估計是不太可能。」

常遠侯世子本就是碌碌無能之輩，平晁肖似常遠侯，以前倒還有些好苗頭，經過娶親一事，太子對他十分微妙，說是信任也談不上，說不信任也不像。總之，他在東宮的地位頗有些尷尬。

太子不重用他，二皇子更不可能倚重他，無論是太子還是二皇子登上高位，他都不可能成為心腹重臣，也就注定平家的沒落。

皇后娘娘走了一步好棋。平晁的妻子是趙燕娘，以後侯府的內宅，還不知要鬧出哪樣的事？

第七十八章

段府的後院裡，趙氏和趙鳳娘姑姪也在琢磨今天的事。

趙氏有八成的把握，可以肯定侯府發生的事情是皇后做的局。她隱隱有些不安，要真是皇后做的局，也就證明皇后對段府發生的事情瞭如指掌，心裡一陣發寒。

曲婆子和木香在府裡關著，都被人給悄悄放出去，到現在都查不出是誰，難道府裡也有皇后的人？

「鳳娘，今天的事情妳怎麼看？」

「姑姑，鳳娘想著，燕娘的事情只不過是個引子，目的就是扯上梅郡主，翻出陳年舊事。雉娘說的話，句句都想往她外祖母的事情上套，妳說她會不會是知情的？」

趙氏眉頭皺得老高。她想起昨天在趙宅時，雉娘這丫頭對曲婆子和木香失蹤的事情不以為然，也起了疑。難道她想錯了，事情是雉娘弄出來的？

要是雉娘做的，倒也說得通，雉娘是知情人。

她最近不太踏實，總是自己把自己嚇得心驚肉跳。私心裡，她希望事情是鞏氏母女弄出來的，目的就是為報復梅郡主。雉娘現在嫁到胥家，有胥家人撐腰，弄出這樣的動靜倒也說得過去。

趙鳳娘看趙氏臉色陰晴不定，叫了幾聲，趙氏都沒有應，她又大聲喊了一下，趙氏才回過神來。

「姑姑想什麼，這麼入神？」

「沒什麼，我在思量妳說的話，好像也不無道理。」

趙氏敷衍著，想到燕娘，又否認了鳳娘的說法。出了這件事，最後得利的人是誰？毫無疑問，是燕娘。可能是燕娘被梅郡主下藥的事，無意中讓皇后得知，皇后才想出這麼個主意，一箭雙鵰，逼得平家休掉郡主，還挑明燕娘不能生養是郡主害的，迫使平家不能以無子休掉燕娘。

皇后這是為燕娘出頭，還順便鏟除梅郡主。

趙氏這樣想著，心裡舒服了一些。只要皇后認定燕娘是當年那個孩子，就算燕娘再蠢，她都不害怕。就怕……

不會的，沒有人會知道的。

趙氏給自己打氣，讓趙鳳娘回去休息。大家都累了一天，乏得不行。

她正要脫衣就寢，宮中秘密來人，請她進宮。

一進德昌宮的門，迎面飛來就是一個茶杯，砸在她頭上，頃刻間鮮血直流。她不敢捂著，任憑血流得滿臉都是，模糊一片。

皇后鐵青著臉坐在寶座上，指著她。「柳葉，妳真是讓本宮太失望了！本宮問妳，燕娘在妳的府裡出嫁，怎麼會出現那樣的事？妳竟還縱容自己的繼子染指她，有沒有將本宮放在眼裡？」

「娘娘饒命，奴婢罪該萬死，沒有護好燕娘！」趙氏顧不得額頭上的痛，「咚咚咚」不停地磕頭。

「妳確實罪該萬死，本宮錯信於妳。」

趙氏的心漏跳一下，後背冷汗直流。

「燕娘差點就要背負污名，幸好她還算機靈。妳說本宮要如何罰妳？」皇后的語氣略緩，冷聲問道。

趙氏的心緩了緩，覺得裡衣肯定打濕了。聽皇后的話語是認定燕娘，她好像魂魄歸位，心神大定。

「娘娘，您怎麼處罰奴婢都行。」

皇后的眼裡全是冰冷，俯視著她。「這話可是妳說的，妳有負本宮所託，本宮自然要罰。」

最後，趙氏被隔衣打了十板子，全是悶板子，不青不紫，用的都是巧勁，打在要害上，隔天才會感覺像骨頭散掉一樣。

趙氏知道這板子的厲害，同時心裡也鬆口氣。

臨出宮時，琴嬤嬤多了一句話，說皇后很想念鳳娘。

趙氏心領神會，隔日倒臥榻上爬不起來，鳳娘來侍疾時，說起皇后，讓她過些日子進宮看皇后。

趙鳳娘應下。「姑姑怎麼突然就病了？」

「沒事，就是被侯府的事情給氣著了，休養幾日就行。」趙氏側躺著，慈愛地看著她。

趙鳳娘眼神無波，似是相信了她的話。出門後，臉色就變了。

姑姑在騙她。

昨天夜裡，她明明看到姑姑跟著宮裡的太監進宮。為什麼今日就病得不能起身，而且姑姑也沒有請大夫，不像是生病的樣子，反倒像是受了刑，爬不起來。

她仔細地揣測著，想起宮中曾有一種刑罰，打在人身不見傷，卻能讓人痛得下不了床。莫非姑姑昨日進宮是去受罰？

可是皇后為什麼會罰姑姑，姑姑還不敢聲張？難道是怪姑姑沒有看好燕娘，導致燕娘婚前失貞？

雖說失貞一事被否認，但以皇后的精明，不難猜出事情真相。

皇后是怪姑姑讓常遠侯府蒙羞？不，不是的。

她心裡否認。從前她經常出入宮中，皇后對她寵愛有加，是從什麼時候變了呢？是家裡人從渡古進京，燕娘和雉娘一同進宮後，所有的事情都在改變。

從那時起，皇后看她的眼神再也沒有以前疼愛，反倒是雉娘得了好處。雉娘是皇后的親外甥女，得些恩寵也無可厚非，關鍵在於燕娘。燕娘使計嫁入侯府，皇后居然沒有怪罪，著實可疑。

她前些日子私下了解過一些事，無意中得知皇后在祝王府當側妃的事，心裡已經有所懷疑。

姑姑最近也有些神神秘秘的，老是走神，難道真的如自己想像的那樣？她的心思本就玲瓏，在宮中浸染多年，對於宮廷秘聞和後宅陰私都不陌生。她的心裡已經隱隱約約有答案，不過是要再次確認而已。

她蹙著眉，走在園子的小道上。

府裡的燈籠都亮著，滿院的昏黃，她的手指甲深深地陷進掌心中，越發肯定心中的猜測。

如果真是那樣，太子的地位就岌岌可危……不過對她來說，何嘗不是個天大的機遇，她必會助太子一臂之力，以後太子成事，自會記得她的功勞。

次日，正月初四。

從正月初三到正月十五以前都是走親的好日子，鳳娘一早給趙氏請過安後，就告知趙氏，她要去胥府。

趙氏點頭，鳳娘和雉娘是姊妹，姊妹之間走動是常理。

雉娘對趙鳳娘的到來略有些驚訝，不過很快反應過來，將人請進門，引著她去拜見祖母和婆母。

見過禮後，胥老夫人請她入座。她坐在雉娘的旁邊，面帶微笑。

雉娘觀她舉止得體，今日的穿著打扮也顯得端莊規矩，簡單大氣的瑩藍筒袖束身長裙，只有裙襬處的繡花是一些淺色蘭草。頭上也沒有銜珠鑲玉的首飾，唯有鏤金雕花的簪釵。

常。她一言一行都很穩重，一分不差，坐在春凳上，雙手疊放在膝上，含笑地和胥家人話家

「也是我來得冒昧，沒有和三妹通氣。想著一家子姊妹，若和旁人一樣，登個門還要下帖子，顯得有些生分。」

胥老夫人微微一笑。「姊妹之間走動，的確不用理會那些個虛禮。」

趙鳳娘感激地點頭。「婆婆對老夫人是仰慕已久，本來今天也會來的，可是卻因為燕娘的事情引發舊疾，不能前來。」

昨日侯府的事，滿京城都傳個遍，梅郡主被皇家除名，不知慶王將她送到何處。侯府裡亂成一團，世子夫人又病了。

所以才說娶妻要娶賢，高門大戶養出來的女子也不過如此，不是專橫跋扈就是太嬌弱，一有事情就病倒，半點也撐不起來。

「此事讓人不勝唏噓，誰能想到梅郡主竟是那樣的人。」胥老夫人嘆口氣，對趙鳳娘道：「妳勸著妳婆婆一些，身子最要緊。」

「鳳娘會轉告她的。」

見過長輩，雉娘就帶著鳳娘去自己的院子。趙鳳娘打量得仔細，語氣欣慰。「胥府不愧是百年書香世家，院子裡古樸清幽，下人們也守規矩。我們這一路走來，沒有正面碰到一個下人，真真是好家教。」

雉娘笑了笑。鳳娘這話說得不假，胥家的下人話少又不礙眼，各司其職，沒有什麼是

非。可能是因為主子少，府中男人們立身清正，沒有姨娘小妾，就只有幾個正主，難起事端。

趙鳳娘心裡飛快閃過一絲嫉妒，很快便湮滅。段鴻漸整天和小妾廝守，她雖然不在乎，卻還是被那些男女調笑的聲音吵得有些膈應。

「我們姊妹幾人，還是雉娘有福氣。胥府有祖訓在，胥大公子身邊僅三妹一人，夫妻恩愛，相敬如賓。」

「大姊才是好福氣，婆婆就是親姑姑，妳又自小長在姑姑身邊，情同母女。大姊夫再如何，也不敢怎麼樣。」

趙鳳娘輕輕一笑。她和段鴻漸是怎麼回事，只有他們兩人清楚。她現在過的日子和出嫁前沒有任何區別，在心裡，她從來都不認為自己是嫁過人的。

「咱們就別說這些事了，看到妳過得好，我這心裡比什麼都受用。我是妳大姊，凡事都是為妳著想的，我此次來，還有另外一件事。」趙鳳娘拉著她的手，語氣真誠。「雉娘，現在我們都已經嫁人，不能像在家裡做姑娘時那般任性，人情往來，結交閨友都是一個官家夫人要做的。」

雉娘不動聲色地抽開手，笑了一下。「大姊有話不妨直說，我們家從渡古搬到京中，說實話，在京中確實不認識幾個人。」

「我指的不是京中的，京中的可以慢慢結交，但以前的舊識也不能冷落。我知道妳和方家大小姐之間或許有些芥蒂，可再怎麼說，我們也是同鄉。世事難料，誰又能知道別人將來的際遇。相信妳也聽說了，方家大小姐頗受皇后喜愛，妳知道這意味著什麼？」

雉娘臉上的笑意加深。「大姊，誰說我和方大小姐之間有芥蒂的？我與她本就不熟，何來矛盾？這話也不知從何說起。」

「沒有那就最好，我打算過幾日邀請方家姊妹作客，到時候妳也一起來吧。」

「大姊，我初為人婦，婆婆也不是親姑姑，胥家事情不少，恐怕不能前去，望大姊見諒。」

趙鳳娘無奈地搖頭，一臉不贊同。「雉娘，以後……說不得妳還要仰仗她，又何必弄得如此難堪？」

「大姊這話我不贊同。我是胥家媳，萬事都有自家夫君頂著，我還需要靠著誰？方靜怡以後無論有什麼造化，和我有什麼干係？」

兩人對面坐著，雉娘直直迎著趙鳳娘探尋的眼神，不躲也不避，嘴角還帶著淡淡笑意，彷彿真是在閒話家常。

趙鳳娘很快就別開眼，輕嘆一口氣。

「妳就當我是想多了吧。大姊也是為妳好，既然妳不願意，也不用勉強。只是以後萬一見著，面子工夫要做足。」

雉娘暗自好笑，趙鳳娘是想拿自己去向方靜怡示好，所圖為何，她心知肚明。

「大姊的好意我心領，大姊可能也清楚，我自小性子弱，人也不機靈，好多事我都不明白怎麼回事。方大小姐對我可能有什麼誤會，我從來都不知道我們之間有芥蒂，也許她是因為我娘的事才會有什麼想法。」
「或許是如此吧，是大姊多心了。」
趙鳳娘暫且擱置這個話題，隨口問道：「妳和大公子處得還好嗎？」
「大姊不用擔心，胥家人對我都很好。」
「那就好。我聽說胥大公子最近極少去東宮，這可不行。不能因為忙於讀書而忘記大事。太子可是儲君，不在這時候多在他面前露臉，以後就算再有才幹，在太子的心裡，也比不得一直親近的人。」
趙鳳娘的臉帶著淡淡的擔憂，語重心長。「雉娘，大姊知道妳不懂這些事，但妳仔細想想，大姊說得在不在理？想必妳也知道，文師爺進京後和太子走得極近，文家論底蘊，也是不差的。萬一以後……所以雉娘，妳記得要多勸勸大公子。」
「大姊，男人的事情我不懂，夫君要如何做，自有他的道理。大姊也是，男人們在外面的事情妳少操心，管好內宅才是要緊的。大姊夫……那小妾妳可不能掉以輕心，要是真讓她不小心有了身子，段家會被別人笑話的。」
趙鳳娘一噎，雉娘這是用話堵她。
雉娘果然是有幾分心計的，有心計的女人她不怕，她就怕像燕娘那樣的蠢貨，只知道壞事。要是雉娘真是個聰明的，就該清楚她說的都是最有利的。
「雉娘，大姊覺得男主外、女主內，這話不假。可是男人們再厲害，也有思慮不足的時候，女人們就該從旁提醒，夫妻同心，才能興家。」

「夫妻同心？大姊和大姊夫同心嗎？」

趙鳳娘瞳孔一縮。她和段鴻漸不是夫妻，為何要同心？

「雉娘，男人們養個妾室什麼的，不過是圖一時新鮮，我與妳大姊夫自然是同心的。」

「大姊能這樣想最好。初聽到大姊夫納妾之事，我很氣憤，娘也很生氣，還想去段家找姑姑為妳討公道，是父親攔住她，說納妾之事是妳張羅的。我一直以為大姊是無奈之舉，沒想到大姊如此想得開，倒是我白擔心一場。」雉娘似鬆口氣般，放鬆一笑。「方才聽妳說姑姑又病了，我這裡又走不開，等下我讓人備些藥材，妳幫我帶回去給姑姑，也算是我這個姪女的一片心意。」

趙鳳娘點頭，她小看三妹了。三妹妹插科打諢，半天一句有用的話都沒說到，反倒刺得她心裡極不舒服。

看太子的做法似乎是想重用文家，疏遠胥家，她此行可能是多此一舉，只不過抱著試試的態度來拉攏一番。

看來胥家不會提前動作，不過有她和雉娘的關係在，大公子又曾是太子的伴讀，這些關係從外人看來，都會將他們視為一體。

趙鳳娘想著，就沒再聊男人們的話題。雉娘喚來海婆子，讓她去庫房多挑些藥材補品，等下送到段家。

趙鳳娘眼一眯，問道：「三妹，妳這婆子看起來不錯，似乎是在大戶人家待過的，不知她以前是做什麼的？」

「沒錯，她以前是在京外大戶人家待過，之前的主家家敗，碰巧我出嫁前要買陪房，就買了下來。」

趙鳳娘沒有再問，又閒聊幾句，雉娘留飯。

第七十九章

飯後，趙鳳娘帶著雉娘送的東西回了段府。臨行前，趙鳳娘邀雉娘明日一起去平家。昨日侯府雖然出了大事，可也不能少了姻親走動。

雉娘應下，神色複雜地目送著她的馬車遠去。胥老夫人拄著柺杖，出現在身後。

「她不是專程來拜年的吧？」

「祖母怎麼知道的？」

胥老夫人笑起來，帶著一絲孩童般的得意。「祖母我什麼樣的人沒見過？妳這個大姊規矩什麼的，旁人挑不出半點錯。妳看她，被奪了縣主的封號，又被妹妹搶了親事，還能如此平靜，要麼就是真的淡泊之人，要麼就是城府極深之人。依祖母看，她是後者。」

「祖母您猜得可真準，她呀，打的是什麼算盤，我不想知道，但是她的話，我卻不敢苟同。她讓我勸夫君，應該常去東宮在太子面前露臉。」

胥老夫人的臉色冷下來，哼了一聲。「所圖還不小。內宅婦人妄想染指朝政，著實可笑。她野心不小，妳以後少和她來往。」

雉娘乖巧地攙著她。「孫媳明白。」

私下裡少來往，但明面上，她們還是姊妹，為了名聲也要裝作是一家人，這也是她答應明天去看燕娘的原因。

晚間和胥良川說起此事，胥良川冷冷道：「由著她折騰，妳要是不想去就別去。」

「不，我要去。我不能讓別人有藉口來攻擊我。我雖不惹事，但事情到頭上，我也不怕事。」

她的臉色平靜堅定，就像初遇時一樣。

胥良川眼神幽暗。這幾天，他都陪著父親應酬官員之間的來往，春闈後他就要出仕，一些官場上的人也都要見一見。

「明日記得帶上青杏，烏朵也一起帶上，不可讓她們離開半步。我會派人一直守在侯府門口，一有不對勁，讓人出來報信。」他細細叮嚀小妻子。

雉娘心裡受用，自然答應。不用他吩咐，她也會小心謹慎，明日去看趙燕娘，那可是個沒有底線的人，誰知道會不會出什麼下三濫的招數。

再加上趙鳳娘，敵友未明，世間姊妹，做成她們這樣子的也是少見。

心裡這般想著，嘴卻噘起，嬌聲道：「聽你這麼說，別人還以為我是去龍潭虎穴。不過是走個親戚，搞得像上戰場一般。」

胥良川凝眉，看著她嘴上在撒嬌，手指卻在首飾匣裡扒拉，比著兩根金簪，似乎是在看哪支更鋒利。

他想起初見時，這小姑娘手中的簪子又尖又利。

果然，她在另一個匣子裡找到那支簪子，高興地劃拉兩下，插到髮髻中。「幸好帶來了。還是這支稱手，金子做的就是太軟，不如銅的堅硬。」

她的面龐籠罩在燭火中，絕美又豔麗，如惑人的妖花，引人採擷。

他輕輕地將她摟在懷中，修長的手指從她的領口處伸進去，聲音喑啞。「記得多穿一身衣裳，火摺子和鹽巴就不用了。」

她嬌嬌地笑著。他對初見時的事情記得可真清楚。

一室生春，暗香湧動。

翌日，雉娘和趙鳳娘前往常遠侯府。

世子夫人病倒，燕娘當家，聽到雉娘和鳳娘上門，喜笑顏開。如今她可是當著侯府的家，正好趁此機會顯擺一番。

下人們將她們領到趙燕娘的院子，就見她昂著頭站在院子中，頭上的首飾金光閃閃，堆得滿頭都是，日頭一照，刺得人睜不開眼。她的臉上敷著厚重的粉，眉毛依舊是畫得粗粗的，像兩條黑蟲子，嘴唇猩紅，跟吃過人似的。在她的身後，跟著一大群丫頭婆子。

「燕娘這是做什麼？」鳳娘疑惑地問道。

趙燕娘自得一笑，頭上的珠釵也跟著晃動。「沒有什麼啊，在侯府裡，我一直都是這個樣子的。我堂堂的少夫人，整個侯府下人都得聽我的，這不聽到妳們上門，我特地出門來迎接，怎麼？大姊不高興嗎？」

雉娘只想發笑，趙鳳娘被燕娘愚蠢的行為氣得不輕。

「妳讓她們都去幹活吧，都杵在院子裡像什麼樣子？」

「這是侯府少夫人該有的氣派，大姊這就不懂了吧！也是祖父器重我，讓我管著侯府，兩百多個下人呢，哪裡是段府能比的？段府也就五、六十個下人吧，難怪大姊沒有見過。」

趙鳳娘本來溫婉的臉都繃不住了，眼神如刀，看著趙燕娘不說話。

趙燕娘嘲弄一笑，手一揮，下人們就作鳥獸散。她扭著腰，走在前頭。

雉娘和鳳娘進屋。前日事情太亂，都沒顧得上好好打量燕娘的房間，這一細看，頗有些不太對勁，比如說多寶槅上沒有一樣金器玉器，檀木底足上只是普通的碗碟，不倫不類。帳鈎是一隻展翅的雀鳥，可鳥的翅膀沒了，就剩下鈎子形的身子。

燕娘見她們打量多寶槅，臉上的笑意更深，得意道：「妳們可能沒有見過，原來這架子上擺的東西那可都是寶貝，我怕下人們粗手粗腳，就將東西都收起來了，放些碗碟，也很好看。」

趙鳳娘深深地吸一口氣。「燕娘，放碗碟像什麼樣子。」

「我想放什麼就放什麼。」趙燕娘昂著頭，對身後的劉嬤嬤道：「妳去看看，湘姊兒怎麼還不來，我娘家姊妹上門，她一個做小姑子的還不過來見見。」

劉嬤嬤的眼神快速地和趙鳳娘對視一眼，低頭出去。

不一會兒，平湘氣呼呼地來了。本來她是不想來的，是世子夫人讓她來，還勸她，以後嫁入東宮，可不能讓別人挑出錯來，況且還有胥家的少夫人，怎麼也得來一趟。

平湘進門後和雉娘、鳳娘見禮，然後匆匆告辭。

燕娘哼一聲。「我就沒見過誰家的小姑子有這麼譜大的，也就我氣性好，由著她，要是一般的嫂子，哪有這麼好說話。」

趙鳳娘的臉已經冷得不能再冷。「燕娘，妳雖是她的嫂子，可妳別忘了，她是未來的太子妃，哪是妳可以拿捏的。」

「太子妃又怎麼樣？太子都不怎麼樣。」趙燕娘有些火大。她想顯擺一番，這鳳娘是怎麼回事，還以為自己是縣主呢，句句都在教訓她。

「妳說什麼？太子都不怎麼樣，好大的口氣。燕娘，這話可不能被人聽去，妳以後說話謹慎些，小心禍從口出。」

趙燕娘臉上帶著一絲隱蔽的得色，撇著嘴。「我才不怕呢，真要論起來，太子也不見得有我金貴。」

雉娘和鳳娘同時心一沈。

趙鳳娘暗道，不會燕娘這個蠢貨也看出點什麼，所以才口出狂言。她慢慢回想著，好像燕娘確實是越來越張狂，保不齊……如果燕娘真的知道一些真相，那麼以她這作死的蠢性子，說不定什麼時候就會抖出去。到時候，事情將會一發不可收拾。

太子的身分不能有變，他正統嫡出的事情一旦有假，儲君之位就會動搖。再說以皇后的性子，既然敢留著姑姑，就是有萬全的準備；就算燕娘說出去，皇后也能推得一乾二淨，到時候太子名聲受損，跟著遭殃的是燕娘，還有受燕娘連累的趙家眾人。

不行，她絕不能讓這樣的事發生。趙鳳娘的眼裡全是冷意。

趙燕娘一無所覺，還在繼續說著自己是如何金貴。「我們常遠侯府是什麼身分，那可是京中第一府，將來我就是侯夫人。平湘當了太子妃又如何，還不得要靠著娘家，她要是個懂事的，就該知道好好討好我。」

趙燕娘把自己說得心裡都樂開了花。平寶珠被休，還想去宮裡鬧，被侯爺給攔下來，也不知侯爺說了什麼，平寶珠垂頭喪氣地回了屋。

這侯府，現在就是她作主。所有東西都是她的，她哪裡願意將那些金貴的東西擺出來給別人看，都被她收到自己的庫房裡。帳鈎上的鳥翅膀也是她掰下來的，那可是真金子呢。

趙燕娘因為得意，聲音帶著讓人難受的尖利。

雉娘之前一句話都沒接，低頭坐著，看著自己的手，聽出方才燕娘話裡的意思，想著難道燕娘也看出點什麼來？這可不好，趙燕娘並不像趙鳳娘和趙氏，趙燕娘是個嘴沒把門的，萬一被她捅出去會引起大亂。

她有些擔憂起皇后。要真是被有心人聽到，皇后怎麼辦？陛下會不會起疑心？

「二姊，大姊說得對，妳這話說得誅心。真被別人聽去，莫說是妳，就是侯府和趙家都會被妳牽連，以後還是莫要這樣說話。」

趙燕娘不以為意地笑起來。「怕什麼啊，真被人聽到又怎麼樣？妳們怕，我可不怕的。」

她話說到這個分兒上，雉娘和鳳娘心中都同時明白，燕娘確實知道點什麼。

雉娘一臉焦急，似乎真的在為趙家擔心，鳳娘不動聲色地用眼角餘光看她，放下戒心。

看來雉娘並不知情。燕娘這個蠢東西，再說下去，連雉娘都要起疑心了。

趙鳳娘忍著氣，對燕娘道：「雖說現在侯府是妳作主，可是我聽說世子夫人病倒，妳作為兒媳婦，為表孝心，應該要去侍疾。」

「我可沒那個空，整個侯府都等著我來安排呢。再說她不是有親女兒嘛，兒媳哪有女兒親，還輪不到我去侍疾。」

「妳去做個樣子也行，哪有婆婆病著，媳婦不去看的？還有平家的姑奶奶，現在住在娘家，妳作為姪媳婦，也該多去陪陪。」

燕娘聽鳳娘提起平寶珠，冷哼一聲。

趙鳳娘冷著臉道：「妳的事情多，我和雉娘就回去了。」

此舉正中雉娘的意，她也不想留在這裡聽趙燕娘說蠢話。以前趙燕娘雖蠢，卻沒有如今這般狂妄。

兩人出門，趙燕娘連送都不送，剛走出院子，正巧碰到從外面回來的平晁。平晁愣住。他沒想到會碰見鳳娘，看著朝思夜想的人兒，心中苦澀。

不知是誰喊了一句大少爺回府，屋裡的趙燕娘急忙奪門而出，喜出望外地看著平晁，見他直愣愣地盯著鳳娘，立即臉色就陰下來。

「妳們怎麼還沒走？夫君回來了，趕緊進屋吧。」

平晁厭惡地皺眉，對她的話置之不理。

鳳娘低頭輕聲說告辭，平晁的眼睛還跟著，趙燕娘心頭火起，衝上前來。

「別走！怎麼，你們當我死人哪，在我面前還眉目傳情，勾勾搭搭的。趙鳳娘，妳可真好意思，以前和太子卿卿我我的，現在連親妹夫也不放過，虧得以前別人還誇妳守禮，我呸！」

趙鳳娘不理會她，拉著雉娘穿過園子，步子加快。

平晁的心裡既痛苦又難堪，眼見佳人的身影消失不見，心裡一陣失落，看到罪魁禍首，更加痛恨，對趙燕娘吼道：「趙燕娘，妳嘴巴放乾淨些！」

「我嘴巴哪裡不乾淨了？你們做得出來，還怕我說啊！我就說你這見天的不碰我，不拿我當妻子，原來是惦記鳳娘啊！你可別忘記，我現在才是你的妻子，她不過是段家的媳婦，你們真要做出什麼醜事，我就給你鬧出去，看看誰最後沒臉！」

平晁臉色鐵青，脖上青筋暴起。

前日發生的事，他怎麼可能會不知道？就算那兩個死奴反水，不肯承認之前說過的話，他心裡清清明明，那夜的記憶自己不願去回想，卻也是隱約有印象的，趙燕娘分明就是個破爛貨！這破爛貨害得祖母被休，母親病倒，還有臉大呼小叫，讓他吃個大悶虧，還有氣無處撒。

平晁的眼睛慢慢地瞇起。他可是侯府的大公子，曾幾何時，那也是要風得風、要雨得雨，京中世家公子見了都要讓三分，他想打殺一個人，何其容易，哪用得著像現在一樣投鼠忌器？

他的目光陰冷，邊想著邊拂袖離開，眼裡閃過殺意。

同時加快腳步拉著雉娘離開侯府的趙鳳娘，眼中也劃過一絲殺機。

雉娘和鳳娘兩人正欲上馬車，劉嬤嬤追了上來，向鳳娘行了大禮。「段少夫人，您最近可好？奴婢日夜掛念您，不想再待在侯府。奴婢本是少夫人的人，斗膽一問，幾時能回到您的身邊？」

她本就是皇后賜給趙鳳娘的，趙燕娘不過是借用，既然是借用，總有歸還的一天。

趙鳳娘最近差點忘記這事，後來一想，劉嬤嬤留在侯府，說不定也是一件好事。對於侯府的事，她都能打聽得到，於是也沒有主動要回。

她臉上帶著一絲為難之色。「我們主僕一場，要不是燕娘身邊無人，我哪會讓妳留在她身邊？且容我再想想法子將妳要回去，到時候派人來通知妳。」

劉嬤嬤千恩萬謝，退回侯府。

雉娘一踏進胥府的大門，就連忙讓人去請胥良川，見到他的第一句話，就是詢問如果趙燕娘也是猜出內情之人，要怎麼做？聽趙燕娘的口氣，就算不清楚全部內情，也是知道一二的，現在該怎麼辦？

胥良川並不意外。世上沒有不透風的牆，就算做得再隱蔽，也會被別人瞧出點什麼，只不過不用太擔心，因為趙鳳娘和趙燕娘確實是董氏生的。

且太子這個關鍵人物是最不願意身世曝光的人。側妃所出和通房所出，哪個身分更高，誰都能想明白，而且就算有人捅出來，證據呢？

趙氏除非是不想活了，才會出來作證，否則無論誰敢輕言此事，只會落下個造謠生事、動搖朝綱的罪名。

他安慰雉娘。「別擔心，以皇后的心計，她敢留著趙氏，就不怕趙氏將事情說出去，又何懼區區一個趙燕娘？趙燕娘真要是說漏點什麼，等待她的就是被滅口。」

雉娘自己也想過這點，但不怕一萬，就怕萬一。趙燕娘那個蠢貨，可是什麼都做得出來。

她滿臉擔憂，胥良川輕撫她的背，幽深的眼眸蓄滿寒光。

趙燕娘真是活得太久了！

第八十章

接下來的日子，雉娘哪兒也沒有去，就待在府裡，跟著兩位婆婆學習理家之道，閒時耍個葉子牌，倒也和樂。

京中貴女們舉辦了一個什麼詩會，雉娘有收到帖子，以要侍候祖母為由拒絕。聽說方靜怡在詩會中大放異彩，才名傳遍京城，皇后讚譽有加，一時風頭無二。

還有常遠侯府，陛下已下旨讓太子在元宵過後三天大婚，世子夫人終於從榻上爬起來，替女兒準備婚事。趙燕娘眼紅平湘的嫁妝，說世子夫人是要搬空整個侯府，鬧了幾次，被常遠侯訓斥。

平湘的嫁妝是自小備下的，因為要嫁給太子，侯爺又添了三成，不過是趙燕娘看到那麼多好東西都要從眼前飛走，心裡不痛快，故意誇大其辭。

很快便到了正月十五，京中重新熱鬧起來，街道巷子裡都掛滿花燈，城牆四角，各自為圈，舉辦燈謎會。

雉娘卻從一大早開始就有些懨懨的，好像沒有睡好，精神不濟。胥老夫人關切地問道：「可是昨夜失了覺？」

她搖搖頭。昨夜睡著並不晚，夜裡也沒有失眠，早起時卻覺得眼皮子有千斤重，不想睜開，身子也懶洋洋的，就想窩著一動不動。

本來前幾日，她還盼著正月十五，因為夫君答應帶她出去看燈會，猜燈謎。她沒有見過燈會，一直興致勃勃。

「祖母，我沒事的。」說著，她又打了一個呵欠。

胥老夫人的眼神精光大盛，終是什麼也沒有說，趕緊讓青杏扶她回去補覺。雉娘很不好意思，誰家孫媳婦大過年的還回去睡懶覺？

她不肯，胥老夫人佯裝生氣。「明明就沒有睡好，還要陪我這老婆子，萬一被別人看見，還以為我老婆子苛待晚輩。聽祖母的話，快去，晚上不是還要和川哥兒去看燈會，到時候無精打采的，豈不掃興？」

說著，胥老夫人對青杏和身邊的執墨使眼色。

雉娘拗不過她，只好由青杏扶著回房。

她一走，胥老夫人就笑開了花。看雉娘這模樣，怕不是……她在心裡默數著日子，從成親到現在快一個月，就算新婚之夜中的，日子也尚早，還是等過些時候再請大夫來把把脈。

要是真有了，今年年底胥家就要添丁進口，年夜飯桌上也能看到曾孫胖乎乎的小臉……她想著，老懷大慰，笑意溢滿臉。

執墨送雉娘出門，一踏進門，見老夫人笑得開心，問道：「老夫人，何事這般高興？」

胥老夫人神秘地搖搖頭。「眼下還不能說，我還是獨自偷樂吧。」

可終究還是沒能忍住，叫來大孫子，拐彎抹角地叮囑晚上去看燈會時，要注意扶著雉娘，還有夜裡莫要鬧，讓雉娘好好睡安生覺。

胥良川清冷的臉上有些不自在。祖母交代他照顧雉娘，他能理解，只是這晚上不要鬧是什麼意思？

胥老夫人見孫子滿臉不解，最終破功，滿臉興奮地道：「雉娘最近是不是老犯睏？我猜啊，怕是有了。」

有了？胥良川怔住，有什麼了？

很快，他便反應過來。莫不是……「孫兒明白。」

他的臉色看不出來喜樂，心裡卻如千軍萬馬踏過一般，想拚命嘶聲吶喊。歷經兩世，他也是有後的人了。

胥老夫人有些失望。這個大孫子什麼都好，就這張臉總板著，不知道的人還以為他不把雉娘放在心上呢！

「行了，你出去吧。莫要在雉娘面前露出端倪，萬一不是，就怕她多想。」她再叮囑一句。

「孫兒明白。」

胥良川從老夫人的屋子離開，走到門外，覺得今日的天氣格外好。園子裡的青柏也綠了一些，就連光禿禿的花圃，也像是要出新芽一般。

他快步朝自己的院子走去，掀開內室的珠簾，紅幔帳掛在金鈎兩邊，錦被中，露出一張如玉般無瑕的小臉，烏黑的髮絲鋪在枕頭上，長長的睫毛翹著，小嘴微嘟。

他輕輕地坐在榻沿，一眨不眨地望著熟睡中的小姑娘，視線往下移，隔著錦被定在她的小腹處。

那裡，真的會有他的孩子嗎？她如此嬌弱，真的會成為一個母親嗎？

前世裡，他情冷緣淡，對於女子並無什麼感情，也從未想過為了延續血脈而娶妻；晚年時，偶爾想起，只覺得愧對先祖，自己卻沒有什麼遺憾。

今生，他得到的太多，有她，將來還會有子有女。這個小姑娘，就是上天對他的恩賜。

雉娘睡得迷迷糊糊的，好像被人盯著，慢慢地醒過來。一醒來，就對上他深邃難懂的眼神，她有些不好意思起來。「我睡了多久，現在是什麼時辰？」

「不久，剛好午時，正好起來用飯。」

還不久，都睡到中午了。雉娘趕緊掀開被子，就要起身，誰知胥良川更快一步，將她抱起來。

她讓烏朵進來簡單梳洗後，青杏就從廚房傳了飯。

夫妻兩人用飯不必旁人侍候，她感覺腹中很餓，挾起一筷子雞肉筍絲，嚼了幾口，皺了皺眉。

胥良川問道：「怎麼了？」

「好像今日的茴香放得有些多，吃得滿嘴茴香味。」雉娘說著，不再吃這道菜，轉而吃其他菜，卻都嚐了一口便放下筷子，喝了一碗雞湯，就著雞湯吃了小半碗飯。

胥良川也將今日的菜一一嚐過，和平時一模一樣的味道，哪裡味重了？

「今日的菜都不合胃口嗎？」

「嗯，都有些味重，許是廚子調料放得有些多，等會兒讓烏朵去說一聲，明日不要再放許多。」雉娘喝完雞湯，又覺得胸口處有些悶。

胥良川神色未動，給她倒一杯茶，想了想，又換成蜜水。

雉娘沒有注意這個細節，喝過蜜水後，覺得好受一些。

飯後，她還是有些打不起精神，靠坐在軟榻上，腦子裡放空，也不知道想些什麼。

胥良川離開一會兒，去找胥老夫人討教。胥老夫人一聽，一拍桌子，笑起來。「這就沒錯了，有身子的女子，胃口就是會變得奇奇怪怪。你且不要聲張，待胎象穩了，再請大夫看脈。」

「可是，這吃不下東西怎麼辦？」

胥老夫人略思索一下。「這好辦，雉娘應該是味覺變靈敏了。我這就吩咐下去，以後她的飯菜不用任何調料，只放鹽，看看雉娘還聞不聞得到味道。實在不行，咱們再想法子。」

胥良川不懂這些，見祖母有法子，想著姑且一試。

天開始灰濛濛時，夫妻二人出門，胥良川扶著雉娘上馬車。馬車裡，鋪著厚厚的長毛墊子，他吩咐車夫駛慢些，不必趕路。

馬車行到南門城牆角，那裡已經掛滿花燈，遠遠望去，如長長的燈龍，看不到頭。街道兩邊都是賣花燈猜燈謎的攤子，行人擁擠，胥良川小心地扶著她，一隻手張著避開人群。

雉娘很興奮，感慨地看著眼前的美景，灰暗的天空在燈火的映襯下，分外空靈，雖然比不上前世城市裡幻彩斑斕的霓虹，卻透著溫暖的人間煙火氣。

她的水霧雙眸晶亮亮的，閃著興奮的光芒，小小的身子就要往前面擠。胥良川趕緊拉著她，穩住她的身形。

「慢些，不急。」

她笑了一下，開始觀賞起身邊的花燈來。

燈謎大多都是字謎，有好猜的，也有生僻的，她興致頗高，卻也不去參與那些猜字的，就站著看別人如何猜。

夫妻兩人逐個攤子地走過去，她的手被身邊男子緊緊牽著，滿心都是溫暖。這樣的生活，這樣的情景，前世就算作夢都沒有想過。

突然，不遠處酒樓上，有個人在朝他們揮手。胥良川個子高，一眼就認出是二皇子和韓王世子。

那家酒樓的門前圍滿了人，都在猜著最高處的花燈。花燈是一隻展翅的鯤鵬，酒家下面有文書，若能猜中鵬鳥上面的燈謎，賞銀十兩。

圍觀的人都躍躍欲試，皆沒有猜中。

二皇子和韓王世子已經下樓，很快擠到夫妻兩人身邊。二皇子玩笑道：「方才我們都沒有猜出來，不如表姊夫試一試。」

胥良川可是公認的才子，大家心中的京中第一公子。

雉娘也眼巴巴地看著他，他淡淡一笑，抬頭望去。花燈下面懸著一張紙，上面一個字也沒有，酒家出來說，這是個字謎。要猜謎卻沒有謎面，可難壞了圍觀的百姓。

胥良川淡淡一笑，揮筆在白紙上寫著：鮋。

雉娘驚訝，這是什麼字？她可不認識。

二皇子拍拍掌，笑道：「原來是這個字，表姊夫讓我心生佩服。我等方才都著相了，想得太多反而猜不出來。其實燈籠就是謎底，鯤為魚，鵬為鳥，不就是個『鮋』字？」

酒樓老闆命人去取燈籠，恭敬地奉到胥良川面前，胥良川接過，遞給雉娘，眼睛一掃，就掃到人群中有個離去的人影，正是文沐松。

他離開的地方，地上丟棄著一個紙團。

許敢已經將紙團撿過來遞給他，展開一看，也是個「鮋」字。

胥良川默不作聲地將紙重新揉成團，丟棄在地。

雉娘得到了花燈，二皇子和祁宏也對花燈讚不絕口，沒有注意到胥良川主僕的動作。

她抬頭時，胥良川也望過來。

花燈很輕，可拿久了手也會痠，胥良川從妻子的手中拿過來，提在自己手上。

二皇子和祁宏將兩人請上樓。雅間內，赫然坐著永安公主和梁駙馬。

永安公主見到雉娘抱怨著。「本宮好不容易磨著駙馬帶出來看熱鬧，卻只能待在這裡，不能出去。」

她現在的肚子已經十分明顯，衣裙都有些遮不住，嘴裡雖在報怨駙馬，其中的語氣卻分明是帶著嬌嗔的。

雉娘坐在她身邊，男人們則坐在另一邊。

「駙馬也是擔心公主，怕有閃失，千事萬事，不如妳腹中的胎兒事大。」

永安公主抿嘴笑。「我就愛聽妳說話。其實現在胎象早就坐穩了，不像剛開始，什麼都不想吃也吃不下，吃了一點就想吐出來，老是沒精神，還總犯瞌睡。現在已經好了，吃什麼都香，可駙馬還是不放心，就等著生下來，本宮才能解脫。」

雉娘心中一動。剛懷孕的女人是那樣子的嗎？她最近也老是犯睏，怎麼睡都不夠，難道……她腦子裡劃過一道亮光，似乎本來應該是前三天來的小日子，也沒有來。

自嫁到胥家後，她就沒有來過小日子，莫非也是懷孕了？可她從成親當日算起，一共也才不過二十多天，快一個月的樣子，就算懷上也診不出來吧？

她的眼神不自覺地往男人們那邊瞄，胥良川也剛好看過來，心中好笑。他的小姑娘，怕是從公主的話中猜出些什麼。

永安公主假裝咳嗽一聲。「雉娘，妳跟本宮說話，怎麼老是去看胥大公子啊？」

雉娘立刻回頭。「公主，我在看駙馬呢。我方才聽公主這般說，很是羨慕，心道看不出來駙馬是如此心細如髮、寵妻疼人的男子，於是就多看了兩眼。」

「呀，妳這張嘴，明明是看自家夫君，非要扯到我們頭上。不過本宮還真愛聽妳講話，妳講的話句句都能講到本宮心上。」永安公主笑起來，半點也沒有覺得不好意思。

雉娘笑了笑，心思全都放在公主的肚子上，想著自己真的也有了身子。他們的孩子以後會像誰，是男孩還是女孩？

「妳一直盯著本宮的肚子看，莫非也想當娘了？」永安公主打趣她。

她老實地點頭。「自然是想的，有個和自己血脈相連的親人，那種感覺是世上任何東西都不能替代的。」

永安公主沒想到她會這麼直接，一般女子聽到如此問話，莫不羞得連連否認，哪裡像她，一本正經地回答。

「妳這性子，果然對本宮的胃口。妳說得沒錯，女人只有當了娘，才能體會到另一種不一樣的感覺。」

她臉上泛起嚮往，一張桃花般絕色的小臉更加光彩奪目，將永安公主都看得有些發癡，喃喃道：「想來母后當年也就該是這副模樣。」

那邊的男人們正好說到太子三天後的大婚，梁駙馬揶揄道：「良川大婚，我未能前去。聽說二公子領著一群人要去鬧洞房，被你三言兩語打發掉，實在讓人遺憾。太子大婚時，要不要我找人去鬧鬧？」

二皇子和祁宏有些意動，永安公主道：「不妥，太子畢竟是儲君，鬧得太過不好看。再說常遠侯府最近就夠鬧的，平湘肯定心情不好。」

接著永安公主就說起常遠侯府的事，平寶珠被翟家休棄，嫁妝什麼的翟家人不敢貪沒，悉數送回京中，就在接到休書後的兩天送到平家。

平寶珠是梅郡主的愛女，當年的嫁妝是十分豐厚的，趙燕娘看著那一堆箱籠，起了心思，讓平寶珠將嫁妝充入侯府公中，否則侯府沒有白養歸家女的道理。

此事鬧到常遠侯那裡，侯爺當場就發了火，狠狠地訓斥趙燕娘一頓。侯府再窮，還能私吞女兒的嫁妝？傳揚出去，別人會如何笑話侯府？

趙燕娘仗著侯府虧欠她，有恃無恐，越發不將旁人看在眼裡，但是常遠侯的話，她還不敢不聽，只不過心裡存了怨氣，藉著管家，對平寶珠的吃食用度上多有剋扣，平寶珠哪裡同意？又是鬧又是哭的，找世子夫人作主。

世子夫人頭都是疼的，實在沒精力管，操持大婚的事情就夠她累的。

平湘早就憋著一肚子火，看不下去，去找趙燕娘理論，反被趙燕娘痛罵一番，氣得世子夫人差點又倒下。

世子夫人哪容忍趙燕娘的張狂，索性接手管家，讓平寶珠協助打理，趙燕娘便被擠到一邊。平寶珠逮著機會使勁地折騰趙燕娘，趙燕娘不服，又鬧到常遠侯面前。侯府現在是一團糟，天天鬧得雞飛狗跳的，都是些雞毛蒜皮的小事，常遠侯根本就不想管。

太子大婚，能順順利利的就不錯，別想著鬧什麼洞房。

第八十一章

在場的人對平家那攤子事都是有所耳聞的，男人們不便發表看法，但從臉色上能看出來，不僅是梁駙馬，就是二皇子和韓王世子對平家那孫媳婦都是不屑的。

永安公主說完，從鼻子裡哼了一聲。「趙燕娘也就是個作死的蠢貨！」

「那蠢貨倒是命好。」祁宏說道，看雉娘一眼。

他可沒有忘記第一次在天音寺中，她是如何欺負表姊的。

永安公主從不將雉娘和趙家其他人相提並論，在她心中，秀姨和雉娘可不是趙家人。以前那趙鳳娘，她就看不上，太假，太會裝，可是母后另眼相看，給了趙鳳娘不小體面。看到趙燕娘，就能想像得到生母是個什麼樣的貨色，那樣的生母生出來的孩子，本性能好到哪裡去？

男人們都默不作聲。二皇子無所謂地笑道：「不鬧就不鬧。」

梁駙馬和胥良川對視一眼，交流著只有兩人才能看懂的眼神。

雉娘突然又有些犯睏，忍不住捂著嘴。胥良川瞧著對面的小妻子開始打呵欠，站起身來。「天色不早，我們也該告辭了。」

「也是，我們也該回去了。」

梁駙馬也起身。酒樓外面的百姓已經開始散去，時辰也不早，兩批人相互道別，各自上馬車打道回府。

一坐上馬車，雉娘又打了一個大大的呵欠。她心裡不想睡，可是眼皮子已經開始打架，本想著是不是該說說心裡的懷疑，最後偎在胥良川的懷中，睡了過去。

胥良川用大氅將她包緊，擁在懷中，小聲地讓車夫再行慢些，以免將她顛醒。

到了胥府，雉娘已經熟睡，高大的男子將她包好，小心地抱下馬車。抱進屋子，除去外衣，輕輕將她放置在榻上，她咕噥一聲，側頭睡去。

他卻半點睡意也沒有，看著她的睡顏，直到深夜。

雉娘睡醒後，身邊的男人已經起身。她睜著眼，身子懶懶的，半點也不想動，想著請大夫來把脈，又怕萬一弄錯，過早地驚動婆家人，白高興一場。

她心裡有些拿不準主意，身體卻開始出現端倪。

一起身，她就感覺有些不對勁，胸口悶悶的，什麼也不想吃，臉色自然有些不太好。連烏朵都瞧出端倪，試探著小聲道：「少夫人，您這個月沒有換洗，要不要請大夫把個脈？」

雉娘想著，也好。「妳去請大夫，就說我頭暈，其他都不要說。」

烏朵得令，急忙去請大夫。

胥老夫人聽著執墨來報，說少夫人請大夫了，心裡高興，起身想過去，想了想又重新坐下。萬一不是，雉娘肯定會難過，索性坐著，讓執墨留意那邊的動靜。

老大夫搭著脈，沈思半晌。「少夫人身子沒有毛病，從脈象上看，圓滑似走珠，只不過時日尚淺，等過些日子才能確診。最近這段時日，少夫人應注意飲食，去辛少鹽。」

雉娘已有所感，倒沒有太驚訝。身後的青杏和烏朵卻是喜出望外，將老大夫送出院子。早就留意著的執墨得到消息，飛快去稟報胥老夫人，胥老夫人高興地立即就朝雉娘的院子裡去，一進門，連說二個「好」字。

她就說自己從來沒有看走眼過，別看雉娘嬌嬌的，瞧身子骨就是個好生養的，這不，一進胥家門就懷上了。算日子應該是新婚幾日就上身的，等到了年底，家裡就要添一個粉嘟嘟的小娃娃，想想都讓人開懷。

雉娘略有些不好意思。「大夫說日子太淺，不能確診。」

「老大夫為人謹慎，沒有八成把握，他不會說日子太淺。妳就放心好了，最近想吃什麼，就讓廚房準備，咱們家主子就這麼幾個人，不用講什麼虛禮。」

雉娘應下。

胥老夫人臉上的笑容一直掛著，不一會兒，胥夫人也得了消息，滿面春風地趕過來，忙不迭地細細叮囑，這不能吃、那不能吃，還有一些忌諱。青杏和烏朵聽得認真，一一記下。

很快，胥閣老和胥良川父子也得到消息。彼時，父子二人正說道朝中的局勢，聽聞消息，胥閣老嚴肅的臉上難得地露出笑意。

「這是好事，添丁進口，延續香火，是胥家之福。你平日多費些心，一定要讓兒媳婦好好養胎。」

「是，父親，兒子明白。」

胥良川應著，接下來和父親的談話明顯有些走神。胥閣老倒也沒說什麼，笑笑讓他回院子去看看。

他立即站起來，朝自己的院子走去。雖然動作還是如常般的飄逸，腳步卻明顯加快，後面的許敢都有些跟不上。

等他進屋時，雉娘正靠坐在軟榻上，發著呆。見到他進來，先是高興，然後臉泛紅暈。他靜靜坐在軟榻另一邊，望著她，眸色深暗如淵，裡面全是看不懂的情緒。雉娘的心往下沈。怎麼，他不高興嗎？

「你是不是不太歡喜？」

「不，我很歡喜。」

他歡喜嗎？怎麼這副表情，怪有些嚇人的。

昨夜似是懷疑她有孕，他就失了眠，現在肯定她有了他的骨肉，這種感覺太複雜，狂喜卻又無法表露出來。

他的面容慢慢帶出情緒，長年沒什麼表情的臉上，有一絲呼之欲出的扭曲，似喜似哭。

雉娘納悶，至於嗎？方才臉色還嚇人，現在似乎驚喜得臉都變了形。古代人想生多少都無所謂，有子嗣該是很平常的事吧？

「大夫說現在日子還淺，要多注意一些。」

胥良川反應過來。「都有哪些要注意的？」

「青杏和烏朵記著，就是一些辛辣陰寒之物不能食，還有動作小心一些。」

「好。」他站起身，因為起得急，連長袍下襬都沒有整理，就讓青杏和烏朵進來，將老大夫和胥夫人叮囑過的話重複一遍。

青杏和烏朵一字不差地將那些要留心忌諱的話重說一遍，他靜靜聆聽著，默默記在心上。

雉娘含笑地看著他的一舉一動。他如此珍視這個孩子的到來，事無巨細地過問，倒真是出乎她的意料。

古人講究抱孫不抱子，她以為他應該只是吩咐下人們照顧好她，僅此而已，沒想到他會如此仔細地過問。

這個孩子對他的意義是不一樣的，對整個胥家來說，都是不一樣的。

前世裡，胥家在他和岳弟的手上是斷了香火的，這個孩子的到來，預示著今生今世，胥家和他，都會有完全不一樣的命運。

再者，對他自己來說，可以算得上是老來得子。人生之喜，莫過於金榜題名，洞房花燭，但之於他，前者已經看淡，後者已經擁有，他的人生又一喜，便是老來得子，以慰前生。

雉娘懷上的日子尚淺，不宜張揚，府裡的人都心照不宣，青杏和烏朵更加用心服侍，胥老夫人和胥夫人讓廚房變著花樣做吃食。

無奈肚子裡的孩子是個挑嘴的，她聞不得半點油腥味，但凡是有些氣味的東西都聞不得，屋裡的熏香都撤下去，端上來的湯水除了撒些鹽花，什麼也不放。

饒是這樣，每天能吃到肚子裡的東西也不多，倒是瓜果之類的，吃得頗為爽口，只不過這個時節，出產的瓜果類極稀少，好在皇后不知是不是聽到什麼，賞下不少貢果。

眼看著元宵一過，就迎來太子的大婚，一般習俗都是大婚前一日，在女方家中辦喜宴。胥老夫人一早就交代過，讓雉娘好好養身子，去平家賀喜之事就交給胥夫人。雉娘想著平家那些個是非，誰知道會不會出亂子，自己現在不是一個人，實在沒必要去找那晦氣。

胥夫人帶著賀禮前往常遠侯府，雉娘則和胥老夫人坐在屋裡閒聊。

為了太子的大婚，禮部從年前就開始準備，常遠侯府裡的嫁妝也是從平湘出生起就開始備下的，梅郡主從未想過孫女會低嫁，所以嫁妝一應都是極好的，就算嫁入東宮也毫不遜色。

世子夫人難得地露出喜色。最近這段日子，她過得實在受氣，娶了那麼個喪門星，天天作妖，好在侯爺前幾日訓斥一番，那醜婦收斂不少。

就算平家出過醜事，可畢竟是皇后的娘家，平家的小姐又是嫁給東宮太子，京中官員哪裡會不賣面子，所有宴請的人都隆重到場，攜帶重禮。

常遠侯帶著世子和平晁招呼男客，世子夫人則招呼女眷。趙燕娘被侯爺勒令不准亂說話，陰著臉站在世子夫人的後面。

但凡是見過她的官家夫人臉色都十分微妙，世子夫人裝作沒看到的樣子，依舊熱情地招呼客人。

趙燕娘幾次想上前和夫人們套近乎，都被世子夫人給瞪回去，她不服氣地撇撇嘴，然後看到盛裝的平寶珠走過來。

在座的夫人們很多都是平寶珠的舊識。平寶珠原本不想出來的，她再怎麼樣也是個被休回家的女子，在大喜的日子裡是要避諱的，誰知不小心聽到外面下人們的議論，說她現在被趙燕娘給壓住，連人都不敢見。她哪裡吞得下這口氣，當場就將那幾個下人狠狠地打了板子，描眉畫眼，穿上自己最好的衣服，來到宴會的前院。

世子夫人頻頻衝她使眼色，可平寶珠裝作沒看到，尤其是看到以前圍在她身邊討好的人，現在可以堂堂正正地坐在席上，心裡百般不是滋味。

趙燕娘正憋著氣，看到她出現，嘴裡開始不饒人。「姑姑，今日是湘姊兒大喜的日子，妳一個棄婦不該來的。要是衝撞了喜氣，以後湘姊兒可是要埋怨妳一輩子的。」

有的夫人開始竊竊私語，有的則捂嘴偷笑。

平寶珠本就心高氣傲，看到趙燕娘那譏笑的臉，火冒三丈。

「妳又能好到哪裡去，不知羞的東西，還有臉賴在侯府。」

眾人臉色大變，世子夫人急得不行，一邊喝令趙燕娘住嘴，一邊去拉平寶珠，想將人拉回去。

趙燕娘本來還想藉此機會在夫人們跟前露個臉，聽到平寶珠如此不顧她的臉面，哪裡肯依，大聲嚷著要和平寶珠拚命。

平寶珠最近這段日子實在憋屈，也是火上心頭，世子夫人都沒有拉住，兩人就扭打成一團。

女眷這邊亂哄哄，有人去平湘的院子裡報信。

平湘聽聞此事，氣得直哭。今天是她大好的日子，她們還要這樣鬧，哪裡將她這個太子妃放在眼裡？

她提著裙子衝到前院，抖著手指著平寶珠和趙燕娘。「妳們鬧夠了沒有?!」

世子夫人氣苦，趕緊讓人扶女兒回去。「妳可是新娘子，如此拋頭露面，傳揚出去，以後還怎麼做人？」

「娘，您怎麼不攔著她們，讓她們這樣鬧，傳出去，我的臉往哪裡擱？」平湘跺著腳，眼淚流下來。

世子夫人心疼不已，最後還是韓王妃看不下去，讓待在一邊的下人去將兩人扯開，分別送回各自的院子，一場鬧劇才收場，平湘也被勸回去。

趙燕娘氣呼呼地回到自己的屋子。劉嬤嬤見她生氣，忙道：「少夫人，您莫氣，姑奶奶也沒討到好。您仔細想想，府中現在忙得人腳不沾地，您能在屋裡歇歇，豈不是美事？要不奴婢給您沏杯茶。」

趙燕娘小眼一斜，理理扯亂的頭髮，讓她弄去。

不一會兒，有個丫頭端來一盤點心，說是世子夫人擔心她氣壞身子，讓人將剛出鍋的點心給她端來一份。

趙燕娘得意地笑起來。就說侯府的人要供著自己，看誰敢把自己怎麼樣。

她一邊吃點心，一邊喝著茶水，心裡美得不行。不一會兒，腹中有些餓，她吩咐自己的丫頭去廚房弄些備好的酒菜。

丫頭領命，不一會兒，端來幾碟子好菜，都是美味佳餚。趙燕娘拿起筷子就大快朵頤起來，吃飽喝足了，身子開始困乏，便將劉嬤嬤和丫頭們趕出去，自己脫衣上榻睡覺，吩咐她們有什麼事，及時叫她。

前院裡，賓客們都已經到齊，世子夫人勉強地擠著笑，忙不停地招呼著。坐在上座的韓王妃和胥夫人交換一個眼色，心裡都在搖頭。

平家娶了這麼個媳婦，加上不省心的平寶珠，以後的日子還有得瞧。

世子夫人可沒有梅郡主的手段，當年梅郡主就是瞧中世子夫人軟綿的性子，才為兒子聘娶的，梅郡主恐怕從未想過，自己會被侯府休掉，留下立不起來的兒媳婦。

侯府的主母當不起家，頹勢已現。

本來侯府中所有的事情都是梅郡主作主，世子夫人從來沒有管過中饋，也沒有操持過如此大的宴會，頗有些手忙腳亂。下人們也跟無頭蒼蠅一般，被指使得團團轉，看起來人人都很忙，可事情還是一團糟。

韓王妃和胥夫人不停搖頭，眾夫人們看在眼裡，面上不露聲色。剛才出事，她們心裡都在看笑話。想必是皇后對侯府不滿，要不然太子大婚這麼大的事，怎麼可能不提前派人來平家幫襯？

好在禮部按規矩派人來，接下來也沒出什麼事。

胥夫人沒有留下吃晚宴就提前告辭，回來說起趙燕娘，不停地搖頭。聽說親家前頭的那位就是個陰毒的，難怪會教出趙燕娘那樣的女兒。

胥老夫人睿智地道：「等著吧，常遠侯府有這麼個媳婦，以後還有得鬧。眼下常遠侯還在，真到那一天，世子夫人是壓不住她的。」

雉娘不接這樣的話。趙燕娘是她的二姊，再有不是，大家心知肚明，若是她也出口編誹，未免給人氣量太小的印象。

祖孫婆媳幾人略說會兒話，胥老夫人就催著雉娘去休息。

雉娘笑著應下，她確實有些乏了。最近幾日，她明顯覺得精神有些不濟，加上胃口也不太好，臉色看起來有些白，瞧著更加惹人憐。

她回院子後就脫衣躺下，睡到大約戌時，被外面說話的聲音吵醒，隱約聽到誰死了……

她心裡一個激靈，擁被坐起。

第八十二章

青杏和烏朵聽見內室裡的動靜，猜到是主子醒來，急忙進來服侍。

雉娘急問：「方才妳們在外面議論什麼？誰死了？」

青杏看著烏朵，烏朵看著青杏。最後，青杏低聲道：「少夫人，外面有人來報信，說常遠侯府的少夫人暴病身亡。」

什麼？趙燕娘死了？雉娘還有些反應不過來，又問：「可說是何死因？」

青杏搖頭。「現在還不清楚，想是有些見不得光。聽說是平少夫人身邊的嬤嬤鬧出來的。」

雉娘細細地想著這句話，那個嬤嬤，不就是趙鳳娘原來身邊的那個嗎？

雉娘示意烏朵服侍她起來，披上斗篷，趕去胥老夫人的院子。胥老夫人正和胥夫人在說平家的事，見她過來，忙扶她坐在軟榻上，執墨給她的腰上墊個軟枕。

「祖母，我方才聽說常遠侯府出事，究竟是怎麼回事？」

「今日侯府大喜，妳二姊下午一直待在自己的院子裡沒有出來見客，誰知府中開始晚宴時，她身邊的嬤嬤才發現她已經身亡。」

雉娘心裡有千萬個疑惑。趙燕娘死了，究竟是誰下的手？

此時，侯府那邊亂成一團。常遠侯急急趕到趙燕娘的院子時，喜宴上的官員也聽到風聲跟來，其中就有大理寺的少卿。

大理寺少卿姓洪，為人最是鐵面無私，他一進屋，瞧見趙燕娘那死狀，就知道是中毒身亡。趙燕娘是侯府的少夫人，洪少卿顧及侯府的體面，沒有讓仵作翻驗屍體，而是請來有經驗的老大夫。

老大夫查過後也說是毒發身亡，是常見的毒，各家藥鋪都能配得到。

好好的喜宴頓時變成命案現場，洪少卿對常遠侯道聲得罪，將趙燕娘身邊的下人婆子，包括劉嬤嬤在內都看管起來，一一審問。

趙燕娘曾和平寶珠在前院有過糾紛，那個時辰還是活蹦亂跳的，洪少卿主要問的是她回到自己院子後發生的事。

劉嬤嬤和丫頭們的說法都一致，趙燕娘回到房間後，吃了前院送來的點心，還用了從廚房端來的酒菜，然後有些犯睏，吩咐她們不要打擾她睡覺。

她睡覺的時辰裡，丫頭和婆子都守在外面，其間並無人進去。

洪少卿在問話時，趙燕娘的院子已經被賓客們圍住。

反應過來的常遠侯對兒子使眼色，世子和平晁急忙提前遣散賓客。

常遠侯看了幾遍，也沒有看到世子夫人，有些埋怨兒媳婦。她一個當家主母，府中出了大事，居然不出來善後，連人影都看不到。

其實他錯怪了世子夫人，世子夫人一聽到趙燕娘暴亡，當下就暈倒在地，哪裡能站出來處理事情。

賓客們心思各異地離開，都在心裡揣測著侯府鬧出人命，明日的大婚會不會有變故？

今日來侯府的賓客眾多，命案這樣的大事根本瞞不住，何況死的還是侯府的少夫人，消息很快便傳揚出去，得到消息的趙家和段家匆匆趕來。

侯府嫁女，按理說身為姻親的趙家和段家都要來賀喜的，可平家就像是沒有這兩門親一般，都沒派人去送喜帖。

趙書才也是賭氣，只派人送了賀儀，人卻沒有來。聽到燕娘身亡，他和鞏氏都有些反應不過來。好好的一個人怎麼會死？

趙書才和段大人還有趙守和急忙趕到侯府，一進屋，就見趙燕娘仰面躺在榻上，面容青紫可怖，耳鼻裡都是乾涸的烏血。可能死亡時正在睡夢中，連外面的下人都沒有驚動。

趙書才轉過頭去，不敢再看女兒的死狀，質問常遠侯。「侯爺，下官的女兒可是侯府的少夫人，怎麼會莫名死在府中？」

「本侯會給你們一個說法的。」

這時候，清掃院子的雜役來報，說府裡不知何時進了一隻野貓，死在灶下不遠處的花圃裡，死狀恐怖。

洪少卿命人將死貓帶上來讓仵作查看，得出的結論是和趙燕娘同中一毒。

今日侯府設宴，這野貓是聞著香氣而來，應是偷食了摻毒的東西才會中毒。

貓死在廚房不遠處，之前肯定是在廚房偷吃過什麼。洪少卿立刻前往廚房。

侯府的大廚房因為辦喜宴，裡面的東西十分雜亂。靠近灶臺處人最多，廚子和婆子都在，貓不可能近前。

洪少卿環顧四周，突然看到放殘羹冷盤的地方，那裡的檯子裡還泡著一些碗筷，旁邊有個食盒，食盒是倒放的，裡面的剩飯剩菜灑得到處都是。

洪少卿眼一凝，讓老大夫去查驗。老大夫上前查驗一番，確定這食盒飯菜中的毒正是趙燕娘所中之毒。

洪少卿讓劉嬤嬤來辨認食盒，劉嬤嬤肯定地道：「大人，這是少夫人之前用過的食盒。」

取菜的丫頭已經嚇得魂不附體，不停喊冤，忽然又像想起什麼似的，連忙說她來取菜時，平寶珠的丫頭曾幫她端過菜。她當時有些奇怪，卻也沒有多想，廚房的很多人都可以作證。

平寶珠跟趙燕娘不和，在眾目睽睽之下都能不顧臉面地撕扯，確實有殺死趙燕娘的動機。

洪少卿沒有發話。常遠侯是國丈，他做事總得顧忌平家的體面。

他為難地看著常遠侯。常遠侯冷著臉，命人去抓平寶珠的丫頭，平寶珠攔著死活不肯，說趙燕娘沒安好心，想給她潑髒水。劉嬤嬤則哭著替趙燕娘喊冤，這天底下哪有人為了給別人潑髒水搭進自己身家性命的？

洪少卿心裡隱約有底。不久之前，趙燕娘才在賓客前下了平寶珠的面子，真是平寶珠做的也不足為奇，只是用的法子太愚蠢。

「爹，我沒有下毒，你不能帶走我的丫頭！」平寶珠大聲喊冤。她是討厭趙燕娘，恨不得她去死，初聽趙燕娘暴斃，心裡還在竊喜，想著不知是誰替自己做了不敢做的事，誰知轉眼自己就成為下毒人，她根本沒有下毒！

常遠侯不想聽她狡辯。寶珠確實有重大嫌疑，今天來的很多賓客都看到她和趙燕娘撕打在一起，若是懷恨在心，做出奪人性命之事，也說得過去。

但平寶珠是他的女兒，就算真的犯下不可饒恕之罪，他還是想關起門來處理。真的到衙門走一趟，寶珠勢必名節盡毀，就算最後查出她不是下毒之人，也沒有面目再存活於世。

「侯爺要如何給我們交代？」趙書才大概已經明白怎麼回事。燕娘的毒，說不定就是侯府姑奶奶下的。

「趙大人，本侯說過會給你們交代，眼下真相尚未查出，現在討要說法為時過早。」

段大人在一邊小聲地勸趙書才，讓他不要太急切，侯府不是能輕易得罪的。

趙書才瞪他一眼。這時候還管他侯府是什麼身分，他好好的女兒現在死得不明不白，他還不能多問兩句？

「那依侯爺之見，是誰毒死我妹妹的？」趙守和往前一步，走到趙書才的前面。

「事情水落石出，我自會還孫媳婦一個公道。」常遠侯冷著臉，轉身輕聲對大理寺少卿道：「家門不幸，可否通融，本侯會自行處理。」

「這……下官不敢作主，畢竟是出了命案，而且今日朝臣眾多，難以遮掩，還請侯爺見諒。」

常遠侯也知道有些強人所難，可命案是在侯府發生的，牽連出內院女眷，若真的鬧進衙門，整個侯府都會顏面掃地。

「明日就是太子大婚，侯府名聲事小，就怕掃了皇家顏面。洪大人，你看……」

洪少卿心知此事涉及平家和皇家的顏面，遲疑半晌。「太子大婚事關重大，本官不敢擅自作主，願立即進宮請示陛下再決斷。」

常遠侯滿臉感激。「多謝洪大人體諒，洪大人放心，一干下人，本侯自會派人嚴加看管。」

大理寺少卿不敢掉以輕心，自己也派了些人手守在侯府，然後急忙進宮。

平寶珠急急地拉著常遠侯。「爹，女兒真的沒有下毒！就因為我的丫頭和趙燕娘的丫頭有過接觸，就說是我指使她下毒，女兒不服。豈不知是趙燕娘平日苛待下人，她的丫頭自己下的毒，然後栽贓到我頭上。」

她的丫頭也跪在地上哭哭啼啼。「侯爺，奴婢是好心辦壞事，真的沒有下毒啊！」

「爹，你可千萬不能聽信別人的一面之詞，就認定我的丫頭是下毒之人。趙燕娘的丫頭一直提著食盒，怎麼不說她才是下毒之人？」

趙書才父子冷冷地看著。他們聽說白天這侯府的姑奶奶還和燕娘在賓客面前大打出手，平日兩人就不和，事情有九成是她做的。

這女人還在這裡百般狡辯，燕娘縱有千般不是，可人已死，且死得冤枉，身為父兄，怎麼也會替她討個說法。

平寶珠被趙書才看得有些心虛，也有些端不住。最近趙燕娘常和她作對，她早就想教訓一番，今日對方又在眾人面前讓她顏面掃地，她心中氣恨，決定給趙燕娘吃點苦頭。

她知道趙燕娘嘴饞，早就想好招數對付，正好今日府中人多事亂，趙燕娘的丫頭又去灶下取菜，她的丫頭就在幫忙拿菜時將瀉藥灑在菜中。

誰會知道，趙燕娘竟然毒發身亡，此刻她一股腦兒地想將禍水東引，把事情往趙燕娘的丫頭婆子身上推——她不能退縮。

常遠侯臉色肅穆，一言不發。

平寶珠擠出兩滴淚。「爹，我才被夫家休棄，趙燕娘最近多有為難我，我都只能忍氣吞聲，不想讓娘家姪媳婦嫌棄，怎麼可能做出毒害她的事？此事分明是她身邊下人所為，要陷害我的。」

謀害主子可是死罪，要受剮刑的，劉嬤嬤和丫頭們都大聲喊冤。「侯爺，借奴婢們十個膽子，也不敢謀害少夫人哪！」

「就是妳們害的，妳們敢說趙燕娘沒有經常打罵妳們，妳們沒有懷恨在心？」

「下人們犯錯，主子們教訓那是天經地義的事，奴婢哪敢懷恨在心，姑奶奶莫要含血噴人。」

「哼，妳們分明是算計好的，想陷害我！」平寶珠緊咬不放，這可能是她唯一能脫身的法子。

劉嬤嬤磕頭喊冤，頭都磕爛了。

趙書才看不下去。平家想倒打一耙，也要問過娘家人同不同意。「侯爺，貴府的姑奶奶如此顛倒黑白，是想將燕娘之死摘得乾乾淨淨。下官也曾做過幾年縣令，雖然官小言微，卻也經手過不少命案。這案子擺得明明白白，人證物證俱在，又有動機在先，怎麼還能紅口白牙地往別人身上推？」

常遠侯痛心疾首地看著自己的女兒，命人將她拉下去。平寶珠百般不甘願，心裡卻知道爹是在保護她，於是想順水推舟，頻頻用眼神警告自己的丫頭。

丫頭心知肚明，主子是讓自己不要亂說話，方才驚嚇過度，自己連喊冤都忘了。

劉嬤嬤哪裡願意讓平寶珠得逞，瞧見平寶珠主僕眉來眼去，大聲朝趙書才哭喊起來。「趙大人，少夫人死得冤哪！少夫人自嫁入平家以來，平少爺除了新婚之夜，其餘時候連院子都不踏進一步。姑奶奶成天挑三揀四，嫌棄少夫人，少夫人日子過得苦啊，做奴婢的都看不下去……」

「妳這個死奴才說什麼？我哪裡對她挑三揀四，分明是她處處針對我，剋扣我的分例！」平寶珠聽劉嬤嬤這麼說，氣得僵著不走。

劉嬤嬤不敢和她爭辯，低頭伏地。「奴婢不敢撒謊。」

平寶珠氣得想破口大罵，常遠侯一聲怒喝。「妳們還不快將姑奶奶拉下去！」

下人們連忙使力，快速地把平寶珠拉出院子。

趙書才父子沈著臉，看著常遠侯。常遠侯板著臉，著人把劉嬤嬤等人連同平寶珠的丫頭都關押起來，命人守在外面，同時守著的還有洪少卿留下來的人。

趙書才父子站在院子裡，不肯離去。段大人說回去和趙氏商議，先行回去。院子裡只餘常遠侯和趙書才父子三人。三人面面相覷，常遠侯請他們進屋休息，他們不肯，就站在院子裡，看著關押下人的屋子。常遠侯只得離開院子。

平湘守在世子夫人身邊，哭得傷心。她明天就要出嫁，出了這樣的事，她還能不能嫁進宮中？就算嫁進東宮，也不知道太子表哥會怎麼看她？

本來前次因為祖母的事，她已經覺得抬不起頭來，現在鬧出這麼一齣，分明是讓她難堪。

她的心裡將趙燕娘和平寶珠二人罵得狗血淋頭，要不是她們，哪裡會出這麼多事？姑姑想教訓趙燕娘她不反對，為何單單挑她大喜的日子？

不行，她不能讓任何人毀了她的婚事。平湘想著，擦乾眼淚，去找常遠侯。

常遠侯坐在自己的書房裡，連審那些下人都不想審。他心裡有數，趙燕娘最近和寶珠確實鬧得很僵，寶珠自小驕縱，這樣的事情是做得出來的。

他神色頹廢地坐在桌前，看到孫女進來。「妳來做什麼？」

平湘流著淚，一臉委屈。「祖父，您要為孫女作主啊！出了這樣的事，別人怎麼看我，太子又會怎麼看我？」

常遠侯閉上眼。孫女只擔心自己的婚事，他的家怎麼會變成這個樣子？後院的女人們個個都有算計，是他沒有看透，還是原本就是這個樣子，只不過他以前不知道罷了……

「妳出去吧，等洪大人討來陛下的旨意再說。妳明日還要出嫁，早些回去歇息吧。」

「祖父……」

「出去。」

平湘跺了下腳，不甘地離開。她回到母親的院子，世子夫人已經醒來，目光呆滯地坐在榻上。

一見女兒進來，連忙抓著她。「湘兒，妳快說說是怎麼回事，她怎麼就死了呢？」

平湘急忙扶著她，將之前審出的事情說了一遍。世子夫人恨不得自己馬上暈死過去。怎麼會這樣？寶珠怎麼這麼蠢，非要挑今天動手。

這個小姑子，未出嫁前就十分驕縱，常常給自己臉子看。就算嫁了人，每次回娘家都跟郡主上眼藥，害得自己被郡主訓斥。翟家敗落，小姑子隨夫被遣出京，她比誰都要高興。她的感覺從來都沒有錯，小姑子就是天生來剋她的。小姑子一回京，就鬧得家裡不得安寧，先是婆婆被休，接著今天毀掉湘兒的婚事。那翟家也是自從小姑子嫁過去後，才出事的，小姑子就是個掃把星，她在哪裡，哪裡就倒楣！

世子夫人青白著臉，不顧身子都站不穩，就要女兒扶她去侯爺的院子。

「娘，祖父方才趕我出來，他不願意我們說姑姑的壞話。」

「湘兒，娘一定要去，娘要告訴妳祖父，妳姑姑就是個掃把星，只要有她在，我們侯府不會有好日子過的。」

世子夫人十分堅定。平湘扶著她，母女二人來到常遠侯的院子。她們也不進門，就直直地跪在院子中間。

「爹，媳婦求求您，救救侯府吧！您想想看，翟家自從寶珠嫁進去沒多久就出事，婆婆也是寶珠歸家後才出事，如今又輪到湘兒。若是她還繼續留在侯府，只怕侯府……爹，媳婦也心疼寶珠，不如給她重新安排一個宅子，命人好生照顧，您看可以嗎？」

常遠侯在屋裡聽到兒媳的聲音，越發難受。

寶珠是他萬般寵愛長大的女兒，為何會落到今日的地步？趙燕娘之死和寶珠脫不了關係，可即便如此，他也該護著寶珠。誰知洪少卿還未從宮中出來，兒媳婦就來逼他將寶珠趕出去。

他咬著牙，手握成拳，指節泛白。

第八十三章

世子夫人和平湘還在院子裡跪著，母女倆只有一個念頭，不能讓平寶珠攪和婚事。大婚前一日府中死人，放眼古今，簡直聞所未聞，皇家認真追究起來，說不定會因為晦氣而推遲婚期。這一推遲，就怕世事難料，夜長夢多。

常遠侯不開門，也不發話。

直到洪少卿回來，帶來陛下的旨意，祁帝的意思是先將相關人等全部關押，等太子大婚後再審。

平湘和世子夫人同時鬆口氣。在她們心裡，最擔心的莫過於婚事。只要平湘順利嫁進東宮，皇后和陛下看在太子的分上，也不可能將事情鬧大。再說死的是趙燕娘，對她們而言，喜多於愁。

得到這安心的答覆，她們才起身，相互攙扶著離開院子。

常遠侯寒著臉，神情複雜看著她們離去。侯府中燈火通明，大紅燈籠紅得刺目，明明該是熱鬧喜慶的日子，卻無半點喜氣。

趙書才父子見到洪少卿，聽聞陛下的意思才敢離開侯府。洪少卿為人公正，有他在，侯府不敢耍什麼花招。

侯府的事情傳到胥府，胥老夫人對兒媳和孫媳婦分析。「這事也是糟心，明日太子大婚，陛下這是先安撫平家小姐。等大婚後再審，也是在理。咱們也不要在這裡瞎猜，過兩天自會真相大白。」

胥夫人想了想。「明日我派個人去侯府，怎麼說也是雉娘的二姊。」

「多謝娘。」雉娘對胥夫人道謝。趙燕娘是她的二姊，出了這樣的事，不派個人上門也說不過去。

她一眼瞧見夜色中走來的丈夫，胥良川的臉色如平常一般，青衣墨髮，彷彿是靜謐夜晚中的一幅畫，明明是輕描淡寫，細細看來卻意境幽深。

胥良川和祖母、母親見過禮，請了安，便攜同妻子回自己的院子。

雉娘對燕娘之死疑惑頗多。在她看來，平寶珠再蠢，也不可能明目張膽地弄死趙燕娘；同理，常遠侯府的人都不會這麼做。

再說趙燕娘死在太子大婚前夜，不僅太子覺得晦氣，常遠侯府裡的人也一樣。這事不可能是侯府中的人做的，倒像是局外之人設計好的。

胥良川側過頭，就看到小妻子眉頭緊鎖，心知她在思考趙燕娘的事。

他垂著眸。趙燕娘的死因頗複雜，最近他的人一直盯著常遠侯府，親眼看到平寶珠身邊的丫頭喬裝打扮去藥鋪買藥。她先是在一家藥鋪買了瀉藥，然後分別在幾個鋪子裡買了不同的藥，這幾種不同的藥摻在一起，就是趙燕娘所中的毒。

平寶珠再蠢，也不可能真的直接毒死趙燕娘，除非還有後招。可是自趙燕娘暴斃以來，細觀平寶珠的反應，不像是有後招。

他買通驗屍的老大夫，據老大夫親口所說，趙燕娘至少中了兩種不同的毒，只不過最普通的毒，表症最明顯。後宅陰私太多，他不想惹事端，於是只說出最顯而易見的一種。

究竟還有誰下過手？

趙燕娘身邊的劉嬷嬷是皇后的人，出事前兩天，段府曾有丫頭到過侯府，不知和劉嬷嬷說過什麼。劉嬷嬷要是動手，究竟是受趙鳳娘指使，還是皇后授意？此事暫無定論。

胥良川不想這些烏七八糟的事情驚了小妻子，想了想，索性什麼也不說。

翌日寅時，常遠侯府裡就已經燈火通明，所有下人都起身為今日的大婚忙起來。平湘也早早就被丫頭們喚醒，點著燭火，開始梳妝打扮。

忽然，西跨院離下人房不遠的地方，響起淒厲的尖叫聲，緊接著有個粗使婆子連滾帶爬地跑出來，語無倫次地說後院的水井裡死了人。

管事帶人前去查看，用火把往井裡一照，倒吸一口涼氣。

還冒著氣的井水中泡著一具女屍。管事想到今日是孫小姐的大喜之日，昨日府中才出過人命，心裡隱約覺得不妙，嚴厲地叮囑下人們不要聲張，悄悄將人打撈起來再說。

誰知千算萬算，沒想到洪少卿在府中留下不少衙役，還有一名司直。他們聞訊前來，就看見被撈上來的女屍。

春寒料峭，屍身尚未腫脹，看衣著是府中的三等丫頭。

管事見他們到來，心不由得往下沈。那司直動作極快，一瞧出不對勁，即刻派人去通知洪少卿。

片刻之後，得到消息的常遠侯也到了後院。

死者的身分很快便查清，她是府中的三等丫頭，名喚千桃，一直在世子夫人的院子裡當差。

有人猜測，莫不是早起打水，失足掉入井中？

和死者同住一屋的小丫頭哭得十分傷心，嘴裡一直小聲地呢喃著。「千桃姊姊真命苦，好不容易得到世子夫人的賞識，還沒來得及受到重用，就這樣……怎麼這麼命苦啊！」

她的聲音不大，可司直耳聰目明，立刻傳她上前問話。

「妳方才說，死者得到世子夫人的賞識，是何時的事？」

小丫頭有些害怕，縮著身子，唯諾道：「回大人，昨日千桃姊姊和奴婢說，世子夫人讓她去給少夫人送點心，還誇她做得好，賞了她一根簪子。」

司直眼裡精光大盛。事情怎會這麼巧，這丫頭死的時機太過微妙，若說和趙燕娘之死無關，怕是誰也不會相信。只是趙燕娘所中的毒是下在菜裡面的，莫非……

司直不敢妄自猜測，一切等少卿大人到了再定斷。

洪少卿很快就趕到侯府，看常遠侯一眼。常遠侯的臉色已經不能用難看來形容，他早年殺敵無數，何曾怕過死人？可是死人發生在自家的後院，後院之中都是女眷，都是他的親人，卻連出命案，一連死了兩個女子，想想就讓人腳底冒寒氣。

跟隨洪少卿過來的仵作很快驗過屍體，死者並非自己墜井而亡，是被人掐死後丟棄在井裡的，脖子處的掐痕清晰可見，已經轉為青紫，死亡的時辰約莫在子時左右。

洪少卿審問和千桃同屋的丫頭，大家都說昨日府中太忙，眾人忙了一天都十分疲乏，睡得很沈，連千桃何時起身都不知道。最近千桃的行為也沒有什麼異常，除去昨日得到一根簪子，沒有不尋常之處。

幾個人都提到簪子，想必千桃曾經顯擺過。洪少卿徵得常遠侯的同意，派人搜查千桃的床鋪，果真搜出一支金簪子，做工還算精緻，分量也不算輕。

同時在床鋪的夾層裡，搜出一包藥粉。洪少卿遞給後面的仵作，仵作只聞了一下，就斷定是害人之物。

千桃私藏此物做什麼用？她和趙燕娘之死有沒有關係？

常遠侯冷著臉，靜靜地立著，看著洪少卿派人去請老大夫。老大夫氣喘吁吁地上門，驗過藥後，立即就肯定此藥正是趙燕娘所中之毒。

洪少卿著人去提審劉嬤嬤。劉嬤嬤被押過來，看到地上的屍體駭了一大跳，抖著手指道：「這……這丫頭奴婢昨天見過，說是世子夫人命她來送點心給少夫人。」

「那平少夫人吃過那點心嗎？」

「回大人，吃過，都吃完了。」

洪少卿望著常遠侯。事情到了這一步，下毒之人已經找到，派千桃去送點心的是世子夫人，趙燕娘之死難道是世子夫人做的嗎？

世子夫人此時正在平湘的屋子裡。下人們都被叫走，她的心七上八下的，眼皮子直跳。

後院死了人，她嫌晦氣，不敢去看。

平湘陰著臉坐在妝檯前，鏡子中映出的女子面上無半分喜色。換成任何一個女子，大婚之期連續出了兩起命案，誰都開心不起來。

她木然地盯著妝檯，身後的喜娘不是府中人，倒是不必前去。喜娘僵著身子，不敢出聲，也不敢詢問是否還要繼續梳妝打扮。

突然，門簾被人掀開，隨著冷風進來的是常遠侯，他身後跟著的是世子。

世子夫人心一緊，不知為何覺得透骨的寒意從脊背升起。

「昨日，是妳讓丫頭去給趙燕娘送點心的？」常遠侯盯著世子夫人問道。

世子夫人驚得跳起來。「爹為何要這麼問，難道死的人是我院子裡的丫頭？」

「正是，死者就是昨天妳派去送點心的丫頭。」

「祖父，我娘不過是好心派丫頭去送點心，這丫頭命不好，又怎能怪到我娘的頭上？」平湘急忙從妝檯前起身，跪到常遠侯面前。

常遠侯有些於心不忍，今日可是孫女的大喜之日。

他扶起孫女。「好孩子，妳放心，無論發生什麼事，妳今天都會順順利利地出嫁。陛下都發過話，妳就放心吧。」

世子站在常遠侯的後面，怒其不爭地看著世子夫人。這妻子是娘給他娶的，成天病病殃殃的，誰知還如此犯蠢。

世子夫人被丈夫的眼神看得心裡發寒。不過是死了個丫頭，公爹和世子為何這麼看她？

半晌，常遠侯對她道：「妳嫁進侯府也近二十年，侯府待妳不薄，誰知妳竟做出如此喪盡天良之事，害死自己的兒媳。本侯知道妳對趙燕娘多有不滿，但她畢竟是晁哥兒的妻子，妳毒死她，可有想過侯府，可有想過晁兒和湘兒？」

世子夫人只覺得晴天霹靂，差點又要暈倒過去。

「爹，不是媳婦做的！我真不知道發生了什麼事，您怎麼會認為是媳婦害死燕娘？」

「昨日那丫頭去給趙燕娘送點心，不過是件尋常之事，妳為何要賞她一根金簪子？還在她的床鋪底下發現了一包藥，正是趙燕娘所中之毒，這妳又要如何解釋？」

「金簪子？什麼金簪子？媳婦不知道啊！爹，我沒有做，沒有讓她去給燕娘下毒，爹，我是冤枉的……」世子夫人跪在地上。「爹，燕娘的事明明是小姑子做的，怎麼變成我？我根本就不可能會做出這樣的事，爹……要相信我……」

她伸手想去抓常遠侯的袍子，常遠侯後退一步，冷著臉。

「祖父，我娘不會做出這樣的事情的。」心急如焚的平晁闖進來，也跪在常遠侯面前。「祖父，我娘心地善良，怎麼可能會做出這樣的事？明明就是有人栽贓陷害。這千桃早不死晚不死，偏偏就死在今天，焉知不是別人的嫁禍之舉？至於嫁禍之人，並不難猜。」

平湘也反應過來，重新跪在母親和哥哥身邊。「祖父，是姑姑做的。她自己事敗，不想受到懲罰就嫁禍給娘，一定是她做的！」

「一定是她，昨日她才和趙燕娘爭執過，那麼多賓客可以作證。必定是她覺得顏面掃地，所以懷恨在心，才會毒死趙燕娘。」世子夫人臉色煞白，死死地盯著常遠侯，不停地說著。「一定是她，一定是她……爹，您要為我作主，分明是她陷害我的，她就是個掃把星，她是來禍害我們侯府的……」

世子的臉色陰晴不定。他也不想有個心如蛇蠍的妻子，想著兒子女兒的話，覺得頗有些道理，遲疑地道：「爹，依兒子看，就是寶珠做的。寶珠那性子，哪是個能容人的，要不您讓洪大人再仔細審審？」

常遠侯冰冷地看他一眼，看得世子直打哆嗦，低下頭去。

「事情是誰做的，洪大人那裡自有定斷。晁哥兒，你扶你娘出去，讓你妹妹好生打扮，等會兒宮中的儀仗就要到了。」

「爹……不是兒媳做的，是寶珠做的……」世子夫人嘶吼著，常遠侯充耳未聞，手縮在袖子中，疾步離開。

常遠侯一離開，世子夫人立刻暈過去。平晁咬著牙，目眥盡裂地看著屋外，一臉陰霾。

平湘流著淚，不停地問：「哥哥，怎麼辦？怎麼辦？怎麼辦……」

「妳只管做妳的新娘子，其他的都不要管。」

平晁命人將世子夫人抬回院子。洪少卿已經派人守在那裡。陛下吩咐過，所有的事情等太子大婚後再辦。

辰時一到，宮中的儀仗就到了侯府門口。

平湘已經梳妝打扮好，由宮中派出的嬤嬤扶著上了鳳輦。侯府門口鑼鼓喧天，她的心卻是一片忐忑，忽上忽下。

常遠侯一送完孫女出嫁，臉上擠出的笑就立刻消失。

府中下人們全都埋頭做事，大氣都不敢出一下，今日上門的賓客們看出端倪，匆匆告辭。

趙燕娘的屍身還停在屋子裡，那千桃的屍體也被抬到一間偏僻的小屋內。一府之中，兩具屍體，哪裡還有嫁女的喜氣？

世子夫人已經幽幽轉醒，空洞地盯著頭頂的幔帳。

突然，她掙扎著起身，打開門，外面的亮光刺得她又一陣陣發暈。

院子裡守著幾個衙役，她扶著婆子的手，就要往平寶珠的院子去。

衙役們沒有攔她，緊隨其後。

平寶珠正暗自慶幸，幸好老天開眼，真凶被找出來，要不然她就當了替死鬼。

世子夫人推開門進來時，她臉上的笑意還未收起。

「平寶珠，妳這個掃把星！怪不得生不出孩子，活該遭報應。我們侯府哪裡對不起妳，妳要這樣禍害平家，明明是妳毒死趙燕娘，還想賴到我頭上，我告訴妳，沒門兒！妳給我滾出侯府，滾出平家，我們平家不要妳這個喪門星！」

世子夫人幾乎是吼出聲的，吼完後不停咳嗽，搖搖欲墜。

平寶珠被她說得火起。分明是她下毒想陷害自己，居然還敢倒打一耙，顛倒黑白。「妳胡言亂語什麼，趙燕娘就是被妳毒死的，想不到妳心腸這麼壞，還想把我扯進去。我告訴妳，我是姓平的，妳呢，不過是個外姓人，要滾的應該是妳！」

「妳……」世子夫人兩眼一翻，差點背過氣去，她身邊的婆子急忙拍她後背，她好半天才緩過來。

世子夫人是葛郡公的嫡女，葛郡公雖無實權，卻也是二品郡公。世子夫人自小也是父母疼愛長大的，就因為是嫡幼女，性子軟，才被強勢的梅郡主看中，聘為兒媳。平寶珠一直就看不上她，姑嫂二人面和心不和，現在扯上身家性命，更是怒目相向，恨不得置對方於死地。

世子夫人強撐著身子。她知道，若是自己現在暈過去，恐怕等待她的就是定罪。

她人是沒有暈過去，趕過來的世子卻寒了心，望著丟棄在地的休書，心如死灰。

第八十四章

葛郡公府的人很快得到消息，葛郡公率領兒孫們打上了侯府的門。他們昨日來侯府賀喜，那時候趙燕娘之死疑似平寶珠所為，便沒有過多追問。

誰知今天平家人反咬一口，說自家姑奶奶才是下毒之人，他們哪裡肯依？若此事被坐實，以後葛家的姑娘們還怎麼嫁人？

世子夫人看到娘家人，哭得像個淚人兒。葛郡公聽聞世子已經寫了休書，勃然大怒。世子夫人哭著訴苦，一再聲稱自己沒有害人，必是遭人陷害。

葛郡公安撫她，一定會為她討個公道。

平寶珠躲在房間裡，連門都不敢出，常遠侯黑著臉出來和葛郡公周旋。

葛郡公不依不饒，反正侯府不仁，休了他的女兒，他也不用顧忌侯府的面子，非要討個公道不可。自家女兒是什麼性子，也就是愛耍些小心眼，毒心思肯定是沒有的，更別說殺人奪命。要是常遠侯不能讓他滿意，他就直接鬧進大理寺，到時候看誰沒臉。

不多時，趙家人也上門。

平家女已經出了門，按理說燕娘之死，平家總要給趙家一個交代吧？

洪大人也不敢定奪，此事頗為複雜。昨日明明驗出是菜中有毒，今天卻在世子夫人丫頭的屋裡搜出毒粉。問題是趙燕娘的丫頭只在廚房遇見過平寶珠的丫頭，並沒有碰到世子夫人的丫頭。

世子夫人送去的點心都被吃完，無從考證，不知裡面是否有毒，但那菜裡卻是真真切切地驗出了毒。

要麼就是兩人都想趙燕娘死，趕巧選在同一天動手，且用的毒還是相同的；要麼就是有人下毒，然後栽贓嫁禍。

趙家人對這個結果很不滿意，聽常遠侯的言之下意，害死燕娘的居然是世子夫人，平寶珠是被冤枉的。

趙書才畢竟當過幾年縣令，覺得常遠侯的說辭有些漏洞百出。昨天那有毒的菜如何解釋？

他質問常遠侯，常遠侯陰著臉，道：「寶珠的丫頭是幫忙端過菜不假，可這怎能證明毒是寶珠的丫頭下的？相反，燕娘的丫頭才更可疑，那菜從廚房到院子都是她一人提著，若是被他人誘之以利，一路上有的是機會下手。」

「侯爺，下官也斗膽問您一句，您說沒有證據證明平小姐的丫頭下毒，敢問您有證據表明是燕娘的丫頭下的手嗎？」

「沒錯，這兩人都沒有確鑿的證據，反倒是在葛氏的丫頭屋子裡，搜出了藥粉。此事依本侯看，再明白不過。」

葛郡公怒氣沖沖地站出來。

「常遠侯，你莫要血口噴人！誰那麼蠢，下過毒還留著東西讓別人抓個正著？分明是個粗淺的陷害之局。你們侯府僅憑這個就休了我女兒，為了給自己女兒開脫，還想將髒水往我們郡公府潑？我告訴你，要是大理寺不敢得罪你，我就去陛下那裡說理，我就不信，是非黑白豈是你一人說了算？」

「本侯並未污葛家的名聲，千桃已死，也確實是在她的屋裡搜出藥包的。無論她是受何人指使，或是自己膽大包天毒死燕娘，葛氏確實有不察之錯。」

葛郡公眼一冷。

「就因為她失察，你們侯府就要休她，是不是太過欺負人？」

「此事本侯也是方才得知，許是世子一時氣盛，本侯自會勸他，郡公不如先回去。咱們兩家是姻親，這麼鬧著不好看。」

世子夫人止住眼淚，眼巴巴地望著自己的父親。

葛郡公嘆一口氣，總不能真的讓女兒被休。他丟下狠話，氣呼呼地離開侯府。

這個案子到現在，要麼就是死無對證，要麼就只餘猜測，就算真是千桃下的毒，也不能證明就是受世子夫人指使。

洪大人再怎麼秉公辦事，總不能將葛氏抓起來用刑。

趙書才對這個結果也不滿意，他們趙家死了一個女兒，平家人包庇真凶，將葛氏推出來，這下死無對證，硬是推說一個丫鬟自己謀害主子，侯府不會是想糊弄他們吧？

「侯爺，那丫頭就算再膽大包天，也不可能會毒害主子吧？」趙書才盯著常遠侯問道。

常遠侯冷哼一聲。

「這你可得好好問自己，趙燕娘是個什麼脾氣，你做父親的不會不知道吧？她自嫁進我們平家來，鬧得我們侯府整天不得安生，府中下人哪個沒有被她罵過，甚至不少都挨過她的板子，你說就算有人心生怨恨，難道不是在情理之中嗎？」

趙書才語塞。燕娘那性子確實不討喜，自嫁入侯府後更加目中無人，連娘家人都不放在眼裡，真的讓侯府下人怨聲載道，也是有可能的，但燕娘總不能白死。

「那依侯爺的意思，是就這樣了結，燕娘的死是一個丫頭害的，那丫頭也死了，所以一命抵一命，我們趙家就得認這個栽，是嗎？」

「話也不能這麼說，燕娘被人害死，本侯也十分痛心，也會補償你們一二，你們有什麼要求儘管提，只要是侯府能做到的，就一定會辦到。」

趙守和站在趙書才的後面，早已是滿腔憤懣。侯府是想用銀子和權勢壓他們？

洪大人立在一旁，道：「侯爺，千桃是被人掐死後丟入井中，下官以為應該還有幕後之人。且千桃送的是點心，而昨日剩菜中千真萬確是驗出有毒的，此事還未能查清，頗多疑點。」

常遠侯看著洪大人。「不過是家宅內務，不敢再煩勞洪大人。今日是太子大婚，本侯會進宮面聖，洪大人請回吧。」

洪少卿為官多年，深知此事其中必有隱情，但陛下也有過旨意，等太子大婚之後再審，今日確實不太適宜。

原本留在侯府的人也不撤去，他自行一人離開。

趙書才不肯走。燕娘屍骨未寒，真相未明，不能入土為安。常遠侯也不管他，任由他們父子留在趙燕娘原來的院子裡。

常遠侯府的這些破事，早已傳到宮中。

東宮的宮殿內，平湘一人獨自坐在新房裡，龍鳳喜燭一直燒到天明，太子也沒有踏進新房。

她哭了一宿。太子表哥果然是因為侯府的事情，開始嫌棄她。

等到去向帝后敬茶時，太子才現身。平湘擦乾淚水，小心地察看太子的臉色，果然太子的臉色十分冷淡，甚至眉宇間還夾著一絲陰鷙，正眼都沒有瞧她一眼。

她死死地忍住淚水，跟在太子後面。

皇后昨日似乎也沒有睡好，臉色有些白，祁帝低聲勸慰。「侯府之事，妳不必太過憂心，免得傷了身子。」

「多謝陛下掛心，妾身無事。只是父親一早就送信進宮，說是那事已經水落石出，都是寶珠的丫頭擅自作主，見寶珠受氣，想著給主子出氣。事發後，為了掩罪，栽贓給葛氏的丫頭。現在真相大白，給葛氏的休書也撕了，已派人去葛郡公府裡好生賠罪。只是府中才辦喜事，又要辦喪事，父親必定心力交瘁，妾身於心不忍。」

祁帝冷哼一聲。「不如朕就給他放幾個月假吧，也讓他好好整頓侯府，侯府最近鬧得確實有些不像話。」

皇后大驚。「陛下……」

「嵐兒不必再說，常遠侯早年確實立過大功，為保祁朝江山，立過汗馬功勞。可於內宅上，真是太過無知，之前由得祁梅胡作非為，現在又看著府中下人亂來，若是再不修內宅，朕怕他不能專心朝事。不如休假幾個月，讓他好好反省。」

「陛下……妾身……明白你的一片苦心。」皇后說得無奈，帶著一絲傷感。

太子和平湘進來時，看到的就是帝后二人臉色都不算好。皇后勉強擠出笑意，喝了他們敬的茶。

平湘的眼睛紅紅的，咬著唇，一臉委屈。

皇后用眼神安撫她，對太子道：「堯兒，本宮聽說你昨日未進新房，可有此事？」

「回母后，確有此事。昨夜兒臣正為一事困擾，百思不得其解，於是關在書房中獨自琢磨，倒是悟出一些道理，忘記洞房之事，是兒臣的錯。」

「你重學業是好事，卻也要分輕重緩急，昨夜是你大喜之日，再如何忙也不能冷落湘兒。好在湘兒是個知禮的，沒有哭鬧，今日你可不許再留在書房，本宮和你父皇都等著抱皇孫呢。」

「兒臣遵命，母后。」太子恭順地應下，平湘心裡舒坦不少。

皇后又對平湘道：「湘兒，妳現在是太子妃，一言一行都要謹慎。太子事多，妳做妻子的要多擔待，切不可由著性子鬧騰。你們新婚，本宮也不是什麼惡婆婆，這一早一晚的請安就免了，妳照料好太子的事，才是重中之重。」

「是，母后。」

平湘更像是吃了定心丸，看來姑母還是疼自己的。

太子和平湘離開後，皇后問琴嬤嬤。「上次送到胥府的果子，雉娘吃得可還爽口？」

「回娘娘，胥少夫人就愛吃果子，聽說用得極好。」

「那就好，妳再送些過去，永安那裡也送一份。」

「是，娘娘，奴婢這就去辦。」

祁帝聽到她們主僕的話，似隨意般地問道：「胥家少夫人愛吃果子？」

皇后娘娘這才露出一個真誠的笑意，原本有些蒼白的臉色生動起來。「妾身也是聽到一點風聲，雉娘怕是有喜了，胃口不佳，就愛吃新鮮瓜果。可眼下這時令果子少，有錢都難買，妾身就想著，將自己的那些分例勻些給她。」

「原來是這樣，這些個果子之類的，朕倒是不太喜歡，不如妳派人將朕的那些也送些過去。」

皇后大喜，抿嘴笑起來。

「永安就是像你，不愛吃這些東西。」

說到永安公主，祁帝問道：「永安那邊要多注意，她這胎懷得不容易，不能有一點閃失。」

「妾身明白的，早就派人去了。駙馬也是個知事的，天天守著永安呢。」

「胥家少夫人倒是有些像妳，不愧是妳的親外甥女。以前朕可記得，妳每次害喜都吃不得半點葷腥，偏愛吃瓜果。」

皇后不好意思地笑著。她每次有身子，初期只能吃些果子充飢，加一點少許湯羹。雉娘像她，害喜的樣子都像。

祁帝拉著她的手走出殿外，外面依舊寒冷，卻帶著春的氣息。萬物像是要馬上復甦一般，蠢蠢欲動。

「妳年前不是還愛召些姑娘進宮，怎麼最近一個人都沒有召過？想必有些悶吧，既然妳那麼喜歡胥少夫人，不如多召她進宮說話。」

「妾身會的。堯兒最近心事重，妾身常常覺得不安，怕他胡思亂想。原本想著娶了太子妃會好些，卻不想堯兒連新房不願意踏入，怕是對湘兒不滿。妾身打算為他挑個合心意的側妃，陛下你看如何？」

祁帝看著她，又望著遠處的高牆，目光深遠。

「妳我夫妻何必見外？堯兒是我們的皇長子，又是太子，朕相信，妳身為母后，一舉一動都是真心實意為他打算的。堯兒是我們看著長大的，秉性純直，以後定能挑起大祁的江山。這側妃一事，妳看著辦就好。」

皇后的心顫了顫，低聲道：「多謝陛下。」

祁帝笑了笑，指了指高高的宮牆。

「朕小時候，每回看著那宮牆，都想到外面去瞧一瞧，瞧瞧外面有沒有像母妃說過的那樣，有人一家三代都住在一間屋子，父母帶著孩子一起睡大炕。書中有云，父母愛子女，定為其計深遠。妳我雖為帝后，也沒有什麼不同，太子也好，永安、舜兒也罷，都是我們的皇兒，妳將他們養得很好，朕很欣慰。」

「這是妾身應該做的。」

「妳做得很好。」祁帝牽著她的手，慢慢地在園子裡走著。

皇后心裡驚疑不定。陛下今日似乎話中有話，莫非是在敲打她？

她穩著心神，陪祁帝走了一會兒，祁帝有事去前朝，她才回到德昌宮內，獨自沈思。

琴嬤嬤進來，輕聲道：「娘娘，方才陛下命人送來一些東西，說是給胥少夫人的。」

皇后恢復神色，點頭道：「沒錯，妳派人一起送到胥府吧。另外，帶個口信給雉娘，讓她進宮來坐坐，本宮已有多日沒有見她，十分掛念。」

「是，娘娘。」

琴嬤嬤退出去，讓人把東西送到胥府，並帶去口信。

東西送到胥府，最開心的莫過於胥老夫人。她還正要派人去各地尋果子，眼下這個時節，果子可是稀罕物。

雉娘收到皇后娘娘的口信，心中感慨，想著明日就進宮一趟，連夜就往宮中遞了牌子。

皇后娘娘十分高興，盼了一宿，終於見到雉娘。

雉娘和以前一般嬌柔，因為害喜，臉色也不是很好，施了一些薄粉，掩蓋蒼白。皇后的心抽痛一下，慈愛地看著她。

「多謝娘娘的賞賜。」雉娘先謝恩。

琴嬤嬤早就有眼色地備好凳子，雉娘謝過恩後，就側身落坐。

皇后從她的眉眼一直看到腹部，可時日尚短，什麼也看不出來。一嫁進胥家就懷了身子，無論子女都是長子長女。胥家子嗣單薄，想必胥老夫人已經樂開懷。這孩子是個有福的，古人常說，大難不死，必有後福，說的怕就是她吧。

雉娘猜著皇后怕是已經知道她有身子的事，也不知是從哪裡知道的，莫非胥府中也有皇后的眼線？

「妳最近胃口可還好？」

「不是太好，多謝娘娘賞賜的瓜果，吃過果子後，勉強得用一些飯菜。」

「飯菜能吃多些就儘量多吃些，本宮那會兒有喜時，也是這般。妳必然奇怪本宮怎麼會知道吧？說來也是巧，舜兒說正月十五遇到妳，我就多問了兩句，本想著召妳進宮說說話，誰知道聽聞胥府第二天請了大夫。我怕有什麼事，就讓人打聽，才知是為妳請脈，又打聽到妳胃口不好，本宮就猜著，怕是喜事，只不過日子淺，不宜聲張。」

「多謝娘娘關心，雉娘感激不盡。本來祖母還在犯愁，不知去何地買果子，趕巧娘娘就賞了那麼多，雉娘受之有愧，謝娘娘恩賞。」雉娘說著，起身離座行禮。

「妳看妳，快快坐下，何須如此多禮。本宮早就說過，妳喚我姨母即可，妳這一聲聲的娘娘，本宮聽著不舒服。」

「是，姨母，雉娘知道了。」

皇后笑著，琴嬤嬤輕手輕腳地從宮女們的手中接過盤子，擺放在雉娘身邊的桌上，雉娘眼角餘光看到都是新鮮的果子。

果子洗得乾乾淨淨的，切成塊狀擺放在玉瓷盤中，襯得果肉格外水嫩多汁。
皇后用眼神示意她用一些，她小心地拿起盤子邊上的銀叉，輕輕地叉起一塊，放在嘴邊。一隻手抬起，作遮掩狀，小口地吃起來。

第八十五章

皇后望著她，見她吃完一塊，跟著還用了兩塊才放下叉子，笑意加深。

「永安不愛吃這些，剛有身子那會兒，天天嚷著醢醬伴飯，還是駙馬攔著，只敢給她吃一點，不敢讓她多吃。」皇后說著，自己笑起來。

雉娘也跟著笑起來。孕婦的口味千奇百怪，想吃什麼都不足為奇。

皇后說的醢醬，跟後世的大醬有些像，只不過裡面加了肉糜發酵而成，味重而鮮。永安公主應該是孕後胃口變重，才愛吃醢醬。

「本宮記得永安小時候口味就偏重，宮裡的御廚都知道她的口味，往她的宮裡送的膳食總是比別人的多加一小勺鹽。」皇后對雉娘笑道：「不知妳幼年時，都愛吃些什麼？」

雉娘愣住，臉色有些為難。

她不是原主，還真不知道原主愛吃些什麼，不過就算愛吃什麼，八成也吃不到吧。

皇后卻誤會她意思，以為她是想起早年的苦日子。「看本宮這話問得，早些年，妳和妳娘受苦了。」

雉娘不知如何回答，低下頭去。

皇后猜想她在難過，更加肯定自己的做法。憐秀和雉娘的苦不能白受，她這麼多年的苦心不能白費。

站在皇后身後的琴嬤嬤看著宮外太監的手勢，輕聲向皇后道：「娘娘，奴婢出去一會兒。」

皇后擺了擺手。

琴嬤嬤出了門，小太監連忙上前，將事情一說。

原來，常遠侯認為趙燕娘之死，事情已了，應該入土為安。誰知趙家人不幹，攔著不讓，侯府裡最近都亂糟糟的，現在更是亂如一團麻。

琴嬤嬤示意小太監下去，進入殿中，小聲地附在皇后耳邊一說。皇后眼神一冷，轉而嘆了一口氣，神色凝重地對雉娘道：「雉娘，無論發生什麼事，妳都要切記，護好腹中的孩子。這世上，再也沒有比自己的孩子更重要的人。」

雉娘低聲應承。

她也很想問，如果真的那麼愛孩子，為什麼因為想要個兒子，而將自己的女兒送走呢？皇后的眼神裡帶著擔憂，雉娘心中惆悵，垂下眼眸。

她猜皇后剛才話中所指的，應該是常遠侯府的事。常遠侯府想用一個丫頭的死來擺平趙燕娘的事，父親肯定不會答應。皇后怕她被侯府的事情影響心情，不利於養胎。事實上，她對侯府的事情並不在意。

往常這個時辰，她都要躺在榻上小憩一會兒，如今身在宮中，自然是不能這麼做，但身體的反應往往不能由人，她忙用衣袖掩著嘴，小小地打了一個呵欠。

皇后眼裡都是笑意，溫暖如春。

「雉娘身子乏了吧，不如去殿內睡一會兒。」

「姨母，沒事的，就是變得愛打呵欠而已。」雉娘連忙拒絕。

皇后堅持。「這有身子的人，最不禁累。在姨母這裡，妳還客氣什麼？身子最重要，等妳小睡一會兒，也到了午膳時辰，正好陪姨母用個膳吧，省得本宮一個人用著，沒什麼胃口。」

她的眼神沒有平日的凌厲，望著雉娘的目光帶著淡淡期盼。雉娘垂著眸子，有一絲動容，應承下來。

皇后的臉上立即出現不一樣的光彩，喜難自勝。琴嬤嬤聽到話音，連忙扶起雉娘往內殿走去。

雉娘被帶到皇后寢殿的西側殿，裡面裝飾華麗，桌子床頭上擺著女子常用的東西，一看就是有人住過的。

「胥少夫人請，以前永安公主每回來德昌宮，要是乏了，就在此處歇息。」琴嬤嬤解釋著，和雉娘心裡猜的差不多。

琴嬤嬤侍候她脫去外衣，躺在錦榻上，然後悄悄地關門離開，命人守在門口。

雉娘看著頭頂上的紗帳，豔麗奪目的軟綃紗，上面還用金線繡著牡丹，美輪美奐。

她閉上眼，思忖著自己為何會同意來內殿休息，可能是不忍看到皇后娘娘明豔的臉上出現失望之色吧？

好似自從有身子以來，她的心思變得更加敏感，一點小事都能讓她感懷。

原本以為身處陌生的環境，自己應該是睡不著的，誰知閉著眼胡思亂想，竟然睡過去。迷迷糊糊中，似乎感覺有人坐在身邊，一雙專注的眼神認真地看著自己。她慢慢地睜開雙眼，就看到皇后娘娘含笑的眼。

「妳醒了。休息得還好嗎？」

雉娘撐著手坐起身。「多謝姨母，雉娘睡得很好。」

「那就好。腹中飢否？要不起來用膳？」

「好，姨母這一問，正巧覺得有些餓了。」雉娘說完，掀開錦被，琴嬤嬤已經上前，服侍她穿衣穿鞋。

皇后牽著她的手，走出側殿，穿過沿廊，來到正殿。

兩人長得極像，錯眼一瞧，彷彿姊妹一般。邁進正殿的祁帝只覺得眼前一花，分不清自己身在何處，不知是多年前的祝王府，還是金碧輝煌的皇宮，眼前的二人，如同年紀不等的嵐秀。

雉娘連忙行禮，祁帝抬手示意她請起。

皇后笑道：「今日胥少夫人進宮陪妾身，妾身心中高興，就留她一起用午膳。」

「正好，朕也餓了，就一起吧。」

雉娘低著頭，看著祁帝明黃的靴子從眼前經過，越過她執起皇后的手，坐到桌前。她左右為難著，不知是該跟上還是應該告退。

恰在此時，就聽到皇后娘娘的聲音。「雉娘也入座吧。」

琴嬤嬤引著她來到桌前，坐在東側皇后娘娘的下首。

祁帝用手指叩了一下桌子，身後太監就用眼神示意宮人們開始傳膳。

雉娘是第一次見識到帝后用膳，不敢抬頭。

不一會兒，宮人們魚貫進來，手中托著金盤。金盤盛著玉潔通白的瓷碟，碟中是御廚們精心烹飪的御膳。

因為照顧到雉娘的胃口，今日的御膳都十分清淡，皇后娘娘略有些不好意思地道：「妾身不知今日陛下會來，所以準備的都是較簡單的菜。」

「無妨，朕吃得慣。皇后莫非忘記了，以前朕經常陪妳用膳，這樣清淡的飯菜也是吃過好多回的。」

皇后抿唇一笑。她懷幾個孩子時，都害喜得吃不下東西，飲食都偏淡。那時候陛下每回陪她用飯，都不讓人添菜，陪她一起吃。

想到這裡，她的臉上飄過一絲紅暈，很快又消散。

雉娘低著頭，暗自思量。聽陛下和皇后說話的語氣，這對天底下最尊貴的夫妻也是有幾分感情的，至少陛下對娘娘是有情義的。

祁帝先動了銀箸，雉娘身後的宮女開始給她布菜。

今天的菜色確實是照顧她的，看起來都沒什麼油腥，實則不然，吃到嘴裡，縱使簡單的秦菘也鮮美無比，帶著雞湯的香氣。

這頓飯是雉娘近段日子以來吃過最爽口的，不僅沒有犯嘔，反倒是用了不少。皇后看在眼裡，寬慰在心頭。

她聽說雉娘害喜和自己相似後，就起了心思。她生養過幾個孩子，對付初孕時胃口不佳也有一套菜譜。

她身後的琴嬤嬤也在心裡有了底，待用完膳後，交給雉娘一個食譜方子。

雉娘對皇后道謝。胥府的廚子在料理方面也是很厲害的，做出來的清淡菜色，她也能吃進去一些，卻不如皇后今日準備的這般對她胃口。

祁帝是男子，略問了雉娘幾句就起身擺駕回前殿。德昌宮內，只餘皇后娘娘和雉娘。

未時一到，雉娘起身告退。

皇后面露不捨，拉著她的手。「妳往後有空，常來宮中陪本宮坐坐。」

「是，姨母。」

琴嬤嬤引著雉娘，將她送出德昌宮。雉娘也和她告別，由宮女太監領著出宮。

宮門外，胥府的馬車和烏朵、青杏都在等著。見到她出來，連忙上前扶著，烏朵在前面打開簾子，青杏扶著她上馬車。

馬車內，自然是鋪著厚厚的毯子，燒著銅炭爐子。雖然立春已過，可春寒帶濕，更覺陰冷。

前面駕車的車夫一揚鞭子，白色的駿馬便撒開四蹄朝胥府跑去。

烏朵和青杏一直守在宮門外，其間只用了些乾糧充飢。雉娘也沒有想到會留膳，讓她們回去後，趕緊弄些吃的。

兩個丫頭連聲謝恩。馬車行駛在御道上，行至次衛門附近，便聽到嘈雜的聲音，雉娘耳朵尖，聽出聲音似乎是從常遠侯府的方向傳來的。

常遠侯府座落在次衛門拐進去的第一家，雉娘想著便讓車夫停了一下，小心地掀開簾子一角，就見趙書才父子怒氣沖沖地從侯府出來。

烏朵見狀，連忙下車，不一會兒，趙書才父子就到了跟前。

父子二人看到雉娘，連忙讓雉娘快走，免得沾了晦氣。

車夫將馬車往前趕了一段路，才停下來等趙書才父子。父子二人長話短說，只說燕娘之死已有定論，讓她不用擔心，然後催促她回去。

雉娘想著，大道上也確實不是說話的地方，叮囑他們路上小心，然後命車夫直接回府。

趙書才看著小女兒的馬車，想起剛才常遠侯的話，怒火中燒。

常遠侯給他的交代，就是燕娘因為苛待下人，引起人心不忿。平寶珠的丫頭本身就心中不滿，替主子抱不平。那日恰巧趙燕娘在大庭廣眾之下給平寶珠難堪，那丫頭氣不過，瞞著平寶珠，悄悄動手。

那個丫頭已經懸梁自盡，留下血書，交代了事情的前後。她想替主子報仇，乘機給趙燕娘的菜裡下毒，然後聽說千桃曾去送過點心，心生毒計，栽贓到千桃的頭上，並弄死了對方。誰知終是受不住良心譴責，自盡後將真相公諸於眾。

如今那丫頭也給趙燕娘償了命，常遠侯的意思是兩清，可他不同意，那兩人分明都是替死鬼，說不定兩人的死都是常遠侯做的手腳，目的就是開脫罪名。

鬧了半天，常遠侯竟想用兩個丫頭來打發他，那燕娘不就是枉死？

常遠侯見他還是不肯罷休，當下說起趙家在渡古之事，道出燕娘和董家姪子私相授受的事，還說真要追究起來，就憑趙家以一個失節女子換親到侯府，就夠趙家定罪的。

他聽著常遠侯七扯八扯的，對方還想將事情扯到雉娘頭上，隱晦地提及雉娘曾經自盡的事，言下之意是雉娘的過去也不光彩。

趙書才心驚。燕娘已死，要真的讓常遠侯再說下去，只怕雉娘也要受連累。雉娘才嫁入胥府不久，要真是傳出什麼不好的話來，惹得胥家人不滿，只怕以後的日子不好過。他萬般無奈，接受了常遠侯的說辭，不再追究燕娘的死因，只不過心裡那口氣憋著，讓他十分難受。

望著胥府的馬車遠去，他嘆了口氣，和兒子慢慢走回家中。

胥府的馬車一路未停，直到胥府的大門。

胥良川站在大門口，見馬車停住，疾步上前，將雉娘扶出來。

雉娘的手被他握在掌心，進宮所生出的一點惆悵煙消雲散，取而代之的是無比安心。身邊的男子不過二十多歲，放在她那個時代，正是朝氣蓬勃的大好年華，但他身上看不到這個年紀該有的浮躁，一舉一動都帶著歲月沈澱過的淡定從容，彷彿從來沒有事情會讓他色變。

許是生長在胥家這樣的大世家，自小沈浸在書海中，受書香之氣熏陶，才會養成今日的性子。

她一生所求不過安穩，待在他的身邊，總能感受到心安如吾鄉，放鬆舒適。

或許是兩人的性格都不是外向的，相處在一起，時常會讓她有種老夫老妻的錯覺，話不多，往往一個眼神，他們就能明白對方的想法。

「你怎麼在這裡等啊？」

「索性無事而已。」

胥良川輕描淡寫地說著。他不會說自己是因為擔心，雖然知道皇后娘娘不可能會為難妻子，卻還是忍不住掛念。

雉娘去給兩位婆婆請安，略說了一下在宮中的事，隨後宮中的賞賜如流水般抬進胥府，除了補氣養血的珍貴藥材，就是新鮮的果蔬。

她將菜方子拿出來，並說自己在宮中用過，吃著十分舒心爽口。胥老夫人接過一看，連聲叫好，命人拿到廚房，以後雉娘的菜色就按方子上的安排。

等回到自己的院子裡，她便命烏朵去趙家打探，看看在侯府時發生了什麼，怎麼父親的臉色那般不好。可胥良川叫住烏朵。

雉娘看著丈夫，猜測他必然知道來龍去脈，於是讓烏朵暫不用去趙家。

夫妻二人清退下人後，並坐在靠榻上。

胥良川將常遠侯府發生的事慢慢道出，雉娘越聽眉頭皺得越高。論血親，常遠侯算是娘的父親，也是她的外祖父，就為了給平寶珠脫罪，常遠侯竟然用自己的名聲威脅父親。她對平家人雖無什麼感情，卻也不曾想過，常遠侯會這麼對她。

「常遠侯怎麼會知道我們家的事，而且知曉得這麼清楚？是方家人說的，還是蔡家人說的？」

和趙家一起進京的就只有這兩家人，雖然他們住在臨洲，但趙家的事情肯定都是聽說過的。

她猜想著，方家人說的可能性大一些。年一過，方大儒就啟程回了臨洲，方家的女眷都沒有走，想來是要給方家姊妹倆謀好親事再走。若是她們說的，倒也不足為奇。只是連她曾經自盡的事情都清楚，方家人可真夠用心的。

「方家人確實有重大嫌疑，平晁髮妻剛亡，有人起了心思也不奇怪。但妳仔細想想，妳自盡一事並不光彩，妳爹一直瞞著不肯讓人外傳，方家人怎麼會知道？」

雉娘驚訝地抬起頭。難道不是方家人說的，那還有誰會專程去查他們趙家的事，不會是常遠侯派人去查的吧？

「那是常遠侯自己去查的？」

胥良川冷冷地道：「他沒有那個心，能夠對你們趙家的事情瞭如指掌的，眼下在京中的還有一人。」

「文師爺？」

「沒錯。」

雉娘不解。文師爺怎麼會將自家的事情告訴常遠侯？他們趙家和文師爺沒有過節吧？若真論起過節來，只有拒親一事。

「他想做什麼？」

胥良川見她方才挪了挪身子，起身去拿軟枕，墊在她的後背，順勢擁著她。「無論他想要做什麼，都不會成功。」

文家想在京中立足，想站在朝堂上，取胥家而代之，簡直是癡人說夢。

雉娘笑了一下。這話，她相信。

第八十六章

胥良川黑幽的眼眸透著冷意。

很快就要春闈，文家不是想透過科舉重新入仕嗎？他就要徹底斷了文家的念想。

文家在前世確實取胥家而代之，今生必不能如願！

事情雖不是方家人透露出去的，但方家人也是有心的，方家的姑娘想當太子側妃，拚命地向侯府投誠。侯府是皇后的娘家，要是侯爺認可方家，那麼方家姑娘納入東宮，太子妃也會看重。

太子是一定會納側妃的，東宮不僅會有兩位側妃，還會有其他妾室，太子妃要是個聰明的，就該知道，一個和自己一心的側妃，和一個與自己不同心的側妃，哪個對自己有利。

方家打的就是這個主意。

再說，還有另一個原因促使方家對侯府示好，那就是胡家的小姐胡靈月也到了談婚論嫁的年紀。胡大學士府論身分和侯府也是相配的。以前梅郡主在時，將京中的小姐們都挑了個遍，眼高於頂，看不上胡家小姐。

如今梅郡主不在，平晁又是續娶，胡家人再次動了心思，想攀結這門高親。

胡小姐是方家的外孫女，方家人自然希望外孫女能嫁入侯府，那樣對以後方靜怡入東宮也是個助力。

她們也向侯府說過趙燕娘之前的事，不過沒有文沐松知道的多罷了。

文沐松沒有露面，而是悄悄派人給常遠侯送信。

常遠侯想讓趙家人吞下這口氣，就得用這些把柄堵住趙家人的嘴。事實上，他也這麼做了，趙書才被逼著接受趙燕娘是被丫頭謀害的事實。

趙書才將侯府的事情告訴鞏氏，鞏氏得知是這個結果，也氣得不行，偏偏事情還關聯著雉娘。她寬慰趙書才，趙書才自己左思右想，忍下這口氣。

燕娘之死，常遠侯府要負大部分的責任，但也有燕娘咎由自取的成分。

常遠侯府送走趙家人後，開始命下人們掛白幡。趙燕娘是平家的少夫人，她這一死，怎麼著也得風光大葬。

世子夫人強撐著身子出來操持喪事，休書已撕，她還是侯府的媳婦。兒媳婦的喪事，她作為婆婆，總要操辦起來。

平寶珠稱病，不肯出來幫忙。她覺得自己平白無故死了丫頭，父親還訓斥她一頓，心中有氣。

世子夫人很少操持過大事，頗有些手忙腳亂，還是葛郡公府派人過來幫忙，才算勉強能應付。

說是風光大葬，也只是做給別人看的，滿府掛上白幡，喪事也花了不少銀子，但趙燕娘的靈堂連個哭喪的人都沒有。她本是小輩，又無子女，黑棺白布，冷冷清清的，除了兩個燒紙的丫頭，侯府其他的主子都不在。

侯府風光大辦，除了想趕緊處理趙燕娘的屍身，最重要的原因是想藉由請人作法，大擺喪事，好去去侯府的晦氣。

她一死，劉嬤嬤等人也被段府要回去。劉嬤嬤本是鳳娘的嬤嬤，回去理所應當。另外陪嫁的兩個丫頭也是出自段府，也應該送還段府，同時送還的包括她的嫁妝。那些嫁妝原就是鳳娘的，送還段府，趙氏直接讓人送到鳳娘的院子裡，也算是物歸原主。

趙鳳娘面無表情地看著下人們將箱籠抬進院子。這些東西都是她的，不過是被趙燕娘霸占一段時日。她嫌那些嫁妝不祥，都封存在庫房裡，趙燕娘戴過的首飾也都當了，換成銀票，再另置其他首飾。

首飾鋪子的動作很快，不出三日就將她要的首飾做出來，亮晃晃地擺在錦盒裡。她隨意地拿起，細細把玩著，然後通通收起，一股腦兒地放進匣子裡。金銀玉器發出清脆的響聲，她嘴角微微地揚起，冷冷一笑。

段鴻漸的屋子裡，時不時傳來那小妾嬌滴滴的笑聲，還有男子調笑的聲音。眼看著臨近春闈，段鴻漸竟然沒有埋頭苦讀，反而成天和小妾廝混在一起，真是扶不上牆的爛泥。

她厭惡地皺了皺眉。身後的黃嬤嬤和劉嬤嬤對看一眼，又各自分開，心思不明。

太子在大婚第二天時，遵皇后的命，與平湘圓了房，但此後，再也沒有進太子妃的寢宮。平湘不敢大鬧，只敢到皇后那裡訴苦。

東宮的人都傳開了，太子妃無寵，被太子冷落。

皇后再次勸說太子，太子以學業繁忙為由，皇后也沒有法子。京中的夫人們都在觀望，思忖著皇后可能會提前為太子擇側妃。

方靜怡聽後，欣喜不已。方老夫人帶著兒媳孫女們還住在胡大學士府裡，胡大學士的夫人最近也動起心思。趙燕娘死了，平家少夫人的位置空出來，平家最近名聲不佳，接連傳出醜聞，很多人家都不想讓姑娘嫁過去當續弦，他們卻正有此意。

趙燕娘的喪事，胡家人和方家人都去弔唁過，也跟侯府搭上了話。

至於胥府這邊，自從得了皇后娘娘的菜方子，雉娘每天用飯的情況大有好轉，也不怎麼會嘔吐了。

雉娘感覺自己的腰身開始豐腴起來，或許等天氣變暖之後，以前的衣裳都不能穿，於是帶著烏朵去庫房裡挑料子，要做幾身寬鬆的新裙子。

胥良川也開始忙碌起來，從各地進京趕考的舉子都陸續到達，閬山一脈的學子們也依次進京，全都被安排住在學子巷裡。

進京趕考的舉子們，有的出身貧寒，有的出身富貴，無論如何總離不開吃穿二字，京中的鋪子也因為這三年一次的春闈再次火熱起來。

隨著舉子們進京，京中處處可見另一種景致。三五成群的書生們，或聚在湖邊吟詩，或圍坐在茶樓高談闊論，各個巷子裡的茶樓酒家，乃至煙花柳巷，都前所未有地熱鬧起來。

胥良川兄弟倆為首的閬山一脈學子們也舉辦過一次聚會，將學子們都安頓好，兄弟倆才算是輕鬆下來，不過出門的次數也比以前變多。

雉娘安心在家養胎，趁著身子鬆快一些，回了趟趙宅。趙書才已經去翰林院上任，聽鞏氏的語氣，似乎一切都還順利。

現在全家人關心的都是趙守和三月下場一事。趙守和也許天賦不如人，但十分刻苦，從年前就搬回趙家，沒有再住到段家。

雉娘回娘家，除了要去看望祖母，也要對兄長表示關心。

趙守和看到她，有些吃驚，放下手中的書，將她請進書房。

趙家的書房很小，裡面書架上的書也不多。雉娘四處看看，眼睛瞄到書桌上的書，她隨意拿起一看，是一本農經。

這個時候看農經？「大哥，春闈會考農經嗎？」

趙守和憨厚地笑了笑，兩手相互搓一下。「這也不一定，每次貢試都會有人押題，有時會準，大多時候都是不太準的。我聽說有人押今年策問會涉及農耕要術，治河通灌，想著試一下總無妨。」

雉娘以前也聽過科舉押題一說，有些人會根據考官的喜好、朝中的動向押中題目，只不過這樣的事情能押中的機率並不高吧？而且這押題之人是誰，他是根據什麼押題的？

「大哥，押題的人只押了這一種嗎？」

趙守和見妹妹有興致，也不吝將自己知道的說一說。「倒也不是。一般說來能押題的人都不是等閒之輩，無一不是當世大家。我聽文公子說，文家雖然多年沒人出仕，但每次科舉都會押題，十有九中。文公子與我有些交情，將文家今年押的題透露給我，我也是姑且信其有，試上一試。」

「文公子？哪位文公子？」

「小妹可能沒有見過，是我們以前在渡古時文師爺的姪子，他告訴我的。」

雉娘將手中的書放下。文師爺的姪子？他怎麼會向大哥透露文家的秘密，真的是因為兩家的交情？

她沈默不語。趙守和看著她的臉色，問道：「小妹，妳怎麼了？」

「沒什麼，大哥，雖說文家以前押的題都中了，但世事難料，你應該多做其他準備。」

趙守和點頭。「小妹說得極是，為兄也這般想的。哪裡像大妹夫，自得了這個消息，乾脆將書本丟在一旁，天天在家裡作樂。」

他指的大妹夫就是段鴻漸。雉娘垂著眸，笑了一下。「別人的事情我們管不著。大哥，你看書吧，我去娘那裡。」

「妳去吧。」

趙守和送她出門，她示意他進去，然後去了鞏氏的屋子。

鞏氏已經從烏朵的口中得知女兒有喜一事，正和蘭婆子高興地商量做什麼小衣服小鞋子。雉娘進去時，鞏氏正好說到要找軟料子的舊裡衣，用那個做小孩子的衣服最好。

看到女兒進來，鞏氏連忙起身，扶著她靠坐在榻上。

「妳這孩子，大喜事也不派個人告訴娘。」

「娘，我這不是專程來告訴妳了嗎？」

鞏氏慈愛地望著女兒，柔聲地詢問她有什麼想要吃的、胃口怎麼樣？

雉娘拉著她的手。「娘，我沒有什麼想要吃的。前幾天胃口有些不好，現在好多了。皇后姨母給我一個菜方子，胥家的廚子照著做給我吃，還算能吃一些，也不怎麼難受。」

「那就好，妳祖婆婆和婆婆都是好的。」

鞏氏滿臉欣慰。胥家門風清正，祖訓就規定不能納妾，再說胥姑爺品行高潔，就算是在外面，也不可能會拈花惹草，雉娘心裡舒坦，胎象才坐得穩。

雉娘想起剛才趙守和說的話，問鞏氏。「娘，文家人和我們家常來往嗎？」

「倒也不是常來往，畢竟以前在渡古時，文師爺和妳父親共事了六年，情誼也是有的。文師爺的姪子來找過妳大哥幾次，兩人好像也只是談論文章。」

「原來是這樣。他們還和段家走得近嗎？」

「好像那文家的小姐常去段府找妳大姊，妳大姊現在是段家的媳婦，她要做什麼，我也不好過問。之前妳姑姑和大姊提過，想將文家小姐說給妳大哥的事，我和妳爹都不同意。妳就放心吧，娘會看著的，不會和文家人來往過密。」

鞏氏在京中也待了一段日子，上次女兒就不喜家裡和文師爺有來往，她可是記在心裡。文師爺的姪子來找守哥兒，她都派人盯著，見他們說的都是關於文章的事，也就沒有派人去告訴女兒。

雉娘想得多，總覺得文家處處針對趙家，一邊想嫁女兒進來，一邊還在暗地裡使手段，這不太合常理。縱觀史書，也有過科舉舞弊的例子，一經發現，作弊的舉子永不得再參加科舉，甚至禍及三代。

文師爺暗地裡給常遠侯寫信揭趙家的短，又怎麼會好心將文家人押的題透露給大哥？如果這題真的被押中，文家人反咬一口，說題目是大哥洩漏給他們的。真要追究起來，恐怕就會扯出胥家。公公位至閣老，能拿到考題的可能極大，或許這就是文師爺的目的。

雉娘越想，就越覺得有可能。她沒有留下來陪鞏氏吃飯，尋個藉口急急地回府。

胥良川還沒有回來，她坐在房間裡等待，心裡胡思亂想著。所謂暗箭難防，要真是文師爺起小人之心，胥家一脈都會被牽連，到時候，說不定文家真的能取胥家而代之。

科舉舞弊，往往牽涉極廣，胥家一脈的學子們遍布天下，要是讓文家成了事，等待胥家闔山一脈的就是滅頂之災。

她不安地變換了幾個坐姿，喝了幾口蜜水，終於坐不住，站起身在院子裡走來走去。

身後的青杏和烏朵都不明白怎麼回事，面面相覷。她輕笑，道：「我無事，不過是覺得屋裡有些悶，想在外面透透氣。」

日落時分，胥良川的身影終於出現在院子外面，雉娘一喜，飛奔著迎上去。

胥良川看到她飛奔的樣子，心提了一下，快走幾步，扶住她的身子。

「發生何事？妳跑這麼快做什麼？」

雉娘喘了幾口氣，撫著胸口，急切地問：「夫君，你最近聽到什麼風聲嗎？」

胥良川一把牽起她，小心地拉著她進屋，將她安坐在軟榻上。「別急，妳慢慢說。」

「夫君，我今日回了一趟娘家，聽我大哥說，文師爺的姪子將文家人猜出的考題告訴了他，而且也告訴了段鴻漸。段鴻漸自得到考題後，天天不思讀書。他不比我大哥，萬一他說漏嘴，別人會在暗地裡揣測這題究竟是猜出來的，還是知情人洩漏出來的？到時候可就說不清楚，恐怕會連累大哥，甚至是我們胥家。我左思右想，覺得極為不妥，想著等你回來商量。要真是有人捕風捉影，你在外面應該能聽到風聲。」

她緩勻氣息，小臉還泛著跑過後的紅暈，加上忽閃的翦水雙瞳，直勾勾地望著他。他伸出修長的大手，替她捋了捋剛才有些飛散的髮絲。

「妳大哥有沒有說過，文家押的是什麼題？」

「有的，大哥在看農經，文家人押的是農耕之策。」

胥良川深邃的眼微瞇一下。這題定然不是文家人自己猜出來的。前世，這次的科舉考題確實是關於農事。顯而易見，有人洩漏了科舉考題。

趙守和是自己的大舅子，真要是被人揭發，別人第一個想到的就是胥家。

文家人想毀掉胥家，走的是這步棋。他想打破文沐松的通天路，用的也是同樣招數。

文沐松定然是從太子那裡知曉考題，而他，前世親身經歷過這次科舉，對於什麼考題一清二楚。

文沐松此人果然不能小覷，難怪前世能高居閣老之位，成為新帝的心腹大臣。他們的路數一樣，就看誰更加棋高一著。

「妳不用擔心，我心中有數。」

雉娘點點頭。但願她是小人之心，度了別人的君子之腹。

胥良川坐下來，細細地問她今日都做了什麼，吃了什麼，吃了多少，有沒有吐？

「今天什麼也沒有做，和我娘閒聊罷了。吃的還行，沒有吐。」雉娘嬌聲說著，抿唇一笑。

他這樣子好像養女兒一般，不知是最近日子過得太愜意，還是人一旦過上好日子，就會忘記過去。她越來越覺得那孤苦無依的前世，就像一場夢。

接下來，胥良川反倒閒起來，天天待在家裡，看書或是陪她。

第八十七章

五天後，學子巷裡發生了一起打架鬥毆事件。一位李姓舉子和另一位張姓舉子，兩人不知因為何事起爭執，李舉子將張舉子打得頭破血流。

李舉子指著張舉子，痛罵道：「你這個敗類，居然想用這樣的招數來騙錢！說什麼自己有科舉的考題，用這個來引誘別人上鈎。可憐孟公子家有老母，居僅半屋，老母為了送他進京趕考，自己在老家忍飢挨餓，你竟然貪他身上的那點銀子，用賣考題這樣的陰毒法子來害他，簡直不配為人！」

他話一出，圍觀的眾學子們譁然。

有人為孟舉子抱不平，有人誇李舉子仗義，更多的是在竊竊私語。突然有人高聲問道：「李公子，你方才說張公子賣考題，不知是什麼考題？」

李舉子義憤填膺地道：「這廝說什麼關乎農事，騙了孟公子身上所有銀錢。孟公子今日餓暈在屋裡，經我幾番追問，才道出原委。我一聽，就知道他上當受騙。歷屆科舉，被人用考題騙錢的事情時有發生，我猜他就是被騙了。」

張舉子倒在地上，痛得齜牙咧嘴。

眾人的眼睛齊齊盯著他，盯得他將頭埋下，硬著頭皮道：「我沒有說是考題，只說是有人押的題，是孟公子誤會了。」

孟舉子虛弱地坐在凳子上，有氣無力道：「你……你明明言之鑿鑿，說是千真萬確的考題……怎麼又變成別人押題？」

「張公子忒不地道，押的題和真的考題那可是天差地別，誰也不會為了一份押題將身上所有銀錢掏空，必然是張公子誆人。」

「就是、就是。」眾人附和。

張舉子眼珠子轉了幾下，從身上摸出一個破舊的荷包，丟給孟公子。「喏，拿去，不過是十來兩碎銀子，張某還不放在眼裡。就你這窮酸相，還想高中，簡直作夢！」

李舉子接過荷包，放到孟舉子的手上。趁著這個空檔，張舉子從地上爬起來想逃，卻被幾個好打抱不平的舉子抓住。

人群中有人出聲。「哼，這個張公子真不是個東西，竟然說今年的考題是問農策。誰不知道胡大學士最推崇吏治安邦，怎麼可能會考農事？」

學子們議論紛紛，說什麼的都有，也有人偷偷存了心思，想著或許胡大學士出的考題就是農策，於是都想從張舉子嘴裡套出什麼話來。

不知是誰提議，說張舉子連孟舉子的錢都騙，必然還騙過其他人的錢，這種騙子簡直是讀書人的恥辱，不如扭送官府，繩之以法。

張舉子拚命喊叫，無奈學子巷的舉子眾多，事情又關乎學子們的名聲，大家都贊同將他送官。一行人浩浩蕩蕩地到了京兆府，京兆府尹被洶湧的陣仗嚇了一大跳。最不可欺人年少時，誰知道這些人中，將來會有幾人爬上去，位極人臣。

舉子們站在堂上，張舉子被推到中間。京兆府尹問明原由，得知有人賣考題，考題就是問農策，他嚇得大驚失色。若真是科舉舞弊案，那是要出大事的。

一番審問下來，張舉子站出來指稱自己不是賣題之人，他自己是花了銀子從別人手中買來的考題，而賣他考題的人就是段少卿家的公子。

段鴻漸被揪出來，也跟著喊冤，他不過是和人喝酒多說了幾句，被人用話架著洩題，然後隨意地收取了一些銀子。

京兆府尹問他的考題是從哪裡得到的，他就默不作聲，被問得急了，嗡聲嗡氣地道：「你們說是誰給的？我還能從哪裡得到考題？」

眾人沈默，你看著我，我看著你，都不敢說出那幾個字。

大家心知肚明，能拿到考題又和段家關係近的，就只有胥家。

段鴻漸冷哼一聲，不屑地看著眾人。

京兆府尹心裡鬆口氣，問了半天都沒人說策論點，想必真是押題。他一拍驚堂木。「不過是押題而已，就算押對又有什麼大驚小怪的？你們速速退下，不要妨礙本官公務。」

段鴻漸當下就昂著頭走出去，張舉子也跟著甩開抓著他的人，快速地跑遠。

舉子們心道也是，不就是說要考農事，這算哪門子賣考題，最多是投注賭題罷了。

張舉子見後面沒有人跟著，七拐八彎地拐進一個胡同，在一間小院子前敲了三下門。院門打開，他四處張望一番，閃身進去。

一進門，就對上文沐松冰冷的雙眼。

「對不住，文公子。」

文沐松背過身去，道：「這點小事你都辦不好，還想得到重用？」

「不是張某沒有辦好，要不是那姓孟的嘴長，事情不會被人發現。」張舉子急急地解釋，暗罵自己貪那幾兩碎銀子。本來他算準姓孟的是個鱉孫子，就算被逼死都不可能會透露半句，怪就怪那個姓李的多管閒事，替姓孟的出頭，要不然他是又得了銀子，還能得到賞識。

「文公子，你在主子面前再給我多美言幾句，下次我一定辦好。」

文沐松轉過身，冷笑一聲。「還有下次？你已經打草驚蛇，還敢有下次？依我看，你還是乖乖收拾東西回老家吧，在這京中，不會再有你的出頭之日。」

張舉子一聽，急了。他們全家人都指著他在京中能混出個名堂，就這麼連試水都沒有，灰溜溜地離京，他心有不甘。

「文公子，算我求求你，將來若我有機會，一定報答你，只要是你吩咐的事，赴湯蹈火我也會幫你辦成。」

「赴湯蹈火？好，這可是你說的，姑且就再信你一回。我幫你在主子面前求求情，你回去等著吧。切記，最近什麼都不要做。」

「是，是。」張舉子千恩萬謝地離開小院子。一離開，他就直奔自己的住處，閉門不出。

賣考題一事似是被揭過，連京兆府尹都說，最多就算是押題，官府不會追究。

趙守和特地登胥府的門。他懊悔不已，怪自己不夠聰明，沒能想那麼多。雉娘卻知道不是他的錯，錯在段鴻漸，錯在躲在暗處的幕後之人。

趙守和還是自責，最後胥良川命人送他回去，讓他專心讀書，不理旁事。他再三應諾，自己別的本事沒有，埋頭苦讀是最擅長的。

雉娘等他一走，轉頭問胥良川。「夫君，這件事真的對我們胥家沒有影響嗎？那些人擺明是想將事情往咱們身上引，真的會輕易善罷干休？」

「妳不用擔心，他們想賴上胥家，沒有確實證據，陛下不會輕易相信的。」

「眾口鑠金，我們再清白，也禁不起有人想潑髒水。」

胥良川安撫她。「我心中有數。」

當晚，他連夜進宮，跪在祁帝面前。

「陛下，今日京中之亂，起因都在良川身上。雖然自科舉以來，押題猜策是常有的事，但若不是良川恃才狂妄猜測考題，還透露給他人，就不會引來居心叵測之人。良川私下押題，並告知連襟，段公子圖利賣題，引起今日之禍，雖不是良川本意，卻不敢推卸其責，請陛下責罰。」

祁帝坐在龍椅上，直直望向殿中的青年。青年身著白色襦袍，寬袖窄腰，玉面薄唇，烏髮如墨，彷彿一幅雋永的山水墨畫。

「哦，竟有此事？不知你押的是何題？」

「回陛下，良川押的是農事。」

「農事？」祁帝呢喃，又問道：「你因何會押此題，而不是吏治安邦？此次的主考官是胡大學士，按理說，你要押也不會押農事。」

胥良川雙手拱於胸前，寬大的袖子垂下，如帷幕一般。

他的聲音清冷中透著堅定。「良川以為我朝邦正民安，邊塞近年並無大的戰事，朝野呈興盛之勢。天下黎元，無不以食居而存，國之將興，必先利民，利民之舉，重在農事。天下科舉非一人之喜，也非迎合一人之好，胡大學士才情高遠，必不會因為個人喜好，而妄定命題。」

祁帝盯著他看了半晌，露出滿意的笑。

「你平身吧。此事朕已知曉。自古押題賭氣運，民間設局投注，都是常有的事，朕並不會怪罪於你，怪只怪有人借機鑽營，將押題當成洩題，圖財謀利。」

胥良川謝恩起身。

自古科舉，涉及策論，不外乎政見、農事、賦稅和吏治。不過是押中農事考題，農策所涉極廣，沒有切中策論的點，真要追究起來怎麼也和洩題扯不上。

「陛下，良川斗膽進一言，眼下京中都傳策論考農事，如若果真如此，懇請陛下再擇題而考，以示公平。」

祁帝盯著他看，心道後生可畏，這題還真讓他給押中，只不過不知策點，也可不改。

「此事朕心中自有定斷，你退下吧。」

「是，良川告退。」

「等一下。」祁帝似想起什麼，叫住胥良川。「朕前段時日聽皇后說你夫人胃口不好，最近好些沒有？」

「多謝陛下和娘娘的厚愛。雉娘自得了皇后娘娘的菜方子，胃口好轉不少，極少不適。」

「那就好，朕會轉告皇后，免得她老是掛念。」

祁帝揮了下衣袖，示意他退下，胥良川拱手退出殿外。

出宮時，領路的太監沒有直接帶他出宮，而是拐向東宮的方向。他心知肚明，也不點破，待走到御花園中，就看見前面的亭子中似有一人。

太監彎著身子離開，他自行朝前面走去，不遠處，太子背著手站在一處琉璃赤瓦涼亭前，明顯是專門等候他。

他不緊不慢地上前，行禮。

太子轉過身，目不轉睛地看著他。「良川何事這麼晚進宮？孤聽聞消息，憂心不已，生怕是有什麼要緊之事。」

「多謝殿下，不過是因為近日京中考題謠言一事，來向陛下請罪。」

「原來是因為這事。你何罪之有？錯就錯在你那連襟，辜負你的好心，以此來謀利，反累得你背負罪責。」

胥良川淡然一笑，看著太子道：「良川之罪，不在外人，而在己身。段公子借機圖財，事情一出，有心之人自會清算到胥家頭上，所以良川才說罪在己身。押題一事若是坊間做來，定然不會引起波瀾，錯就錯在段家和我胥家這拐著彎的姻親。」

太子心一震，背在後面的兩隻手緊緊地攥在一起。

「你說得沒錯，許多時候，自己才是原罪。父皇英明聖斷，定然不會怪罪你，也不會遷怒胥家。」

事實上，祁帝已經下旨，撤銷段鴻漸和張、孟兩位舉子的科舉資格，永不再有參考的資格，甚至連現有的功名也被奪去。

涼亭上掛著宮燈，宮燈隨風搖擺，亭角投成長長的影子，張牙舞爪地飄來飄去，忽明忽暗地打在太子身上，如鬼似魅。

胥良川白衣墨髮，頭上的髮帶隨風飄著，夜空中的殘月如鉤，他的髮帶彷彿要纏在月鉤上，飛升天界。

兩人靜立，眼神交會，一陰一暗。

太子暗自心驚。什麼時候起，胥良川竟然會有如此強大懾人的氣勢，那目空一切，看透萬事的眼神，讓他不由得矮了氣勢，心虛不已。

不，一定是他的錯覺。他是太子，當今的儲君，未來的天子，誰敢在他面前蔑視一空，再強大的氣勢也比不上他的龍御之氣。

「良川，你曾是我的伴讀，若有難處，盡可以來找孤，孤會為你作主。」

「良川多謝太子厚愛。胥家效忠祁朝，忠心陛下，陛下龍恩浩蕩，以民為子，可為天下萬民作主。」

太子寒著臉，冷眼看著他。

他這是在暗示自己不是天子，還不能為他作主？

「胥家果然忠心，孤倍感欣慰。夜深露重，你一路小心。」

太子說完，走出涼亭。胥良川拱手躬身，看著太子被月光拉得長長的身影慢慢消失，才漸漸直起身子，目光複雜地看著他的背影，和前面燈火輝煌的宮殿。

重生之初，他是想扶持太子的，是什麼原因讓他們走到這一步？

是他前世沒有看清太子的為人，還是今生因為很多事情的不同，人也跟著不同？或許今生看到的人大部分和前世相同，卻也有一些不同於前世，所以他和太子才會變成如今的模樣？

他一步一步地走出宮門，許靂、許敢兄弟倆守在那裡。見他出來，兄弟倆一個人去迎，一個人坐在車轅上趕馬車。

御道中無一行人，車馬稀少，許靂將馬車趕得飛快，用最快速度停在胥府的門口。

當胥良川一腳踏進府中大門時，就看到妻子擔憂的臉。她緊緊地包在斗篷中，春寒夜冷，白狐毛的斗篷中只露出她巴掌大的小臉，一雙水眸含情脈脈地望著他。

看到他走近，站在她身後的青杏、烏朵自動躲得遠遠的。

他伸出手，單臂展開，輕攬著她。

她抬起嬌美的小臉，長長的羽睫抖了一下。「夫君，陛下責怪你了嗎？」

「陛下聖明，怎麼可能會怪罪我？我不過是押題而已，何罪之有？不過是為免有心之人再有動作，先發制人罷了。」

「有心之人還會有什麼動作？」

胥良川垂著眼眸，看著妻子好奇的表情，冷冷地道：「不外乎以訛傳訛，待春闈之後，再掀事端。」

此次的主考官是胡大學士，而其中一個副主考官姜侍郎曾在閬山求學。

陛下對科舉一事看得極重，就算太子向胡大學士套話，也不可能會拿到真正的策論考題。但胡大學士想巴上太子，必然會透露一二，所以太子才會知道命題和農事有關。

因為姜侍郎和胥家的關係，他們是想考前造勢，等春闈過後，考題眾所周知，再提此事。到那時候，就算他只是押題也會被傳成洩題，難以摘脫乾淨。

太子可能也想不到他會直接去找陛下挑明。今日之談，無疑是向太子表明，他們就是站在對立面，他們胥家忠心的是祁氏天子。

前世，太子未能登基，今生也不會有什麼改變。

夫妻倆朝自己的院子走去，半路上，胥閣老派人來請。

胥良川幫妻子裹緊斗篷，叮囑丫頭們好生侍候，然後去了胥閣老的書房。

第八十八章

父子二人在書房裡談了許久，他何時回房的，雉娘都不知道，只知道第二天一睜眼，他又不在府中。

胥夫人見她有些悶悶的，以為她窩在屋裡有些無聊，正好今日晴好，於是讓車夫套了馬車，拉著她一起出門。

坐在馬車中，胥夫人一直拉著雉娘的手，看著她嬌美水嫩的臉，越看越喜歡，慈愛地道：「雉娘，要是在家裡待得悶，就和娘說，娘帶妳到處逛逛。」

雉娘微微一笑，不好意思地點點頭。

馬車駛到京中最繁華的街道，停在一間鋪子前，雉娘抬頭一看，「珍寶閣」三個大字閃著金光。她腦海浮現那次夫君要送首飾，似乎就是從珍寶閣裡拿來的，想來這間首飾鋪子就是胥家的產業。

胥夫人領著她進門，櫃子後面的掌櫃一看，連忙放下手中的活計，笑臉彎腰地迎上來，口中稱著夫人、少夫人。

他把婆媳二人引到二樓。二樓比起一樓，更加奢華。一樓的首飾都是陳列在櫃子上，而二樓的首飾全是用錦盒單獨放著的，一件件精美無比，寶石玉石和金飾相互組合，巧奪天工。

掌櫃將她們帶到一間屋子裡，屋裡的東西又比外面的更貴重，紅寶綠玉，通透水潤，無一不是罕見的珍品。

雉娘起了興致，隨意地看著，胥夫人拿起一支釵子把玩，釵子的頂端是一朵碧玉雕成的花，花朵中間含著一塊通透的紅寶石，轉動中，流光溢彩，美不勝收。

她對雉娘道：「妳隨便看，看上就讓掌櫃的包起來。」

「娘，我首飾夠多，就不用再挑吧。」

胥夫人將釵子放回錦盒，朝她一笑。「傻孩子，哪有女子嫌自己首飾多的，天下女子都希望自己的珠寶能堆滿屋子。」

雉娘也跟著一笑。那倒也是，就像沒有女子會嫌新衣服多一樣。

樓下陸續進來的女客多了起來，珍寶閣地處鬧市，又是百年老字號，凡是珍寶閣所出的東西，必是精品，京中女子都愛在這裡挑選中意的首飾。

進來的客人們多數是官家女眷，也有幾個往二樓而來，不過雉娘和胥夫人待著的地方是外人莫進的。

雉娘站在內窗處往下一看，只見角落裡有兩位女子，一位梳著少女髮髻，中人之姿，神色中帶著傲氣。這樣的女子雉娘並不陌生，方靜怡就是例子。

另一個是少婦裝扮，穿著比少女要差一些。看兩人的衣著，並不像什麼富貴人家出身。

少女拿著一只玉鐲，好像在詢問少婦的意見，雉娘聽不見她回答什麼，卻能清楚地瞧見少婦討好的神色。

胥夫人不知何時站在她身後，輕聲問道：「在看什麼？」

「娘，您看那兩個女子，是不是有些奇怪？」

胥夫人順著她的眼神，也看到那兩人。「一般來珍寶閣買東西的女子，無不是有些家世的，難怪妳看那兩人會覺得奇怪。不過那姑娘看起來頗有些氣質，想來出身也不會太差。」

少女恃才傲物的樣子看得有些不舒服，而那個少婦明顯在討好少女。雉娘暗忖，這兩人也不知道是什麼人家的女眷。

離得不遠的掌櫃可能聽到婆媳二人的聲音，恭敬地道：「夫人，少夫人，這兩位女子最近光顧了幾次，買過一些小玩意兒。小的聽過她們交談，似乎姓文，是進京趕考的舉子家眷。」

雉娘驚訝地閃了閃眼神。姓文又是進京趕考的，會不會是她知道的那家？然後重新打量那兩名女子。那少女莫不就是想和大哥結親的那位？

那少婦又是誰？

這少婦正是文沐松的通房，姓孫。

她侍候了文沐松十幾年，從渡古到京中，一直都陪在文沐松的身邊。這次文家叔姪進京，她又跟著來侍候，同時進京的還有文沐松的姪女文思晴，就是她身邊的少女。

文思晴從骨子裡瞧不上孫氏，不過在京中這樣的地方，她也沒有什麼朋友，除了段家的少夫人偶爾會邀她去作客，其餘時候，她都是待在文家租的院子裡，陪伴她的只有孫氏。

她此次進京，自然是衝著親事來的，只可惜來了這麼長時日也沒有眉目。本來以為能嫁進趙家，卻不想趙家看不上自己。她心中有氣，趙家不過是仗著女兒們嫁得好，其實真論起來，哪裡能和文家比？

孫氏討好文思晴，一直在誇那鐲子好看，文思晴也有些心動，一直試戴著不捨得放下，但一想到銀子，臉色不豫。

她將鐲子從手腕捋下來，放回架子上，然後悶不吭聲地離開鋪子，孫氏小跑著追上去。

文思晴一言不發地走在前面。以前在滄北時還不覺得，文家畢竟是書香世家，滄北地廣人稀，但凡來往的人都會對文家敬重不已。可京中完全不同，根本就沒有幾個人聽過文家，要不是哥哥受太子賞識，恐怕境遇更加難堪。

兩人七轉八彎，回到住處。一進院子，文思晴就氣鼓鼓地把自己的房門關上，在裡面生悶氣。

孫氏無奈地開始收拾院子，旁邊住著的沈夫人來串門子。

沈夫人也是陪夫君進京趕考的，平日也沒個說話的人，孫氏雖是妾室，但沈夫人出身也不高，就沒多計較這個。

孫氏將沈夫人請進來，兩人坐在院子裡，沈夫人衝著裡面屋子低聲問：「怎麼，你們家小姐又生氣了？」

孫氏苦笑，點頭。

沈夫人道：「她呀，就是心氣太高，沒有給妳臉色看吧？」

孫氏的笑容更苦，低聲回道：「她是主子，妾不過是個奴婢。」

「你們家老爺跟前現在就只有妳一個，上頭沒有主母，妳的日子還是很好過的。我聽我家相公說，此次春闈，你們家老爺必能名列前茅，到時候封官受賞，你們文家就能東山再起。只不過……你們老爺功成名就，接下來就該迎主母進門。」她的語氣中帶著同情。

孫氏臉上的苦笑僵著，似要哭一般。她都三十多了，又無一兒半女，老爺真要是高中後娶主母，就怕主母身分不低，一進門就搓磨她。再者她沒有生養，時刻提心弔膽，萬一碰上個惡主母將她發賣，那可怎麼辦？

沈夫人看到她難過，安慰道：「我也就是隨口一說，要是你們老爺娶進一個心慈的主母，妳也是有盼頭的。只不過這話又說回來，妳看妳現在多好，雖是個妾室，可跟正室也差不多，你們老爺將家裡的事情都交給妳，妳也能作點主。要是你們老爺一直這樣，妳也就能一直做這後院的獨一份。所以說世事難兩全，萬般都是命。」

孫氏被她說得咬唇不說話。

沈夫人覺得自己說得有些多，不好意思起來。「妳看，我和妳說這些做什麼，不是讓妳更加難過嘛！」

孫氏連忙道：「夫人也是好心，這段日子要不是多虧夫人，妾也是過得沒趣。」

「那也是，咱們好歹也能說個話。在這京中人生地不熟的，我家相公讀書，我又聽不太懂，乾著急。前日裡，我相公在屋裡說什麼，君主啊水的，還有利水什麼的，我聽得頭暈腦脹。」她說著，懊惱地拍著自己的腦門。

孫氏恢復神色，輕笑一下。「是君主如舟，庶民似水，水載舟行。利水之本，在於勤耕農灌，五穀豐倉。」

「對、對，就是這個，妳看妳，不愧跟著你們老爺多年，這學問啊比起那些個秀才來都不差的。」

「夫人過獎了，不過是常跟著老爺讀書，耳濡目染，知道得自然多一些。妾的學問，都是我們老爺教的。」

沈夫人心一動。「看來他真的很寵愛妳。別人都說文四爺才高八斗，想來定然寫得一手好字。」

孫氏抿著嘴笑。「我們老爺的字自然是極好的。」

「要是能有一幅你們老爺的墨寶就好了，我必然將它掛起來，等以後文四爺高中，那墨寶必能身價倍增。」沈夫人的眼神中露出嚮往。

孫氏臉上隱隱現出得意自豪之色，想了想，對她道：「這有何難？妾幫妳辦就是。」

沈夫人兩眼放光，一把拉住她的手。「孫妹子，妳真是好人，要真能求來，感激不盡，別的也不用寫，就寫妳方才說的君主和水的，那話我愛聽。」

孫氏滿口答應。

沈夫人見她臉上還帶著羞澀，感慨道：「那就多謝孫妹子。依我看，你們老爺心中也是有妳的，你們要是一直這樣多好。」

「妾哪有那個福氣……」

孫氏低下頭去。沈夫人嘆口氣，聽到自己院子裡面有動靜，怕是相公在找自己。她連忙起身，急急地告辭，留下孫氏一人坐在院子裡發呆，然後不知想到什麼，去了文沐松的書房。

看著眼前的案桌，想著平日在這裡讀書習字的男人，心中酸甜交加。

她慢慢走到桌前，如平時一般磨墨，然後學著男人的樣子取筆，在鋪開的白宣上寫字。

不一會兒，帶著墨香的字便躍然紙上，沈穩勁道，彷彿出自男子之手。

那邊，雉娘婆媳挑了幾樣首飾，看著天色不早，也乘馬車回府。

雉娘一踏進自己的屋子，就見夫君已經在屋，坐在椅子上，手中拿著一本書。

「什麼時候回來的？」

「剛不久。」

烏朵將帶回的首飾盒子拿進來，然後關門出去。

胥良川望著精緻的錦盒，錦盒上還有珍寶閣的印記。他想起自己生平第一次送首飾，就被妻子拒絕。

雉娘將錦盒隨意放在妝檯上。「我的首飾已經夠多，本不想再要的，這些都是娘挑的。」

「娘給的，妳就拿著。」

雉娘莞爾。「嗯，我可不就是拿著嘛。」

她坐在妝檯前將自己頭上的簪釵取下，轉身問他。「夫君，今日你出門，可還有聽到別人議論考題一事？」

「還是會有的，不過他們再如何議論，也和我們無關。」他淡淡說著，起身走近，大手撫上她的髮，將沒有簪釵固定的髮髻散開，烏黑的秀髮如布疋一般傾瀉下來，散落在肩頭。

他從背後環抱住她。鏡子中，兩人如金童玉女般，男的俊逸出塵，女的貌美如花。

自她懷孕以來，他似乎又如成親前那般清冷寡淡，夜裡睡著，也不過是抱著她而已，且都是小心翼翼的，生怕壓著她，或是擠著她。

想起前段時日，他在夜裡如火般的炙熱，她羞紅了耳根，都有些懷疑那人和現在身後的是不是同一個人。

兩天後，京中又是流言四起。

這次也是因為考題之故，不過與前一次不一樣，前一次只說考題是農策，並無確切的題目。然而這次流言中，舉子們都在傳，說此次策論的策問是君主如舟，庶民似水，水載舟行。利水之本，在於勤耕農灌，五穀豐倉。

何以興農利水，以載舟行萬里，破浪拓疆域？

坊間求文章的人絡繹不絕，暗地裡做買賣文章的賺了不少銀子。不過是一夜的工夫，事情鬧得紛紛揚揚，流言滿天飛。

御史大夫們的摺子堆滿祁帝的案頭。祁帝這次是真的震怒，因為流言中的考題和今年的策論命題一模一樣，一字不差。

究竟是誰洩漏了考題？

胡大學士聽到外面的流言，想死的心都有。是誰？是誰想害他？他好不容易當上大學士，陛下器重，命他當這次春闈的主考，他一直戰戰兢兢，連太子相詢都只敢透露一分，不敢多言半句。

難道是姜侍郎？

胡大學士急急忙忙地換朝服進宮，汗淚齊下地跪在殿前。在他的前面，姜侍郎已經提前一步來請罪，正跪在一邊。

祁帝的臉色十分難看，摺子丟得滿地都是。胡大學士心中更加忐忑，將身子伏得更低，恨不得貼進地裡去。

胡大學士不停磕頭。「微臣有罪，微臣有負陛下聖恩，不知哪裡出了紕漏，考題被有心之人得去，散播開來。這洩題之人居心不良，分明是想藉此擾亂朝綱，微臣請陛下明察！」

「哼，有心之人？那你和朕說說，這有心之人是誰？」

「這……微臣不敢妄自揣測。」胡大學士說著，從地上抬起頭，看了姜侍郎一眼。

祁帝冷哼一聲，命人去傳洪少卿，讓洪少卿徹查此事。

洪少卿接到聖旨，先將買題之人抓出來詢問，再找到賣題之人，抽絲剝繭，查來查去，查到一位沈姓舉子的頭上。

沈舉子大呼冤枉，說自己也是聽到別人押題，想著試設賭局，誰知道被傳成真考題，實在是冤枉至極。

洪少卿又問他從哪裡聽來的，他說是從隔壁院子裡得到的。

文沐松被帶到面前時，洪少卿的眼睛閃了一下。這文沐松是太子的幕僚，在京中也不是什麼秘密，要是考題真的從他這裡洩出來的，那可就不是押題這麼簡單。

文沐松自然不肯認罪名。他沒有賣過題，也沒有和別人說過題目，甚至根本沒有猜中題目，何來賣題一說？但沈舉子一口咬定是文沐松說的，文沐松不認，兩人僵持不下。

洪少卿請示祁帝。事關重大，祁帝心火竄得高，命人將他們帶到殿前。

胡大學士和姜侍郎還跪在那裡，看到押進來的兩人，姜侍郎神色未變，胡大學士卻是陡然色變，渾身發抖。

這文沐松是太子的人，他確實對太子透露過一點，要是真被連累，恐怕……

祁帝親自審問二人，二人還是各執一詞。

祁帝寒著臉看著他們，文沐松說沈舉子陷害自己，他不知考題，如何洩題？

沈舉子似是在心裡掙扎許久，從袖子裡摸出一幅字，道：「陛下，這是文四爺賣給學生的。文四爺告訴學生，說文家人每回押題，十有九中，這是文家今年的押題。學生信任文四爺，覺得他不像是撒謊之人，便信以為真，想著要是文家押題真的靈驗，也能賺些銀錢，這才起了賣題的心思，也再三告訴過別人是押題。怎奈不知怎麼傳的，就變成真題，請陛下恕罪。」

太監將沈舉子的東西呈到祁帝面前，祁帝將紙甩到地上，冷聲道：「是你寫的嗎？」

文沐松大驚，爬上前，抖著手拿起紙，頓覺兩眼發黑。

——未完，待續，請看文創風639《閣老的糟糠妻》4（完結篇）

5 月 PU²PPY 輕鬆遇見愛

DoghouseXPUPPY

BOSS愛不愛

職場領域內，沒有犯錯的籌碼，
只有老闆說得是；
愛情國度裡，誰先愛上誰稱臣，
只有愛神說了算……

NO／519
我的惡魔老闆 著 溫芯
這次空降公司的新任總編輯徐東毅真是個狠角色！
笑起來溫文儒雅，出場不到十分鐘就收服人心，
只有她誤以為他是新來的助理，還熱心地要教導他……

NO／520
我的魔髮老闆 著 米琪
為了圓夢，舒琦真決定參加藍爵髮型的設計大賽，
誰知她居然抽到霸王籤，要幫藍爵大惡魔設計髮型?!
一想到得跟在他身邊兩個星期，她就忍不住心慌慌……

NO／521
搞定野蠻大老闆 著 夏喬恩
奉行「有錢當賺直須賺，莫待無錢空嘆息」的花內喬，
只要不犯法、不危險、不傷人害己的工作都難不倒她，
但眼前這個男人，無疑是她這輩子最大的挑戰……

NO／522
使喚小老闆 著 忻彤
為了當服裝設計師，他故意打混想逼父親放棄找他接班，
誰知父親居然找了能力超強、打扮古板的女特助來治他！
她不僅敢跟他大小聲，還敢使喚他做事，簡直造反啦！

Hi-Life

5/20 到 **萊爾富** 大聲說「**520**」 **單本49元**

歲月靜好 良夫無雙／沐顏

2018年4月出版

愛妻請賜罪

都說了今生不嫁給讀書人，
這傢伙還硬是要來挑戰，
既然這麼不知死活，就別怪她不客氣了~~

文創風 628 **1**

顧清婉才剛要及笄，父親就遭人陷害，冤死獄中，
就連母親、弟弟也先後過世，從此家破人亡，
偏偏失了依靠的她，成親後竟又遇人不淑——
好不容易夫君狀元及第，這薄情郎卻對她痛下毒手，一屍兩命！
所幸上天終於公平一回，竟讓她回到一切噩夢都未發生之前，
既然重活一世，就不要再扛著掃把星的名聲過日子，
哪怕她只是一介無錢無勢的弱女子，也要神擋殺神、佛擋滅佛，
無論是誰都不能阻擋她一家平安活下去的心願！

文創風 629 **2**

許是上蒼保佑，爹爹被誣告醫死人的冤案總算逃過一劫！
如今終於否極泰來，也該為生計做些打算，告別苦日子——
幸好她有兩世累積的好廚藝，偏偏世事難料，
前世那狠毒夫婿竟又找上門，執意求娶她，
加上一干極品親戚敲邊鼓、逼她就範，搞得她一個頭兩個大，
開玩笑，嫁誰都好就是不能嫁給這個殺人兇手啊，
若非嫁不可，那她乾脆嫁給鎮上夏家米鋪的瘸腿東家夏祁軒吧！

文創風 630 **3**

前世一朝被蛇咬，顧清婉便發誓，今生絕不嫁給讀書人！
這夏家米鋪東家儀表不凡，還大發善心賑濟貧民，人品無可挑剔，
最重要的是，他是個商人，絕非書生，橫看豎看都是最佳夫婿人選！
孰料婚後才發現這夏祁軒根本不如表面上那麼單純——
原來他是京城國公府的名門公子，事出有因才來到這小鄉鎮開米鋪，
無意間得知她的誓言，便隱瞞自己曾經中過狀元，與她成親！
瞧瞧，這款相公實在可惡，分明是在扮豬吃老虎，
如今人證、物證俱在，大膽夫婿該當何罪 ?!

文創風 631 **4** 完

隨著飯館的生意蒸蒸日上，顧清婉決定實現重生以來的夢想——
她遇過太多女子身患婦疾卻羞於啟齒，最終反而延誤病情，
若能開設專看婦人病的醫館，定可拯救許多女子的性命！
怎奈醫館才開張，京城裡的陰謀竟擴散開來，連她都遭受波及，
都怪這樁陰謀與前世她爹爹遭人誣陷有關，如今竟又找上門來，
而且夏祁軒之所以受了腿傷、遠離京城，都是因此事而起！
那些朝堂上的權力之爭她才懶得理會，但是惹到她的家人就是找死，
唯有除去心頭大患，才有安生日子過啊！

為流浪貓狗加油 和貓寶貝 狗寶貝廝守終生(一定要終生喔！)的幸福機會

對人來說，貓寶貝狗寶貝只是生活的一部分，但妳（你）對牠們來說，卻是生活的全部，領養前請一定要考慮清楚——

▲ 相親相愛的三姊妹　太妃＆踏雪＆捏捏

性　　別：皆是女生
品　　種：米克斯
年　　紀：皆約七個月大，是同胎
個　　性：穩定乖巧、撒嬌功力高強、親人親貓
特　　徵：太妃及踏雪是三花貓，捏捏是虎斑貓
健康狀況：1.已驅蟲除蚤、已打兩劑預防針
　　　　　2.體型偏小，約2.5公斤
目前住所：新北市新莊區

『太妃＆踏雪＆捏捏』的故事：

中途是在一家貓旅館遇見太妃、踏雪和捏捏的。她長期擔任送養貓咪的中途，偶有忙不過來的時候，便會將其中幾隻送至貓旅館暫住。有天，有位高中女生救援了一隻懷孕的貓媽媽，將其送去貓旅館安胎及安置，沒幾天，貓媽媽就生下太妃、踏雪和捏捏。

然而，這位高中女生較無送養經驗，只能將牠們一直留在貓旅館。中途得知此事，便請貓旅館的店長轉達，她願意將三隻小貓帶回親訓，也很樂意幫牠們找新主人。

中途表示，這三隻是同胎姊妹，感情很好，常會看到牠們互相照顧的畫面；另外，由於牠們從小就接觸人，所以很親人、愛撒嬌，就連睡覺也都愛跟人膩在一起。

中途還特別提到她對太妃、踏雪和捏捏的觀察及感覺。她說，太妃是隻很有趣的貓，一開始是較怕生的，但熟悉後就十分黏人；喜歡跟前跟後，對人的舉動相當感興趣，很適合喜歡跟貓咪零距離的人。而踏雪乖巧懂事，個性穩定，不太會搗蛋，就連剪指甲都很乖，不會掙扎；也完全不怕生，能最快適應新環境。至於捏捏，中途覺得牠很有特色，若跟牠對上眼，就會大聲地請求摸摸，還會從遠處飛奔過來，像是要人「陪玩」（笑）。

中途表示，貓咪的心思細膩，換環境需要時間適應，且壽命可達十幾年，希望能為太妃、踏雪和捏捏找到願意承諾牠們一輩子的好主人！來信請寄toro4418@yahoo.com.tw（劉小姐）。

認養資格：

1. 認養者須年滿20歲，有穩定經濟能力，不管是否跟家人同住，須獲全家人同意。
2. 須同意簽認養寵物切結書、日後追蹤探訪，並提供照片讓中途瞭解貓咪未來的生活環境。
3. 會對待貓咪不離不棄，不會因生病、搬家、結婚、生子、長輩等因素退養。
4. 非必要不可長期關籠，不接受放養；若會遛貓，請告知訓練方式。
5. 為讓中途對您有更深入的瞭解，請先來信「詳介」自己，並提供住家門窗照片，中途會再與您聯繫。

注意事項：

1. 因貓咪們感情很好，認養兩隻為優先；但想為家中貓兒添同伴或認養單隻也都歡迎。
2. 不排斥新手認養，但請先了解、學習養貓的知識（飲食、基本醫療等）。

來信請說明：

a. 個人基本資料：姓名、性別、年齡、家庭狀況、職業與經濟來源等。
b. 想認養太妃、踏雪和捏捏的理由。
c. 過去養寵物的經驗，及簡介一下您的飼養環境。
d. 若未來有結婚、懷孕、出國或搬家等計劃，將如何安置太妃、踏雪和捏捏？

文創風 638

閣老的糟糠妻 3

國家圖書館出版品預行編目資料

閣老的糟糠妻 / 香拂月著. --
初版. -- 臺北市 : 狗屋, 2018.05
冊 ; 公分. --（文創風）
ISBN 978-986-328-867-1（第3冊：平裝）. --

857.7　　107004038

著作者　香拂月
編輯　張蕙芸
校對　黃薇霓　周貝桂
發行所　狗屋出版社有限公司
地址　台北市104中山區龍江路71巷15號1樓
電話　02-2776-5889～0
發行字號　局版台業字845號
法律顧問　蕭雄淋律師
總經銷　知遠文化事業有限公司
電話　02-2664-8800
初版　2018年5月
國際書碼　ISBN-13　978-986-328-867-1

本著作物由北京磨鐵數盟信息技術有限公司授權出版

定價250元
狗屋劃撥帳號：19001626
網址：love.doghouse.com.tw　E-mail：love@doghouse.com.tw